『お父さん……？
どこ行くの？』

魔術以上の境地に至った
司の精神に雑念が浮かぶ。
たとえばそれは、
かつて幼い息子に投げかけられた言葉。

「私たちは弱者で負け犬で
恥知らずなんだから、
最後の最後まで
牙を剥いてみせるよ」
誰よりも魔術師たらんとする魔術師たち。
惑星魔術をもって、
その望みを成さんとする。
〈螺旋なる蛇《オピオン》〉――

「私が、魔法使いの秩序だ」
〈協会〉——
魔術界の最大勢力にして最高権力。
その強者の鉄槌が、敢然と振り下ろされる。

決着まで、あと数刻——!!

レンタルマギカ

最後の魔法使いたち

三田 誠

角川スニーカー文庫

17514

目次

レンタルマギカ
最後の魔法使いたち

レンタルマギカ キャラクター

■魔術結社〈ゲーティア〉

アディリシア・レン・メイザース

〈ゲーティア〉首領。ソロモン王の末裔。

ダフネ

副首領。アディリシアの妾腹の姉。

■〈銀の騎士団〉

クロエ・ラドクリフ

少女騎士。影崎に代わり〈アストラル〉を担当。

ジェラール・ド・モレー

〈銀の騎士団〉騎士総長。

■〈葛城家〉

葛城鈴香

現〈葛城家〉当主。香、みかんの祖母。

紫藤辰巳

香の守り人。

葛城香

〈葛城家〉次期当主。みかんの姉。

橘弓鶴

みかんの元守り人。

■〈旧アストラル〉

伊庭司

先代〈アストラル〉社長。いつきの父。魔法を使わない魔法使い。

ヘイゼル・アンブラー

穂波の祖母で〈魔女の中の魔女〉。現在は羽猫の姿。

隻蓮

真言密教課契約社員。

ユーダイクス・トロイデ

元取締役。自動人形《オートマタ》の錬金術師。

■その他

ディアナ
呪物商〈トリスメギストス〉首領。

御凪鍋
剣神・経津主神をまつる蔵名神社の女神主。

御凪諸刃
鍋の兄。外見は少年のままの神主。

山田
いつきの親友。

功刀翔子
いつきの友人でクラスの委員長。

■魔法使い派遣会社〈アストラル〉

伊庭いつき
2代目社長。妖精眼《グラム・サイト》を持つ。

オルトヴィーン・グラウツ
ルーン魔術課正社員。

黒羽まなみ
幽霊課正社員。

葛城みかん
神道課契約社員。

ラピス
人工生命体《ホムンクルス》の錬金術師。

■〈協会〉

ニグレド
〈協会〉の代表。霊体。

ダリウス・レヴィ
〈協会〉の副代表。

影崎
〈協会〉に属する。ダリウスの懐刀にして、魔法使いを罰する魔法使い。

ギョーム・ケルビーニ
魔法使いを罰する魔法使い。魔術系統不明。

劉芳蘭
魔法使いを罰する魔法使い。禁呪。ギョームと夫婦。

穂波・高瀬・アンブラー
〈アストラル〉ケルト魔術課正社員。現在〈協会〉へ出向中。魔法使いを罰する魔法使い。

猫屋敷蓮
〈アストラル〉陰陽道課課長。現在〈協会〉へ出向中。魔法使いを罰する魔法使い。
式神の猫・玄武、白虎、朱雀、青龍を使役。

最後の魔法使いたち

■〈螺旋なる蛇《オピオン》〉

タブラ・ラサ
〈王冠《ケテル》〉の座《セフィラー》。霊体の白き女教皇。

サタジット
〈慈悲《ヘセド》〉の座《セフィラー》。道術。

フィン・クルーダ
〈調停《ティフェレト》〉の座《セフィラー》。妖精眼の取り替え児《チェンジリング》。

メルキオーレ
〈永遠《ネツアク》〉の座《セフィラー》。死霊術師《ネクロマンサー》。

ジェイク
〈尊厳《ホド》〉の座《セフィラー》。魔術系統不明。

〈礎《イエソド》〉
〈礎《イエソド》〉の座《セフィラー》。自動人形《オートマタ》の錬金術師。

ツェツィーリエ
〈王国《マルクト》〉の座《セフィラー》。ルーン魔術を使う吸血鬼。

ガラ
〈ゲーティア〉を裏切り〈螺旋なる蛇《オピオン》〉に、ソロモンの魔神の一柱を強奪。

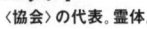

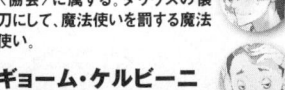

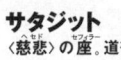

イラスト／ｐａｋｏ
デザイン／中デザイン事務所

序章

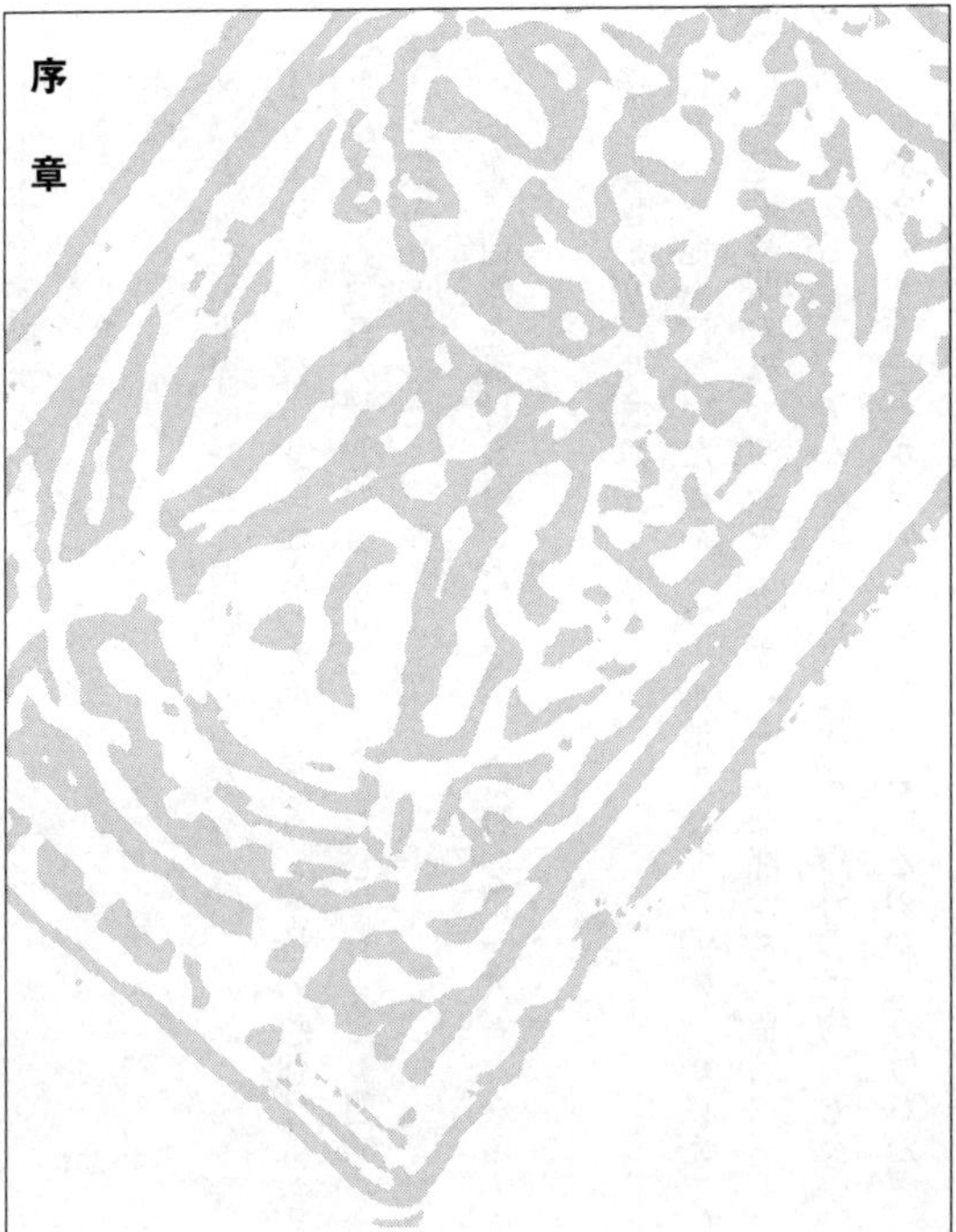

――まず、前提からいこう。


当時。

彼にとって、世界はひどく退屈《たいくつ》なものだった。

ありていにいえば、才能があったのだろう。学校の勉強はもちろん、およそ目についたことはほんの数日の学習でこなせてしまったし、もっと専門的な技術であっても、この日数がいささか増えるだけであった。

そのまま研鑽《けんさん》を続ければ、たいていの分野の第一人者となるのも容易だったろう。

しかし。

そんな情熱が、生まれるはずもない。

スタート地点に着いた途端《とたん》、ゴール地点までの道のりが見えている。自分に要求されるのは一定の時間のみで、多少手こずりそうな部分さえ皆無《かいむ》。ペース配分もいらないマラソンのようなもので、そんな単純作業は興ざめ以外の何物でもない。

(――ああいや、それが良いというヤツもいるのだろうけれど)

愚鈍《ぐどん》さこそ達人をつくるというのは、きっと本当なのだろうと、彼は思っていた。畢《ひっ》竟《きょう》人生とは死ぬまでの暇《ひま》つぶしに違《ちが》いないのだから、難しく考えずに成し遂《と》げることこそ貴《とうと》いはずだ。

こうして退屈している自分は、多分世界で一番格好悪い。

それが分かっていながら、彼にはどうしようもなかった。

才能は、けして彼を幸せにはしなかった。

なんでもできるというのは、ただ彼から『本気』を奪《うば》っただけだった。生きていくための金銭を適当に運用しながら、自分が本気になることなど、死ぬまでないのだろうと、そんな風に達観していた。

それでもよいと、思っていた。

別に、彼は絶望してるわけではなかった。馬鹿馬鹿《ばかばか》しいとは思っていたが、自分の在り方も当たり前に受け入れていた。ただ格好悪い人生というのはどうにも居心地《いごこち》が悪いなと、そんな風に苦笑《くしょう》していただけだった。

そんな彼が、偶然《ぐうぜん》、それと出会った。

偶然だ。

これより後に起きる出来事は、さまざまな事象が折り重なった末の、ある種必然というべき事象だったが、最初の最初だけは紛《まが》うことなき偶然であった。

同時に、嵐《あらし》であった。

何もかも根こそぎに吹《ふ》き飛ばし、何もかも跡形《あとかた》もなく破壊《はかい》する、ヒトガタの暴風。

そのヒトガタが〈魔女《まじょ》の中の魔女〉と呼ばれる相手であったことも、彼にとって絶大な影響《えいきょう》を及《およ》ぼしていた。

（……できない）

と、思わされたからだ。

それは生まれて初めて、彼に突《つ》きつけられた事実であった。

（魔術なんて、どうやっても俺には使えない……）

それも当然。

魔術とは、血統によって決定する。

血統に潜在《せんざい》する『力』を、どこまで引き出せるかこそ才能や努力によるだろう。しかし、そもそも血統に連ならない者がどれほど情熱を傾《かたむ》けても、最も簡単な魔術ひとつ習得することはかなわない。

たとえ彼が天才であろうと、たとえ彼が尋常《じんじょう》でない努力を重ねようと。

この厳然たる事実だけは、ひっくり返せない。

――だから。

彼は、嬉しかった。


やはりこの世界は、自分程度には太刀《たち》打ちできぬほど広かった。

そう確認《かくにん》できたことに、どうしようもなく胸を躍《おど》らせていたのだ。かなわないことにこそ、届かないことにこそ、胃の腑《ふ》から叫《さけ》びだしたいほどの興奮と衝撃《しょうげき》を覚えていたのである。

それこそ、細胞《さいぼう》のひとつずつから生まれ変わったかのような、体内での爆発《ばくはつ》にも似た一《いっ》瞬《しゅん》だった。

……話は、これで十分だろう。

前提と出会いを話せば、先にも言ったように、残りは必然。

魔術に魅入《みい》られた彼は、しかし魔術を使うことはかなわず、それゆえ誰《だれ》よりも深く魔術そのものを知ろうとした。この消えゆく技術と人々《魔法使いたち》を彼なりの方法で守ろうとした。

その在り方が現代社会と異なりすぎ、だからこそ真っ当な方法では幸せになどなりえない――そんな魔法使いたちへ、せめても新たな道を示そうとした。同じ意志を持つ魔法使いたちへ自分の理想を説いて、ひとつの組織をつくりあげた。

つまり。

伊庭司《彼》は、魔法使い派遣《はけん》会社〈アストラル〉を、つくりあげたのだ。

第１章

巨人と魔法と

1

巨人《きょじん》が、ぶつかる。

巨人が、ぶつかる。

巨人が、巨人とぶつかる——！

その双方《そうほう》が、本来天仙《てんせん》となるべき魔法使いの、たった一度だけ構築しうる存在だった。

かたや、〈協会〉最強たる魔法使いを罰《ばっ》する魔法使い、影崎《かげざき》。

かたや、〈螺旋なる蛇《オピオン》〉の〈慈悲《ヘセド》〉の座《セフィラー》、サタジット。

霊体《エーテル》とはいえ、同じ霊《エーテル》体同士であれば、結果は現実と何ら変わりなかった。いいや、指一本ずつが高層ビルにも匹敵《ひってき》しようという巨人の壮絶《そうぜつ》さゆえに、その激突《げきとつ》はおとぎ話じみた非現実さをも伴《ともな》っていた。

現実と、非現実。

見る者の常識を——たとえそれが魔法使いであってさえ——根こそぎ破滅《はめつ》させるほどの巨軀《きょく》。絶対的という言葉が意味をなくすほどの威圧感《いあっかん》。

拳《こぶし》の一撃《いちげき》ごとに、揺《ゆ》さぶられる大地。

霊《エーテル》体同士の激突は、けして物理的なエネルギーを発生させず、しかしこれは人間だけでなく、霊脈自体の認識さえもおかしくさせるほどの、超絶《ちょうぜつ》の結果を撒《ま》き散らしていたのだ。

一撃ごとに、世界が歪《ゆが》む。

一撃ごとに、霊脈《レイライン》がたわむ。

布留部《ふるべ》市に集《つど》う霊脈《レイライン》がまとめて逆流し粉砕《ふんさい》されてもおかしくないほどの圧倒《あっとう》的な呪力《じゅりょく》が、巨人の一撃ごとに凝集《ぎょうしゅう》しているのだ。もはや魔術や魔法などという段階を超《こ》えて、巨人同士の戦いは神世の域《ギガントマキア》に達していた。

しかも。

巨人は、どちらも譲《ゆず》らない。

もしもこれが質量を持っていれば一体何万トンに匹敵するだろうかという、ヒトガタの山同士がぶつかりあうような大激突を繰《く》り返している。

入道雲にも等しい拳がひしゃげ、崖《がけ》のような傷をつくって肉を剝《む》き出しにし、内側の山脈のごとき骨さえ露《あら》わとする。

そして、溶《と》け合っていく。

激しくぶつかった場所から、巨人は融合《ゆうごう》していくのだ。

無理もない。元来は同じ、『世界の力』そのものだ。影崎とサタジット、それぞれの個性に彩《いろど》られているからこそ激突もするが、彼らの意思の通わぬ場所はたちまちほどけて、同じ『世界の力』として融合してしまう。

ただし、融合したところで、制御《せいぎょ》する者はいない。

ゆえに。

「わ……っ」

巨人の足下《あしもと》で、悲鳴があがった。

伊庭司《いばつかさ》であった。

サタジットと影崎がともに巨人の霊体《エーテル》を生み出してなお、彼はその近くから離《はな》れなかったのだ。

その周囲へ、溶け合った巨人の身体《からだ》がぼとぼととこぼれ、触《ふ》れた端《はし》から遊園地の地面を溶かしていく。ユーダイクスがよく使う万物融化剤《アルカヘスト》と似た作用だった。あまりにも濃密《のうみつ》すぎる霊体《エーテル》――いや、もはや霊的物質《エクトプラズム》というべき現象が、物理的にも浸潤《しんじゅん》して、触れたものをほどいてしまっているのだ。

ひいひい言いながら、霊的物質《エクトプラズム》の雨を避《よ》けつつ、

「こりゃかなわんなあ」

と、司は口元の細葉巻《シガリロ》を持ち上げた。

さきほど、影崎が吸っていた細葉巻《シガリロ》だった。巨人を生む寸前、その細葉巻《シガリロ》を、司が押しつけられていたのだ。

ひさしぶりの味に、司は微苦笑《びくしょう》する。

もう十年近くも前、自分が好んでいた銘柄《めいがら》だったからだ。

同時に、

(……あいつ、こんなの吸ってなかったよな)

ぼんやりと、思う。

もとより影崎は世界と同化しかけていたはずだ。あらゆる個性が薄《うす》れる中、味覚などまともに機能するはずもない。それが今更《いまさら》になって細葉巻《シガリロ》を吸うようになるなど、いかなる心境の変化か。

「……うめえなあ」

ぽそりと、呟《つぶや》く。

降りしきる霊的物質《エクトプラズム》の豪雨《ごうう》を避けつつ、まるで噛《か》みしめるように口にした。

「司殿《どの》……！」

と、その背後から呼びかけられる。

こちらは、漆黒《しっこく》の僧衣《そうい》に身を包んだ隻蓮《せきれん》だった。

隣《となり》にはユーダイクスもいる。さきほど〈螺旋なる蛇《オピオン》〉の魔法使《まほうつか》いたちが離脱《りだつ》した際、入れ替《か》わりに合流したふたりである。

白いインバネスに身を包んだ巨漢と、小柄《こがら》な黒衣の密教僧は、ミスマッチともいうべき親和性を醸《かも》し出していた。

「主《マスター》。こちらは、いつでも準備できている」

堅苦《かたくる》しく告げた自動人形《オートマタ》の錬金術《れんきんじゅつ》師に、司はひらひらと両手をあげる。

「はいはい。分かったから、ユーダイクスくんもいい加減主《マスター》はやめようよ。なんか小《こ》っ恥《ぱ》ずかしいし」

「申し訳ないが、ほかに適切な呼称《こしょう》を知らない」

「君、本当にそういう融通は利《き》かないよね」

「性能《スペック》の不足はお詫《わ》びしよう」

重く、ユーダイクスが頭を下げる。

そして、

「ふざけてる場合ですか！　この状況下《じょうきょう》で！」

と、罵声《ばせい》が浴びせられたのだ。

くるんと細葉巻《シガリロ》が回転して、司も振《ふ》り返った。

「はいはい、分かってるよ。——猫屋敷《ねこやしき》くんもそう怒《おこ》らないで。ええとカルシウムが足りないって、今の栄養学でもいうのかな？」

その言葉に、やはり霊的物質《エクトプラズム》の雨を警戒《けいかい》する猫屋敷が、まなじりを吊《つ》り上げた。

「あなたは、何をするつもりです？」

きつい口調で、銀髪《ぎんぱつ》の青年が訊《き》く。

今の猫屋敷よりも、もっと昔の彼を思わせる口調だった。

先代〈アストラル〉において最後の正社員——一番後輩《こうはい》だったのは、紛《まぎ》れもなく猫屋敷蓮《れん》であったのだから。

だから、かもしれない。

毒づきながらも、青年の表情はどこか穏《おだ》やかだった。

「……にあ」

「にゃあ」

「うにゃあ」

「にぃ〜〜〜〜〜〜〜〜〜〜〜〜〜〜あ」

足下であげる猫《ねこ》たちの鳴き声も、今夜ばかりは特別な感情を孕《はら》んでいるように思えた。

「さっきも言ったろう。——非想非非想だよ」

細葉巻《シガリロ》を指の間に挟《はさ》んで、司は答えを返す。

しかし、猫屋敷の視線から、厳しさは去らなかった。

「それがどれだけ不可能事か分かってるから、訊いているんですが」

「簡単に不可能とか言ってくれるなよ」

苦笑した司が、片目をつむる。

「…………」

猫屋敷は、けして視線をゆるめない。

隻蓮は、仕方なさそうに肩《かた》をすくめる。

ユーダイクスは、いつもの無表情を崩《くず》さなかった。

「まあ任せておけよ。これでも俺、結構頼《たの》もしいことに正真正銘《しょうめい》の天才だってばよ？」

いかにもふざけた言葉を、伊庭司がこれ以上ないぐらい清々《すがすが》しく口にする。この凄《すさ》まじい状況において、そんな戯《たわむ》れをなせること自体が、何かの魔術のようでもあった。

夜空は、今にも落ちてきそうだ。

巨人同士の——巨神同士の戦いは、さらに激しさを増していく。

もはや布留部市は、魔術的な崩壊《ほうかい》を目前に迎《むか》えていた。

＊

──少しだけ、時間は遡《さかのぼ》る。

「父……さん……！」

伊庭いつきが、絶句した。

少年は、たった今その男の動機を聞いたのだ。

伊庭司が長い間身をくらました理由。いつきの養育を日下部《くさかべ》家に任せ、本来の夢であった〈アストラル〉さえ打ち捨てた原因。

つまり、

──『大事な息子《むすこ》を命がけで助けてもらったんだから、その相手を助けられるのなら、その可能性がほんのわずかでもあるのなら、自分の人生ぐらい賭《か》けるのが当然だろう』

どうしようもなく陳腐《ちんぷ》で。

どうしようもなく心を抉《えぐ》る、その言葉。

とりわけ少年にとって、あまりにもその発言は致命傷《ちめいしょう》だった。

「……イッキ」

背中から少年を支え、アディリシアが呼びかける。

少女の姿も、今はひどく不安定だった。魔神と融合しかけたソロモンの姫《ひめ》は、自分の霊体《エーテル》さえまともに維持《いじ》することができない。霊体《エーテル》を操《あやつ》る魔法使いであれば、最初に覚えるような基本を全《まっと》うできない。

それでも、今だけは少年のことを思って、必死にいつきの背中を支えた。

（なんて……）

なんて、軽いのだろうと思った。

こんな小さな身体で、どうして魔法使いの世界の命運を担《にな》ってこられたのかと、真剣《しんけん》にアディリシアは考えた。それが自分を含《ふく》む少年の小さな世界を守るためだったと知っているからこそ、その胸を痛めた。

結局、無関係な相手なんて世界にいない。

自分の周りだけの小さな世界は――この世界全体と関《かか》わってしまっている。

かつて、伊庭いつきが言ったことを、アディリシアは痛いほどに感じていた。けして後《こう》悔《かい》はしないけれど、自分が歩んできた道のりとその結果を噛みしめていた。

「どうするの？」

羽猫が、訊く。

ヘイゼル・アンブラー。

夜の遊園地で、その声はあまりにも気高く、神託《しんたく》のようでもあった。

「その答えを知って、あなたはどうするの？　このまま引き返す？　それとも父親に協力する？　それとも……」

「……変わりません」

と、少年はかぶりを振った。

「イツキ？」

「僕のやることは、変わりません。僕はこの大魔術決闘《グラン・フェーデ》を通して、〈アストラル〉のやるべきことをやります」

アディリシアに支えられたまま、きっぱりと少年は言う。

けして力強くはなく、それでも絶対に退《ひ》かないという意志のこもった言葉であった。

「そう」

羽猫がうなずく。

やはりその答えなのね、と言うように。

猫の顔を、ついほころばせてしまうように。

その瞳《ひとみ》が、もう一度揺《ゆ》れた。

「――ただ、やることがひとつ増えました」

持ち上がったいつきの顔がひどく爽《さわ》やかだったからだ。

「何が、増えたの？」

優《やさ》しい声で、尋《たず》ねた。

微苦笑して、いつきはうなずいた。

「あの親父《おやじ》の頬《ほお》をぶん殴《なぐ》って――」

ぱしん、と自分の手の平を、少年は叩《たた》いたのだ。

「――おかえりなさいって、ちゃんと言ってやらなきゃいけませんから」

＊

巨神《きょしん》の激突《げきとつ》を見やるのは、親子だけではなかった。

ふたつの嵐《あらし》がぶつかるかのような荒々《あらあら》しい風景の中で、ひとりだけ別世界のごとき静《せい》寂《じゃく》さを、その少女は保っていた。

少女は、空にあった。

黒い髪《かみ》を揺らして、月光を浴びていた。

遊園地の観覧車の頂点あたりで、何の支えもなしに浮遊《ふゆう》していた。

「影崎さん……」

巨神の一柱に、少女は囁《ささや》く。

黒羽《くろは》まなみ。

巨神の起こす魔風にとらえられれば、何の抵抗《ていこう》もできずにちぎれとびそうな儚《はかな》い霊体《エーテル》のまま、少女は巨神を見据《みす》える。

「私、そこに行きます」

＊

そして、もうひとつ。

ふたつの巨神が荒《あ》れ狂《くる》う遊園地の東入り口からやや離《はな》れた、中央公園であった。

もちろん、この程度の距離《きょり》では巨大な霊《エーテル》体同士の激震《げきしん》から逃《のが》れられない。たとえ一般《いっぱん》人であろうとも、不可視の圧力に三半規管を揺さぶられるほどなのだが、そのふたりは例外のようだった。

ひとりは、息を荒くして片手を押さえた、毛皮を纏《まと》う女。

ひとりは、右手を失った、仮面の錬金術師《れんきんじゅつし》。

ツェツィーリエと、〈礎《イエソド》〉である。

「あれが……サタジットの切り札かよ」

「予想はついていたと考えるが」

女吸血鬼《きゅうけつき》の言葉に、自動人形《オートマタ》が応じた。

もっとも、右手を失った痛手が響《ひび》いているのか、その口調はいくらかぎこちない。司たちと一戦を交え、サタジットが羽化登仙《うかとうせん》したのをきっかけに、戦いから離脱《りだつ》した直後であった。

ツェツィーリエは、朱唇《しゅしん》の端《はし》を吊《つ》り上げる。

「そりゃさ。予想はついてたさ。仙人の究極といえばあれしかない。歴史上そこまで辿《たど》り着いたものが十指に満たないとしてもな。——だけどあいつ、そこに辿り着くのを、これまでずっと引き延ばしてたわけかよ。それこそ、最高のご馳走《ちそう》を目の前にしてずっと我慢《がまん》してるようなもんだろが」

「それに、値《あたい》する夢だったのだろう」

〈礎《イエソド》〉は言う。

「夢、か」

ひどく複雑な顔で、ツェツィーリエは肩をすくめた。

「世界の誰《だれ》もに魔法《まほう》を垣間見《かいまみ》せるって夢か。ずっと歴史の裏で生きていた魔法使いが、この世界に魔法があるのだと認識《にんしき》させる——世界そのものの認識をつくりかえるための、〈創世〉か」

それは、〈螺旋なる蛇《オピオン》〉の目的だった。

同時に、多くの魔法使いたちが望んでやまない、遥《はる》かな幻想《ゆめ》だった。科学に駆逐《くちく》されたと認める魔法使いたちが、それでも諦《あきら》めきれない未来であった。

ゆえに、〈螺旋なる蛇《オピオン》〉は惑星《わくせい》魔術を選んだ。

世界の誰もに妖精眼《グラム・サイト》を——魔術を視《み》る瞳を与《あた》えるための儀式《ぎしき》を。

たとえ、その儀式によって、人類の大半が発狂《はっきょう》するとしても。

「それが、どうかしたのか?」

「いいや。別に」

かぶりを振《ふ》って、ツェツィーリエの瞳は夜闇《よやみ》に流れる。吸血鬼を自称《じしょう》する彼女の身体《からだ》からすれば、この程度の暗闇は真昼と同じことだ。

はたして、停止して久しい噴水《ふんすい》のすぐ近くに、真っ白な少女が佇《たたず》んでいた。

「タブラ・ラサ」

「……あ。ふたりとも、帰ってくれたんだ」

複雑精緻《せいち》な魔法円を足元に、霊体《エーテル》の少女は無邪気《むじゃき》に笑う。実際、今も強大極《きわ》まりない魔術が少女を中心に蠢《うごめ》いている。

それこそ、惑星魔術の起点であった。

そして、それを司《つかさど》る少女こそ〈螺旋なる蛇《オピオン》〉の〈王冠《ケテル》〉の座《セフィラー》。魔法使いになった魔法。

あるいは、第三団《サード・オーダー》。

しかし今は、少女の身体だけでなく、その細い手に持った王錫《おうしゃく》も頭にかぶった茨《いばら》の冠《かんむり》も、どこかしら夢のように霞《かす》んでいた。

「お前……前より薄《うす》っぺらくなってないか？」

ツェツィーリエの指摘《してき》に、タブラ・ラサは困ったように笑《え》みを深めた。

「あれを、連れていってもらったからね」

「……あれ？」

その意味を理解できなかったツェツィーリエに、少女が補足する。

「あなたが出会ってない残りのふたり。この大魔術決闘《グラン・フェーデ》にそなえて、サタジットさんが連れてきてくれてたの。そのふたりを、もう一度フィンさんに託《たく》したんだ」

「……ああ、なるほどな」

ツェツィーリエが、軽く息をついた。

「ようやく全部分かったぜ。そうかい、あたしに話しかけてきた〈螺旋なる蛇《オピオン》〉の首領とやらはそういうことか。まあ、それならおいそれと新人とは会わせられないわな」

「えへへ、そうでしょ？」

悪戯《いたずら》っぽく、少女がうなずく。

かつて、ツェツィーリエが出会った〈螺旋なる蛇《オピオン》〉の首領は、タブラ・ラサとは違《ちが》う相手だった。

その理由を、やっと女は悟《さと》ったのだ。

「……もうすぐ、敵が来るよ」

タブラ・ラサが視線をあげた。

巨神の暴れ狂う遊園地の上空に、それとは別のものが少女には視えているらしかった。

「ここで成すべきことはすべて成し終えた。全部、あなたがたのおかげ。どのような結果が出るかはまだ分からないけど、もう十分。――良かったら、あなたたちはこのまま身を隠《かく》してくれない？」

「そりゃ、さっさと逃《に》げろってことか」

「…………」

少女は、答えなかった。

代わりに、ツェツィーリエの隣《となり》で気配が動いた。

「私は、おそばにいてかまいませんか」

錬金術師――〈礎《イエソド》〉が、小さな少女の前で、その大きな身を屈《かが》めたのだ。

「もとより自動人形《オートマタ》の身です。主《あるじ》を離れて機能を維持《いじ》することに意味がございません。どうぞ今しばらくおそばに置いてくださいませ」

「仕方ないわね」

タブラ・ラサは、わがままな子供を受け入れるように眉《まゆ》をひそめた。

それでも、嬉《うれ》しそうだった。

大小の人影《ひとかげ》が交わるその光景を見ながら、

「――おい？」

ツェツィーリエが眉根を寄せた。

タブラ・ラサの前で、騎士《きし》のごとく屈んでいた〈礎《イエソド》〉が、そのままがくりと前へのめったのだ。

ばかりか、ぼろぼろと、大きな身体が崩《くず》れたのだ。

「なんだよ、それ……！」

最初にこぼれたのは、硬《かた》い音だった。

金属同士が、ぶつかる音。

足下《あしもと》に歯車や発条《ばね》が雪崩《なだれ》落ち、ぼろぼろと無数の捻子《ねじ》や硝子《ガラス》玉もそれに続いた。〈礎《イエソド》〉の核《かく》であったろういくつかの呪物《フエテイシユ》も音を立てて無惨《むざん》に砕《くだ》けて、最後に髑髏《どくろ》の仮面がその上へ落ちて——それもふたつに割れた。

あっという間に、〈礎《イエソド》〉だったものは、もとのカタチなど分からぬ無機物の堆積《たいせき》物と化した。

「……無理したのよ」

と、タブラ・ラサが答えた。

悲痛な声だった。

「とっくに壊《こわ》れていたのに、それでもここまで身体を引きずってきたのね。動かなければ大丈夫《だいじょうぶ》だったかもしれない。壊れなくてよかったのかもしれない。だけど、それを押してもあたしのところに戻《もど》ってくれたんだね、〈礎《イエソド》〉くんは」

司との戦いは、それほどに錬金術師の身体を蝕《むしば》んでいたのだ。

おそらくは、万物融化剤《アルカヘスト》を逆流されたときだろう。咄嗟《とっさ》に右腕《みぎうで》を断《た》ち切った〈礎《イエソド》〉はその場での絶命こそ免《まぬか》れたが、その内部では取り返しのつかない侵食《しんしょく》を進行させていたのである。

少女の言った通り、無理に動かなければ対処の余地はあったかもしれない。万物融化剤《アルカヘスト》への対策も、時間さえかければ取れただろう。

だけど、この自動人形《オートマタ》はそうしなかった。

そんな対策の終わる頃《ころ》には、大魔術決闘《グラン・フェーデ》も終わっていると考えたのだろう。だからといって、壊れた身体で少女のもとへ駆《か》けつけて何の意味があったのかは、本人だけにしか分かるまい。

自動人形《オートマタ》らしからぬ、ひどく非合理的な行動。

「頑張《がんば》ったね。すごく頑張ったね」

亡《な》くなった我が子を褒《ほ》める親のように、タブラ・ラサは何度も言った。

きゅっと眉をハの字にして、唇《くちびる》も同じように引き結んで、少女は今にも泣き出しそうだった。

　そして、

「——ひとつ、訊《き》いていいか？」

　ツェツィーリエが、改めて口を開く。

「……なあに？」

「お前は、どうして〈螺旋なる蛇《オピオン》〉の夢とやらに乗っかったんだ？　魔法使いになった魔法からすれば、別に魔術が他人に認められようがそうでなかろうが、どうでもいいことだろう？」

　その質問に、タブラ・ラサは淡《あわ》く笑った。

〈礎《イエソド》〉を失った悲しみを振り切るように、かぶりを振った。

「それ逆だってば。私は〈螺旋なる蛇《オピオン》〉のみんなの気持ちをけして無視できないわ。——そういうモノだもん」

「みんなの気持ち？」

「虐《しいた》げられた者の気持ちなど、どこでも変わらないでしょ」

　一拍《いっぱく》おいて、少女はツェツィーリエの質問に答えた。

「――私を見て」

歌うように、告げたのだ。

「…………」

「ここにいる私を、きちんと見て」

少女は、いつよりも薄れた身体を押さえて言う。

「誰にも顧《かえり》みられない魔法使いたちが、誰からも賞賛されぬ魔法の技術を磨《みが》いて、何の栄《えい》誉《よ》も得られずに死んでいく。そんなことを何十代も続けてきて、これからも続けていく。それでも悪くないかもしれない。魔法使いの人生とはそういうものかもしれないし、〈協会〉の魔法使いたちはずっと諦めてるんでしょ。だけど、私たちは諦めないし、諦めきれない。私たちはそういう弱者で負け犬で恥《はじ》知らずなんだから、最後の最後まで牙《きば》を剝《む》いてみせるよ」

「そうかい」

と、ツェツィーリエは息をついた。

「……あたしは、外道《げどう》だからね」

ぽつりと、呟《つぶや》いた。

「自分の魔術のためならなんでもやった。いいや、魔術と関係なく、自分が愉《たの》しめるならなんでもやった」

　牙を剝きだして、美しい女は嗤《わら》う。

「知り合いの魔術《まじゆつ》結社に生け贄《いにえ》を要求してみたり、それが受け入れられなかったら腹いせに滅《ほろ》ぼしてやったり、たまたま生き残った子供《オルトヴィーン》を無理矢理弟子《やりでし》にして連れ歩いたりさ」

　それが、オルトヴィーンとの出会いだった。

　彼女にしてみれば、ちょっとした実験の材料が欲しかっただけのこと。殺したのにも滅ぼしたのにも、大した意味はない。邪魔《じやま》な小石を払《はら》った程度の気分で、ついでに愉しめそうなことは精一杯《せいいつぱい》に愉しんだという話。

「自分の魔術の実験台として、その弟子もずいぶん弄《もてあそ》んださ。ルーンを刻んだ他人の皮《ひ》膚《ふ》を移植したり、ほとんど毒そのものの魔術薬を強引《ごういん》に口に放り込んだりな。その都度、あいつが泣き叫《さけ》んでるのが、また気持ちよかったっけ」

　陶然《とうぜん》と、女は言う。

　ぶるり、と背が震《ふる》えた。

　これまで呑《の》んだ中で、一番旨《うま》かった酒を思い出すかのようだった。悪逆なる記憶《きおく》も、外道たる記録も、この女性にとってだけは麗《うるわ》しい酒と変わらないらしかった。

「誰《だれ》が言ったんだっけかな。——あたしは自分のことを災厄《さいやく》と考えているから、どんな目に遭《あ》わせてもかまわないって思ってるんだとか」

女は言う。

「そうかもしれない。いや、そうなんだろうさ」

女は言う。

「あたしは、災厄である自分が誇《ほこ》らしかった。他人を蹂躙《じゅうりん》して、何もかもを簒奪《さんだつ》できる自分こそが頼《たの》もしかった。たとえ本物の神様がやってきて、悔《く》い改めるチャンスをくれるとか言い出しても、知ったことじゃねえ」

この吸血鬼《きゅうけつき》らしくもない饒舌《じょうぜつ》だった。

しかし、一方で、妙《みょう》にこの女らしくもあった。

「……だからさ。もう少し愉しませろよ」

「っ……」

タブラ・ラサが目を見開いた。

「それは、ツェツィーが——」

「おいおい、そのあだ名はやめろってジェイクにも言ったんだが」

「そのジェイクが昏倒《こんとう》中だもの。あたしが代わりをしないといけないでしょ」

女教皇《ハイ・プリエステス》の勝手な言い分に、それ以上ツェツィーリエは文句を付けなかった。言葉面《づら》こそいつもと変わりないのに、半透明《はんとうめい》の少女がきゅっと顔を歪《ゆが》めているせいかもしれなかった。

ただ、小さく鼻を鳴らした。

「ここでは、ずいぶん愉しく酔《よ》わせてもらった。あたしは他人を蹂躙するだけの災厄なんだから、もう少しぐらい続けてもかまわないだろう？」

「でも、ツェツィーもその右手はもう――」

止めようとして、タブラ・ラサがかすかに震えた。

少女は魔法円から出ることはかなわなかったからだ。今も続いている惑星《わくせい》魔術を制御《せいぎょ》するために、タブラ・ラサはこの場にいなければならなかった。

ツェツィーリエもまた、視線を切る。

「いいから黙《だま》って引っ込んでろ。――もう、来たからさ」

そのまま、宙を振《ふ》り仰《あお》いだのだ。

「聞いたか。あたしが相手をしてやるよ」

「──好きにしたらええ」

清冽《せいれつ》たる声は、その空からかかった。

巨神《きょしん》の戦いによって巻き起こった呪力《じゅりょく》の渦《うず》の中で、その少女は三角の帽子《ぼうし》を押さえて、漆黒《しっこく》のマントを翻《ひるがえ》していた。

まるで、死神のようだった。

百年も人の手が入ってない湖のように、その蒼《あお》い瞳《ひとみ》は静かに澄《す》んでいた。

穂波《ほなみ》・高瀬《たかせ》・アンブラー。現状の〈協会〉で最も若い、魔法使いを罰《ばっ》する魔法使い。しかし、その手に携《たずさ》えたミストルティンの槍《やり》の輝《かがや》きは、その若さと実力が容易に関連づけられぬことを示していた。

「早かったなあ、お前。あんだけ巨人が暴れてるんだから、もうちょい時間稼《かせ》げるかと思ったんだがね」

「惑星魔術の起点を、伊庭くんに探してもらっただけや」

「おいおいおい。あいつを倒《たお》せば大魔術決闘《グラン・フエーデ》はお前らの勝ちだろ。何さぼってるんだよ〈協会〉」

「その大魔術決闘《グラン・フエーデ》を無視して、惑星魔術なんか励起《れいき》してるんはどこの誰や？　あたしらが勝って世界は発狂《はっきょう》したじゃ、洒落《しゃれ》にもならへんのやけれど」

「……は」

と、女吸血鬼の唇から、声が漏《も》れた。

「は、は、ははははははははは。そりゃそうか！　そりゃそうだな！　お前は最初に会ったとき、念入りに殺しておくべきだったなあ」

ひどく嬉《うれ》しそうに、ツェツィーリエは嗤った。

「そうやね。あのときなら、簡単にあたしを殺せたんやないかな」

穂波も、認める。

この女吸血鬼は、一年数ヶ月前、少女が手も足も出なかった相手だった。

〈アストラル〉に入社して以来、初めて完敗した相手かもしれなかった。真正面からやりあって、魔術の相性《あいしょう》も何も言い訳がきかぬカタチで敗北したのが、このツェツィーリエだった。

あれから、時間が経《た》った。

この女吸血鬼は〈螺旋なる蛇《オピオン》〉の幹部となり、少女は魔法使いを罰する魔法使いとなった。

差は埋《う》まったのか。変わらぬのか。広がったのか。

惑星魔術に身を捧《ささ》げたタブラ・ラサの見守る中、ふたりの魔女はゆるやかに自らの呪力を高めていく。

「今なら……あたしが勝つ」

少女が言い切った。

その槍が、月光に淡《あわ》く輝いた。

「どうかねえ」

女が、舌なめずりする。

帰るべき場所に帰ってきた、とでも言うようだった。

天空では二柱の巨神が激突《げきとつ》し、今地上ではもうひとつの戦いが始まろうとしていた。

＊

最後に。

遊園地の非常口のあたりを、ひとりの若者が歩いていていた。

巨神の激突を一顧《いっこ》だにしない、夢見るような歩みであった。非現実的な——いっそ妖精《ようせい》めいた『在り方』ゆえに、彼の周囲だけは嵐《あらし》も避《さ》けて通るかのようだった。

妖精。

それは、〈協会〉圏《けん》の魔法使いにも、いまだ目撃《もくげき》されてないモノだった。

良い妖精《シーリーコート》、悪い妖精《アンシーリーコート》、あるいは赤帽子《レッドキャップ》や青ズボン《ブルーバーチエス》などさまざまな名前で呼ばれつつ、けしてその姿を現さない。ただ、一部の神隠《かみかく》しや取り替え児《チェンジリング》など、『妖精の仕業《しわざ》』として知られる現象だけが、稀《まれ》に発生する。

妖精とは、そういう存在だった。

では、その妖精に似た若者とは――

「……ああ」

枯《か》れ草《くさ》色の髪《かみ》を振って、若者は空を仰ぐ。

その手に、大きなガラス管のようなものが携えられていた。中には、何かぶよぶよとした肉塊《にっかい》が浮《う》かんでいるが、夜闇《よやみ》の暗さはそこまでを見通させない。

しかし、若者の表情にはひどく切実なものが浮かんでいた。

この場を離《はな》れることに、途轍《とてつ》もない葛藤《かっとう》を覚えているようだった。あまりに彼らしくない感情は、まるで初めての経験のごとく、若者の心を揺《ゆ》さぶっていた。

「僕が……戻《もど》るまで」

乾《かわ》いた唇《くちびる》が、こぼす。

「それまで……死なないでくださいよ……いつきくん……」

そんなことを、若者——フィン・クルーダは囁《ささや》いたのであった。

2

巨人の戦いは、やがて新たな局面へ移っていった。

撃滅《げきめつ》から、もうひとつの戦いへ。

互《たが》いに振りかぶった拳《こぶし》で相手を砕《くだ》くのではなく、ほぼ相反する行為《こうい》——ぶつかりあった巨大な拳から、相手と同化しようとし始めたのだ。

粘液《ねんえき》にも似た霊《エーテル》体が、ゆっくりと相手を吸収していく。

混濁《こんだく》しあい、融合《ゆうごう》しあう、始源の闘争《とうそう》。

最終的にひとつとなった霊《エーテル》体の巨人の中で、ふたりの魔法使いのどちらが主導権を握《にぎ》るのかと、そういう争いである。

もっとも、どちらが勝ったとしても、結局天仙《てんせん》は世界に消えゆくしかない。

そういう意味で、ひどく虚《むな》しい闘争でもあった。

しかし。

その足下《あしもと》にも、変化は生じていた。

「――大元《ノウボウ》帥明《タリツ》王に《タボリツ》帰命《ハラボリツ》したてまつる《シャキンメイ》。汝の《シャキンメイ》威徳と《タラサンダン》守護を《オエンビ》授け給え《ソワカ》」

真言が流れたのだ。

すなわち、大元帥明王真言。

あるいは大元帥法《たいげんのほう》とも呼ばれる秘術であった。古くより平将門《たいらのまさかど》を討《う》ち取り、神風を招いたともされる国家鎮護《ちんご》の呪法。個人で制御した今は密教として最高レベルの結界を張り巡《めぐ》らせ、降り落ちる霊的物質《エクトプラズム》の雨を片端《かたはし》から蒸発させる。

無論、隻蓮であった。

巨神たちの戦いから身を護《まも》るため、彼もまた最高レベルの呪術を必要としたのである。

「司どの」

「はいはい、もうちょっと待ってくれよ。こっちもウォーミングアップとかあるからさ」

脂汗《あぶらあせ》を滲《にじ》ませつつ結印した隻蓮へ、司が答える。

こちらはずれた眼鏡《めがね》を直しつつ、巨神たちの姿に目を細めていた。ふざけた口調と相反して、その瞳だけがひどく真剣《しんけん》であった。

そして、隣《となり》に立つ猫屋敷が唸《うな》るように声をあげた。

「これが……あなたの練ってきた策ですか」

「うん。どうしても、あれに接近する必要はあるからね？　でもまあ、まともにやったら、あの巨人たちに触《ふ》れるどころか、霊的物質《エクトプラズム》の雨にひっかかって全員溶《と》かされるのが落ちでしょ」

唇で細葉巻《シガリロ》を持ち上げて、司はけらけらと笑う。

「さてさて。これでうまく近づけるかな？」

「主《マスター》のご指示なら。――接近する部位はどこでも？」

ユーダイクスが答える。

「うん、まあこれが巨大ロボットだったりしたら、コクピットは頭か胸がお約束だけど、あの巨人はその全体が柏原《かしわら》くんだからね。魔術《まじゅつ》的に接触《せっしょく》するのは踵《かかと》でも爪先《つまさき》でもどこでもかまわないはずだよ」

「精密な魔術作業をそこまで単純化するのは、世界でも主《マスター》だけだが」

「こりゃ手厳しい」

また、司が笑う。

くるりと振り返って、銀髪《ぎんぱつ》の青年へと語りかける。

「猫屋敷くんにやってほしいのは——」

「分かりますよ」

「お？　説明とかいらない？」

「ここまで丁寧《ていねい》にお膳立《ぜんだ》てされて、分からないわけもないでしょう。これでも結構長い間、あなたの下で社員をやらされたんですよ」

「にゃあ」

青年に賛同するように、白猫《しろねこ》が鳴いた。

「そっか」

と、司も頭を掻《か》いた。

ぼさぼさと掻き回す指に細葉巻《シガリロ》が挟《はさ》まっていて、その吸《す》い殻《がら》が落ちたのか「熱《あち》ゃちゃっちゃ！」と道化《どうけ》っぽく飛び上がる。

「ふざけないでください」

「いや、ふざけてるわけじゃないんだけど、ほらこうして吸うのって結構ひさしぶりで勘《かん》とか狂《くる》っててさ。これでも緊張《きんちょう》してるんだよ？」

「態度で表してみたらどうです？」

「四十過ぎのおっさんに難しいことを言うなあ」

あくまで朗《ほが》らかに、司が眉《まゆ》をひそめる。

今も、霊的物質《エクトプラズム》の雨は降っている。隻蓮の大元帥明王真言によって防いではいるが、その均衡《きんこう》がいつまで続くかも、まったく分からない状況《じょうきょう》だ。そんな状況でもふざけ続けることこそ、道化の本懐《ほんかい》というようでもあった。

「じゃあ、若人《わこうど》が手伝ってくれるかな？」

「………………」

少しの間、猫屋敷は沈黙《ちんもく》した。

それから、大げさにため息をついてみせた。

「もう私も若人とは言えませんが……〈協会〉としても、〈螺旋なる蛇《オピオン》〉の天仙を打ち破ることに、嫌《いや》な顔はしないでしょう」

「おお?!　三十路《みそじ》前で若人じゃないって喧嘩《けんか》売ってるの?!　おじちゃん全面的に買っちゃうよ?!　つか、相変わらず優等生な答えだこと。魔法使いを罰《ばっ》する魔法使いになっても、全然変わんないのな」

「あなたに言われると、寒気がします」

心底嫌そうに、猫屋敷がスーツの肩口《かたぐち》を払《はら》う。

「……にあ」

「にゃあ」

「うにゃあ」

「にぃ〜〜〜〜〜〜〜〜〜〜〜〜〜〜〜あ」

そのそばで、四匹《ひき》の猫がそれぞれに鳴き声をあげる。

なぜだか、嬉《うれ》しそうに聞こえる声であった。

司は、ぽんと自分の胸を叩《たた》いた。


「さて、やりますか」


そのときであった。

急に、男の身体《からだ》が硬直《こうちょく》した。

遠くから、とある声が聞こえたのだ。

「っ――」

その声に、司は息を止めた。

数秒、顔を押さえた。

「…………」

その手が震《ふる》えていることも、耳が真っ赤に染まっていることも、周囲の魔法使いたちは指摘《してき》しなかった。真言を維持《いじ》している隻蓮にしてからが、いくらでも待つと決めたように、ぎゅっと結印を強めた。

ユーダイクスはいつもの硬《かた》い表情で、猫屋敷はかすかに苦笑《くしょう》を漏《も》らしてかぶりを振《ふ》った。

「……ああ、追いつかれたか」

振り返ったときには、男はいつものにやつき顔に戻っていた。

「ヘイゼルさんになるべく足止めしてくれるようお願いしたんだけど、この分だと途中《とちゅう》でやめたなあの人。もともと俺が言った通りに働いてくれるような人じゃないけどさ。これはまあ、一本取られたたな」

いつもと同じに肩をすくめて、頰《ほお》をこする。

そして、新たな人物は告げた。

「父……さん……！」

他《ほか》に、男をそう呼ぶものなどいない。

伊庭いつきであった。

＊

いつきは、強く拳を握りしめていた。

握りしめすぎて、拳の表皮は白く染まり、ぶるぶると震えていた。

父と子。

大魔術決闘《グラン・フエーデ》が始まってより、二度目の接触であった。

「…………」

「…………」

互いに、すぐに言葉は継《つ》げなかった。

最初のときと違《ちが》い、それぞれの内情が透《す》けた分だけ、より言葉は重くなったのかもしれなかった。

だから、男は別のことに注意を振り向けた。

少年が高速で空を突《つ》っ切《き》ってきたことも、霊的物質《エクトプラズム》の雨をくぐりぬけたことも、不思議にはあたらない。

彼には、最強の守護者がいたからだ。

「……凄《すさ》まじいな、君」

と、司はその守護者へ呼びかけたのである。

相手も、応《こた》えた。

「あなたが、伊庭司ですわね」

少女は、その手の一振りで、霊的物質《エクトプラズム》の雨を弾《はじ》いてみせる。魔術でもなんでもなく、そういう生態を彼女が獲得《かくとく》しているゆえであった。

粘《ねば》っこい霊的物質《エクトプラズム》を払い、少女は優美に一礼したのだ。

「初めまして。――〈ゲーティア〉の今の首領、アディリシア・レン・メイザースと申します」


少女は、いつよりも美しかった。

金糸を織り上げたような縦ロールも、こちらを真《ま》っ直《す》ぐに見つめ返す瞳《ひとみ》も何より美しい。たとえ、その顔の脇《わき》に、半透明《はんとうめい》の雄羊《おひつじ》と雄牛の首が消えたり現れたりしていても。異形の顔からはちろちろと炎《ほのお》が蠢《うごめ》いていても。そして、ドレスを纏《まと》う少女自身の身体が何度となく魔神のそれとだぶってしまっても、彼女の美しさは増すことはあれ、減ずることはなかった。

「はは、君ならあの巨人《きよじん》でもやれるんじゃない？」

「無理ですわ。こんなの長持ちしませんもの」

アディリシアが胸を押さえる。

少女の白い手とだぶっているのは——おぞましい魔神の手であった。巨神と同じ霊体《エーテル》の手が、霊的物質《エクトプラズム》も防いだのである。

もっとも、そこらの霊体《エーテル》ならば、溶かされて終わるはずだ。

少女の『力』は、少女自身が受容した宿命の重さそのものでもあった。

魔神と融合《ゆうごう》した、その結果。

その姿を哀《あわ》れむでもなく、蔑《さげす》むでもなく、ただ当たり前に見て、司は話しかける。

「……そっか。君のお父さんとはいろいろあったんだけどね。うちの息子《むすこ》もやらかしたらしいし、何もかもがいまさらではあるよな」

しみじみと、司は言う。

実際、なんと数奇《すうき》な縁《えん》であったろう。

かつて司が生かそうとした〈螺旋なる蛇《オピオン》〉の魔法使いたちを、アディリシアの父——オズワルド・レン・メイザースは殺害した。その際に手に入れた、最初の紅《あか》い種によってオズワルドは魔法《まほう》のなりそこないと化し、司の息子であるいつきによって、とどめを刺《さ》された。

因果といい、応報という。

魔術における基本概念《がいねん》は、ここにおいても正しく機能していた。

「どうする？　君には俺を憎《にく》む権利がある。君のお父さんが道を踏み外したきっかけとして、あるいはとどめになった相手として、俺を糾弾《きゅうだん》してもよいと思う。抵抗《ていこう》はするけれど、殺そうとしてみるのもいいかもしれないよ。法律は許さなくても、そんなことを気にする〈ゲーティア〉じゃないだろう」

「しませんわ」

アディリシアが言った。

「魔法使いがその夢をかなえようとする過程で倒《たお》れるのは本懐というべきです。父を尊敬し、愛していますが、あなたを恨《うら》む要素など最初からありはしません」

「これは一本取られた」

ぴしゃりと、自分の額を司は叩いた。

「なるほど、君は魔法使いだ。ひょっとすると、あのオズワルドよりも魔法使いらしい。〈ゲーティア〉は最高の後継者《こうけいしゃ》を得ていたらしい」

「口の上手《うま》い方ですね」

「ほら、おだてにも乗ってくれない」

にんまりと片目をつむった。

その隣《となり》から、ようやっと口が開いた。

「父さん……！」

いつきが、言った。

まだ震えてはいても、今度こそ、その瞳には覚悟《かくご》と冷静さが取り戻《もど》されていた。

司は、ひとつ息をついた。

「……やれやれ、でかくなったもんだよ息子」

くしゃくしゃと、髪《かみ》を掻《か》く。

「ここまで来たなら、俺がやろうとしてることはもう知ってるよな？」

「知ってる」

うなずいた少年に、司は肩をすくめて言った。

「――だったら、『黙《だま》って見てろ』。あの伝令役《メッセンジャー》にもそう伝えたぜ」

「断ります」

対して、はっきりと少年は答えたのだ。

「これは僕が始めた大魔術決闘《グラン・フェーデ》です。いくら父さんでも、その想《おも》いに十二年の歳月がこもっていたとしても、ただ黙って見ていることなんてできません」

「こっちの事情も知ってて言うか」

司が微苦笑《びくしょう》する。

言葉と裏腹に、父親はひどく嬉しそうだった。

息子は苦しそうに、ぎゅっと唇《くちびる》を噛《か》んだままだった。ひどく対照的な父と子の表情は、なぜか似通っても見えた。

「しかし、困った。事情を知ってそう言うなら、いろいろ妥協《だきょう》が難しい」

司が腕《うで》を組んで、悩《なや》んだ顔をする。

それも、ほんの一瞬《いっしゅん》だった。

「だから、待たないよ！　ユ、ユーダイクス！」

司が、駆《か》けた。

巨人の方へ。

隻蓮の維持する結界を出た瞬間、名を呼ばれた自動人形《オートマタ》がインバネスの袖《そで》を打ち振った。

「起動する！　言葉の鍵《かぎ》は九つの鶏鳴《けいめい》！」

陶器《とうき》の小瓶《こびん》であった。

司の前途で割れたその瓶は、中身の液体を散布したのだ。夏の夜の気温に耐《た》えきれなかったものか、それはたちまち表面にぐつぐつと泡《あわ》を立てて揮発し、降り落ちる霊的物質《エクトプラズム》の雨を無効化する、魔術の霧《きり》をつくりあげた。

中世のとある錬金術師《れんきんじゅつ》は、自分の姿を隠《かく》すための霧を纏っていたという。ユーダイクスの投げた小瓶もそれを再現したものであったろうか。隠密《おんみつ》のための霧は守護のための霧と変じて、司は霊的物質《エクトプラズム》の雨を突っ切り、巨人の踵《かかと》へと駆けていく。

いつきが、その背中へ手を伸《の》ばす。

「父さん――！」

「伊庭社長」

しかし、すぐ近くの猫屋敷が、追おうとしたいつきを制止した。

視線は合わせない。

呼称《こしょう》からも暗示しているように、いまだ青年は〈協会〉に派遣《はけん》されているのだ。彼の行動は〈協会〉に利益をもたらさねばならない。それこそ、彼らが誇《ほこ》りとする〈アストラル〉の貸し出し魔法使い《レンタルマギカ》の在り方なのだから。

だから、代わりにこう訊《き》いた。

「あなたは――〈アストラル〉は、どうするつもりです」

スーツの背中が、問う。

少年に、この先の展望を明らかにせよと言い放つ。

「僕は……」

言いよどんだ少年へ、かつて仕えた陰陽師《おんみょうじ》は続けた。

「大魔術決闘《グラン・フェーデ》の規定からすれば、何の取り引き材料もなしに、あなたが片方の陣営《じんえい》に与《くみ》することなどできないかもしれません」

猫屋敷が唇を噛む。

誰《だれ》もの立場が入り組んでいる。心のままに動くことなどかなわぬほどに、現実はいつも複雑な迷路をつくりあげている。

それでも、

「私は――」

猫屋敷の言葉も、かすかによどんだ。

そのよどみさえも受け入れるように、青年はひとつうなずいて、強い決意を瞳に漲《みなぎ》らせて口にしたのだ。

「私は――あの人を助けます」

あの人とは、どちらか。

魔法使いを罰《ばっ》する魔法使い、影崎か。

かつての〈アストラル〉に仕えていた社員、柏原か。

猫屋敷の言葉に、足下《あしもと》から四つの鳴き声が湧《わ》き上がった。

「……にあ」

「にゃあ」

「うにゃあ」

「にぃ〜〜〜〜〜〜〜〜〜〜〜〜〜〜〜〜〜〜〜あ」

式神たち。

玄武《げんぶ》、白虎《びゃっこ》、青龍《せいりゅう》、朱雀《すざく》。

四神の名前を与《あた》えた猫《ねこ》たちへ、今高らかに猫屋敷は呪句《じゅく》を唱える。


「ひとつがふたつ、ふたつがよっつ、よっつがやっつ、やっつがじゅうろく——」

扇子《せんす》が翻《ひるがえ》った。

それだけは、かつての羽織の頃《ころ》と変わらぬ呪物《フェティシュ》。

「太極より両儀《りようぎ》生じ、両儀より四象に至り、四象は八卦《はっけ》に変わり、八卦は六十四卦の大成卦となす。されど、我はその爻《こう》を押し開き、三百八十四の爻を結ばん——」

猫が、増える。

たちまち、凄《すさ》まじい勢いで増えていく。

霊体《エーテル》として増殖する分身が、遊園地の地面を占《し》めていくのだ。ユーダイクスの小瓶がつくりあげた霧の中を駆け、あっという間に司を追い抜《ぬ》かしていく。

すなわち、その呪術の名は——

「今宵《こよい》の演《だ》し物は、四神相応がひとつ——六十四卦三百八十四爻の陣」

猫屋敷の中で、最大の物量を扱《あつか》う秘術。

四匹《ひき》の式神をその名の通り、四方を守護する四神に照応させて、呪力を生成、増幅《ぞうふく》、制《せい》御《ぎよ》、濃縮《のうしゆく》と繰《く》り返す。このとき四匹の猫はひとつの魔術装置となり、呪力を螺旋《らせん》のごとく回転させて、ひとりの魔法使いとしてはありえない域まで高めていく。

かの天仙《てんせん》たちの巨神《きよしん》のごくごく一部——踵の表面を覆《おお》う呪力だけならば、かろうじて拮《きっ》抗《こう》するほどの。

同時に、無防備となる猫屋敷の周囲は、隻蓮の大元帥明王真言がカバーする。

先代〈アストラル〉の総力が、伊庭司の行くべき道をつくりあげていく。

しかし。

「…………っ?!」

猫屋敷の唇が、血臭《けつしゅう》の混じった吐息《といき》をこぼした。

足りないのだ。

じゅっ、と魔法使いにしか聞こえぬ音を立てて、猫たちの分身が巨人の表面で蒸発する。

魔法使いたちの総力を傾《かたむ》けてもなお、巨人のほんの一部へ接触《せっしょく》しようという、それだけの試みが成功しないのだ。あまりにも絶大すぎるふたりの天仙は、融合《ゆうごう》という経過によって、さらにその密度をあげ、殺到《さっとう》する猫たちの霊《エーテル》体を蒸発させていく。

（それとも……私の、せい?!）

猫屋敷が、ひるがえす扇子を見やる。

魔法使いを罰する魔法使いとして、〈協会〉から支給された呪物《フェテイシュ》やスーツは、彼の戦闘《せんとう》能力を飛躍《ひやく》的に増大させた。だが、それは魔法使いとして向上したわけではない。

基本的に西欧《せいおう》の魔術で構築された〈協会〉の呪物《フェテイシュ》が、青年の陰陽道とかすかな呪波干《かん》渉《しょう》を起こすことは否《いな》めぬ。そうした影響《えいきょう》の積み重ねが、彼の術式にとって無視できぬ瑕《か》疵《し》となったのか。

（……私、は）

かといって、途中で術式は取り下げられない。

取り下げれば、自分を信じてあの巨人へと走っていった司は、たちまち巨人の霊気《れいき》に取り込まれて死に至るだろう。もはや巨人が発散している呪力は、真正の魔法使《まほうつか》いでさえまともに対峙《たいじ》できるものではない。

歯を食いしばった青年の耳朶《じだ》を、別の声が叩《たた》いた。

「――違《ちが》いますよ、猫屋敷さん」

振《ふ》り返る。

いつきであった。

とても優《やさ》しい瞳《ひとみ》で、少年はこちらを見やっていた。

きゅっと眉《まゆ》をひそめて、ひどく困ったような表情で――それでも柔《やわ》らかな笑《え》みを含《ふく》ませた顔で、少年は小さくため息をついて見せた。

「僕は、父さんを止めに来たわけじゃない」

（社長《いつき》……？）

内心で、つい昔の呼び名を使ってしまった猫屋敷に、少年はこう伝えたのである。

「僕の答えは、こうです」

3

（――届か、ない?!）

走りながら、司の脳裏《のうり》を最悪の予測がかすめた。

今、彼はユーダイクスの霧がつくりあげた道を、一直線に駆け抜けている。もう数秒、二十メートルも走り込めば、巨人の踵へと接触する。

だが、それと同時に、どんどん自分の意識が遠ざかっていくのも分かった。

強大な、呪力の圧によるものだ。

あまりに濃《こ》すぎる呪力の密度によって、何の魔術耐性《たいせい》も持たない司の身体《からだ》が蝕《むしば》まれているのである。

無論、対策は講じた。霊的物質《エクトプラズム》の雨にはユーダイクスの呪物《フェティシュ》を使わせたし、巨人の呪力を相殺《そうさい》すべく、今も猫屋敷が送り出した大量の猫の分身が、その踵へと体当たりしている。

だが、それでもまるで足りないのだ。

(——魔法使いに、なれてたらなあ)

一瞬《いっしゅん》、そんなことを思って、苦笑した。

それは、彼がなれなかったものだからだ。

なれなかったからこそ、嬉しくてたまらなく、憧れたものだからだ。

だから。

彼の夢は、魔法使いの幸せとなった。

自分が憧《あこが》れたものにもっと幸せであってほしいと、憧れたものなのだからこそもっとずっと先まで在ってほしいと考えて、勝手な願望を押しつけようとした。

(——まったく、押し売りもいいところだよなあ)

わがままだという、自覚はある。

夢だとか幸せだとか、綺麗《きれい》な言葉で飾《かざ》りつけても、これはただの欲望でしかない。伊庭司の思想を、他人どころかひとつの世界に拡散しようとする、愚者《ぐしゃ》の行いだ。

果てはそんな夢も諦《あきら》め、たったひとりの家族さえ捨てて——十二年も世界を彷徨《ほうこう》したり眠《ねむ》りについたりしてたのだから、これほど自分勝手な人間もそうはおるまい。

（駄目《だめ》人間で、駄目親だしな）

学生の頃は、自分がそんな風になるなど、考えもしなかった。別に輝《かがや》かしい人生が待ち受けてるなんて思わなかったけれど、こうも見事な駄目親になるというのはまったくの想定外だ。

だけど。

それでも。

（別に、今の自分が嫌《きら》いなわけじゃないな）

思った。

確認《かくにん》した。

誰よりも、自分の在り方を、伊庭司は信じていた。

唇《くちびる》から、赤い色がこぼれた。血であった。巨人の呪圧によって朦朧《もうろう》とした意識を、司は唇を噛《か》みちぎることで覚醒《かくせい》させたのだ。

「起きろ、この馬鹿《ばか》社員――」

手を、伸《の》ばす。

その直前、頭上を巨大な霊体《エーテル》の影《かげ》が覆った。

高層ビルを束ねたほどもあろうかという巨人の拳《こぶし》が、伊庭司の身体へと降り落ちたのである。

＊

ほんの数秒で、すべては決した。

＊

「僕の答えは、こうです」

口にした少年は、耳元に携帯《けいたい》電話を掲《かか》げていた。

多くの魔法使いが嫌う、科学の端末《たんまつ》。その成果を耳に当てて、少年はいつものように告げたのだ。

「社長命令だ」

はたして、何度目であったろうか。

二年前、〈アストラル〉という会社を受け継《つ》いでから、少年が発してきた台詞《せりふ》。

今、少年はその組織を自らへ譲《ゆず》った先代の背中を見て、新たに決意するように力強く言い放った。

「みかんちゃん！　結界を！」

＊

「来ました！」

電話を受けて、青年は声を張り上げた。

二十歳《はたち》そこそこと思《おぼ》しい、和服を着た青年の名は橘《たちばな》弓鶴《ゆづる》。かつて、いつきに救われた葛城《かつらぎ》家の守り人であった。

「みかん様！　いつきさんの指令です！」

弓鶴は、叫《さけ》ぶ。

目の前の川原では、細い注連縄《しめなわ》が張り巡《めぐ》らされ、即席《そくせき》の神棚《かみだな》がしつらえられている。

布留部市の各所に施《ほどこ》してきた結界の、起点となる場所だった。〈協会〉の魔術系統では魔法円といい、神道《しんとう》ではひもろぎという。どちらも場所を区切り、一定の式をもって呪《じゅ》力《りょく》を制御するためのものだ。

そして、今。

「たかまがはらにかむづまります、すめらがむつかむろぎ――」

神棚の前で、十歳ばかりの巫女《みこ》が高く、玉串《たまぐし》を振り上げる。

自分の背よりも高く、高く、高く。

魔法使いの目だけに見える――向こうの遊園地に立ち上がった天仙《てんせん》の巨人《きょじん》よりも、高く

と念じて。

(お兄ちゃん社長……!)

巫女は思う。

(あたしだって、ずっと……我慢《がまん》してたんだから……)

祝詞《のりと》を唱える。

想《おも》いとともに、呼気を放つ。

「かむはらひにはらひたまひてことことひし、いわね、きねたち、くさのかきはをも」

布留部市の西端で、葛城みかんは祝詞をあげた。

＊

同じとき。

布留部市のもうひとつの場所でも、その呪句はあがっていた。

やはり川原で、同じように即席の神棚——ひもろぎをつくりあげており、カミにも通じるぬばたまの髪《かみ》とともに、巫女の玉串が振り上げられる。

「たかまがはらにかむづまります、すめらがむつかむろぎ——」

みかんとうりふたつの、その姿。

あの少女をもう数年も成長させれば、うりふたつどころか、まったくの同一人物としか思えないだろう。

巫女の名を葛城香《かおり》。

支えるように見守る巨漢は、紫藤辰巳《しとうたつみ》。

いいや、実際に巨漢は支えていたのである。両手を合わせ、凛然《りんぜん》と佇《たたず》んだ巨軀《きょく》からは強大な精気《オド》が流れて、巫女を護《まも》らんとうねくっていた。

それもまた、葛城の秘術だったか。

祝詞の内容こそ、いずこの神社でも用いられる大祓《おおはらえ》でありながら、布留部市全体へ広がっていく呪力の在り方はまるで別物。少女の声はそれ自体が神威《かむい》となって水と風の流れに添《そ》ってゆく。

(みかん……)

香は、思う。

彼方《かなた》で、同じように祝詞をあげる妹の様子が、彼女には鮮明《せんめい》に伝わっていた。

直接言葉を交《か》わすより、よほど相手が理解できる気さえした。同調させた呪力と術式の影響《えいきょう》が、ふたりをいつよりも深く結びつけているのだ。

そんな風に、自分たちは育ってきたのだった。

(それも、違《ちが》うかの)

よぎった思考を、否定する。

確かに、自分はそう育ってきた。

しかし、みかんは一度はそこから脱落《だつらく》した身だった。血統はあれど、それを扱《あつか》うための才能が皆無《かいむ》。それゆえに誰《だれ》もに諦められて、捨てられた結果として〈アストラル〉へ拾われ、葛城家との縁《えん》も切れた。

それでも、少女だけは諦めなかったのだ。

〈アストラル〉でいくつもの仕事をこなし、絆《きずな》を深め、自分も葛城家も救ってくれた。ばかりか、いつきの妖精眼《グラム・サイト》を併用《へいよう》した修行《しゅぎょう》によって、ついには血の宿業《しゅくごう》も克服《こくふく》した。

けして、努力だけではない。

そんなもので魔法使《まほうつか》いの宿命は乗り越《こ》えられない。いくつもの幸運や環境《かんきょう》あってこそ、みかんがここまで来られたのは確かだ。

だけど、

（おぬしは……本当にすごいな……）

素直《すなお》に、少女はみかんを賞賛する。

幸運や環境があったことは、みかんの価値を曇《くも》らせない。むしろ、それを摑《つか》み取るまで耐《た》え抜《ぬ》いた妹の精神《こころ》にこそ、香は賛嘆《さんたん》の念を覚える。

きっとそれは。

神童と褒《ほ》め称《たた》えられながら、葛城家を何ひとつ変えられなかった自分に、一番足りなかったものだから。

(わらわも……おぬしのようでありたい……)

香は、思う。

彼方《かなた》から伝わる呪力と決意。

その力強さに唇がほころんでしまうのを、押し殺しながら。

背後で優《やさ》しく支えてくれている自分の守《も》り人に、心を委《ゆだ》ねながら。

「かむはらひにはらひたまひてことひし、いわね、きねたち、くさのかきはをも」

布留部市の東端で、葛城香はもうひとつの祝詞をあげた。

＊

大魔術決闘《グラン・フエーデ》が始まってから、一日と半。

それだけの日数を、みかんたちはただ耐えていた。

〈螺旋なる蛇《オピオン》〉や〈協会〉の魔法使いたちと直接戦闘《せんとう》することはなく——そうした行為《こうい》は厳重に禁じられて——最初にいつきから頼《たの》まれた通り、布留部市全体へ入念に結界を張り

巡らせていたのだ
〈螺旋なる蛇《オピオン》〉にも〈協会〉にも気づかれぬよう、その多くは大魔術決闘《グラン・フェーデ》が始まってからの工作だった。

ふたりがまわった霊脈《レイライン》の要所は、実に七十七カ所。

そのすべてが、花開くように稼働《かどう》する。

そして、結界の要所となる地点には、それぞれの魔法使いたちが派遣《はけん》されていた。

——あるいは、

「うちの在庫の呪物《フェティシュ》も総ざらえしましたものねぇ」

喪服《もふく》にヴェールを纏《まと》う女——〈トリスメギストス〉のディアナが、結界の稼働を見守りながら、微笑《びしょう》する。

〈アストラル〉の外部で、最も長くいつきたちを見守った魔法使いは彼女だったろう。

先代の司の頃から、呪物《フェティシュ》を供給してきた呪物商。

——あるいは、

「なんとか、間に合ったみたいです」

「ようやくかよ。はらはらさせやがって」

神職の衣装《いしょう》を身に纏った少年の名は、御凪諸刃《みなぎもろは》。

その隣《となり》で、唇《くちびる》を尖《とが》らせた同じ衣装の女は、御凪鎬《しのぎ》。

かつて伊庭いつきによって、神霊たる建御名方神《たけみなかたのかみ》の暴走から救われた少年神主と女神主の兄妹《きょうだい》だった。

結界の場所を決定したのは、このふたりだ。

地元であればこそ、蔵名《くらな》神社のふたりの神主も大いに活躍《かつやく》したのだといえる。

——あるいは、

「これで……止められますか？」

不安そうに、声がこぼれた。

白いケープを纏った、騎士《きし》であった。

いつきたちが今の〈アストラル〉の体制をつくってから、彼らとともに歩んできた〈銀の騎士団〉の正騎士。

少女騎士——クロエは、きゅっと唇をひきしめ、呪力の行く先を見守っていた。

ぐるぐると、螺旋《らせん》のごとくに回る呪力。

要所を回るたび、それらの呪力《じゅりょく》は霊脈《レイライン》の影響を受けて強化され、一点へと凝縮《ぎょうしゅく》される。

たったふたりの少女によって、集約される。

「すえかりきりて、やはりにとりさきて、あまつのりとのふとのりとごとをのれ！」

「すえかりきりて、やはりにとりさきて、あまつのりとのふとのりとごとをのれ！」

ふたつの声が、それぞれの場所で伸《の》び上がり、ひとつの術式を組み上げた。

布留部市に立ち上がった、巨人を中心として！

＊

まるで。

見えない鎖《くさり》に、つなぎとめられたかのようだった。

天上から、地の底から、八百万《やおよろず》の神々が投げかける巨大な不可視の鎖。すなわち神道の魔術特性――〈禊《Absolute Purification》〉によって、さしもの巨人さえもが、動きを封《ふう》じられたのだ。

巨人の拳《こぶし》が、止まる。

伊庭司の身体《からだ》を砕《くだ》くその寸前で。

＊

「伊庭社長——！」

その奇蹟《きせき》に、猫屋敷が振《ふ》り返った。

もちろん、術式は維持《いじ》したままだ。青年の技量は自分の意識を分割《ぶんかつ》しながら、十全に魔術を行使できる域に達していた。

対して、

「影崎さんがここで契約《けいやく》を使わせられるだろうことは、十分予測できました」

いつきは、言う。

動きを止めた巨人《きょじん》を前に、携帯《けいたい》をスーツへとしまう。

「影崎さんは〈協会〉にとっての切り札です。同時に〈螺旋なる蛇《オピオン》〉も、その切り札を使わせずに負けることはありえない。だから、布留部市を大魔術決闘《グラン・フエーデ》の戦場にしたんです」

「だから、ここを戦場に？」

「ええ、布留部市《ふるべし》であれば、僕らにも影崎さんを止められる方法があったからです」

それが、この結界だった。

とはいえ、いくつも不確定要素はあった。

そもそも、結界の要《かなめ》はみかんと香によるものだが、いつきが自らほかの結社に協力を要請《ようせい》したわけではない。あくまで向こうから言ってきたのに対して、自分の策を提示しただけだ。

向こうの親切に、つけこむようなカタチではある。

それぐらいなら、最初から協力を依頼《いらい》すれば良かったのにと、少年自身も思う。

しかし、いつきにはできなかった。

自分の都合だけで、死線を踏《ふ》み越えてくれとは言えなかった。

「それに、ここを舞台《ぶたい》としたなら、大魔術決闘《グラン・フェーデ》そのものが通りやすくなるとも思ってました。もともと、ここは紅《あか》い種を求めて〈螺旋なる蛇《オピオン》〉がやってきた土地ですから」

ハジマリの土地。

それゆえに、この策略は諸刃《もろは》の剣《つるぎ》でもあった。惑星《わくせい》魔術という結果まで読んでいたわけではないが、自分の作戦を進めることで、〈螺旋なる蛇《オピオン》〉もまた優位に立つことは分かっていた。

それでも、少年は通した。

勝つために。

「僕と同じで……父さんも、本当にずるいですね」

困ったように、いつきは笑う。

苦笑と、自嘲《じちょう》と、いろんなものがないまぜになった笑《え》み。

「…………」

その笑顔に、猫屋敷は息をとめる。

似ている、と、思ったのだ。

「さっき、僕とろくに話しもせずに背を向けたのは、隻蓮さんが限界と思ったとかそんなのじゃない。――ろくに話さずに行動してしまえば、僕がこうするしかないと分かってたからでしょう」

司も知っていたはずだと、少年は語る。

自分が天仙《てんせん》への対抗《たいこう》手段を持ち合わせていること。ここでその対抗手段を使ってしまうかどうか、迷っていたこと。

だから、それを決断させるために、事態を動かした。

拙速《せっそく》ともいえる行動そのもので、こちらへ促《うなが》した。

「じゃあ、伊庭社長は――」

「でも、踊《おど》らされてあげます」

呼びかけた猫屋敷に、いつきはうなずいた。

まるで、他愛《たわい》ない親子喧嘩《げんか》の後、両親と仲直りすることを決めた子供のように。伊庭いつきは、年相応にはにかんで、こう囁《ささや》いたのだ。

「ちゃんと終わったら、父さんを一発殴《なぐ》るって、そう約束したんですから」

＊

封印は、つかのまのことだった。

大量の呪物《フェティシュ》を用意し、霊脈《レイライン》そのものを利用した結界に加え、神道《しんとう》の魔術《まじゅつ》特性や葛城の秘術を足しても、なお巨人の呪縛《じゅばく》を維持するには足りない。

まるで、足りない。

焼け石に水という言葉そのままに、巨人を封じた不可視の鎖はたちまち蒸発していく。

だが。

その十数秒で、すべては終わった。

「……にあ」

「にゃあ」

「うにゃあ」

「にぃ〜〜〜〜〜〜〜〜〜〜〜〜〜〜〜〜〜〜〜〜〜〜あ」

封印された巨人の踵《かかと》へと、大量の猫《ねこ》がぶつかっていく。

呪力を相殺《そうさい》して、ただ人でしかない伊庭司が、巨人へ触《ふ》れるためのか細い道を形成する。

（やった、か……息子《むすこ》……？）

司の脳を、かすかな思考がかすめる。

いや、もはや思考であったかどうか。すでに、彼の状態は非想非非想へと突入《とつにゅう》していた。

「………」

瞳《ひとみ》は虚《うつ》ろに。

言葉は漏《も》らさず。

ただ走り、手を伸ばす。


——触れた。

次の瞬間《しゅんかん》。

とぷん、と巨人の踵の内側へ、伊庭司は溶《と》け込んだ。

第2章

魔法使いの帰還

1

その異変は、地上の戦場にも伝わった。

「今のは――サタジットくん？」

半透明《はんとうめい》の女教皇《プリエステス》――タブラ・ラサが、天空を見上げる。

別段、第三団《サード・オーダー》たる少女ゆえに感知したわけではない。

魔法使いならば、いやでも意識を奪《うば》われるほどの、呪力《じゅりょく》の揺《ゆ》れだった。

振《ふ》り仰《あお》がぬものは、ただふたり。

その片方、魔女の帽子《ぼうし》をかぶった少女が駆《か》け出した。


「我は乞う《ハイル》！」

詠唱《えいしょう》とともに、漆黒《しっこく》のマントからヤドリギが自動射出。

合わせて、穂波《ほなみ》の両手が斜《なな》めに交差する。

自動射出されたヤドリギの矢は、あくまで自動的にしか相手を狙《ねら》わない。しかし少女自身の放ったそれは弧《こ》を描《えが》き、螺旋《らせん》にうねって、対象の死角から襲《おそ》いかかった。

総勢二十数本にも至る、死の使い。

「汝《なんじ》は嵐《あらし》！　汝は雹《ひょう》！　汝は災《わざわ》い！　されば喰《く》らえ、ハガラズ！」

対して女吸血鬼《ツェツィーリエ》も、自らの足下《あしもと》へ金貨を投擲《とうてき》する。

貨幣《かへい》へ刻まれたルーンは、破滅《はめつ》と災いを意味する秘文字。

ᚺ《ハガラズ》。

ヤドリギの矢は、たちまち漆黒の風に呑《の》み込まれた。

オルトヴィーンにはひとつしかつくりあげられなかった黒き魔風を、女は一呼吸で五つもつくりあげる。わずかでも触れれば、魔術であろうが生物であろうが、おかまいなしに分解せしめる破壊《はかい》の魔術。

しかし。

それも、この少女には意味をなさなかった。

迫《せま》り来る黒風を、銀の刃《やいば》が断《た》ち切ったのだ。一振りで三つ。魔術を構築する術式自体が五分とすれば、これは少女が核《かく》とした呪物《フェティシュ》の強大さによるものだろうか。

ミストルティンの槍《やり》。

〈協会〉より支給された呪物《フェティシュ》を持って、少女が神話より再生した魔槍《まそう》が、ルーンの風さえも断ち切る。

（くそ！　フィンのやつ、ろくでもないもん仕込みやがって！）

少女の先輩《せんぱい》として、ケルト魔術を仕込んだ若者を罵《ののし》りつつ、さらに懐《ふところ》から十数枚の金貨を摑《つか》みだした。

「汝は始まり！　汝は導く船！　汝は輝《かがや》ける松明《たいまつ》！」

昨日の昼、伊庭《いば》いつきに浴びせかけた炎《ほのお》の術式。

ᚲ《ケイナズ》。

「爆《は》ぜろ、ケイナズ！」

魔槍とともに突撃《とつげき》してきた少女の、周辺がまとめて爆発《ばくはつ》する。

中央公園の地面が抉《えぐ》れ、爆炎《ばくえん》とともにタイルが跳《は》ね上がった。吹《ふ》き飛ばされた破片《はへん》が遠くの樹木に深々と突《つ》き刺《さ》さり、その凄《すさ》まじい威力《いりょく》を示した。

対妖精眼《グラム・サイト》のためにつくりあげた、面を制圧する術式である。その有用性は一目瞭然《りょうぜん》。

呪物《フェティシュ》の支援《しえん》によってほぼ万能《ばんのう》ともいえる穂波だが、ケルト魔術自体の霊的《れいてき》加護は二階梯《かいてい》に過ぎぬ以上、力業《ちからわざ》に対応するには限度があるはずだった。

「……いいや」

油断せず、ツェツィーリエは爆炎の向こうへ瞳を向ける。

その顔が、あがった。

停止した巨人《きょじん》と女吸血鬼との、その間に広がる茫漠《ぼうばく》とした夜空。

「――――！」

その虚空《こくう》へ、一迅《いちじん》の風となって少女が巻き上がったのだ。

密《ひそ》やかに携《たずさ》えていた箒《ほうき》を片手に持ち、強引《ごういん》に飛び上がったと誰《だれ》が知ろう。変則的かつ突然のベクトルは、少女の身体《からだ》にも並々ならぬ負担をかけたはずだが、そんな様子は一切《いっさい》窺《うかが》わせず、穂波はもう片手の魔槍に呪力を込めた。

「はああああああ――――っ！」

天空から大地へと、ミストルティンの槍が流れ落ちた。

「我《ハイル》は乞う！」

さらに、駄目《だめ》押しとばかりの、ヤドリギの自動射出。魔術《まじゅつ》も断ちきる魔槍とヤドリギの矢を連続で喰らえば、さしもの女吸血鬼ですら耐《た》えられまい。

「く……そったれが！」

ツェツィーリエが、吼《ほ》えた。

動かぬ右手が、その咆哮《ほうこう》とともに動いたのだ。

「変生せよ！　変生せよ！　変生せよ！」

牙《きば》が、鋭《するど》く伸《の》びた。

纏《まと》った毛皮がざわざわと波打ち、女の髪《かみ》と一体化する。

夜空を掴み取らんとするように持ち上げた腕《うで》へ、真っ向からミストルティンの槍が挑《いど》んだ。指の三本がたやすく断ち切られ、穂先《ほさき》が手首まで埋《う》まったところで止まる。義手とはいえ、ただならぬ衝撃《しょうげき》は接合部まで伝わり、女吸血鬼の顔が歪《ゆが》んだ。

同時、指を断ち切られた手の内から、蓋《ふた》の外れた金属の壺《つぼ》が落ちた。

内側の腐《くさ》った液体が、女の美しい顔をしとどに濡《ぬ》らしたのだ。

「それ、は――?!」

穂波の表情が変わった。

ヤドリギの矢が刺さった女の毛皮から、おびただしいルーンが輝きを放ったのだ。

ᚦ《スリサズ》　ᛁ《イーサ》　ᛖ《エフワズ》
それは、神力のルーン。

複数のルーンをつなげて初めて成しえる、ツェツィーリエの秘術。

「意味を示して、我を喰らい、すなわちルーンの礎《いしずえ》とさせよ!」

吸血鬼化。

あるいは、人狼《ヴリコラカス》化でもよい。

いにしえの狂戦士《ベルセルク》とも源を同じくする呪力が、ツェツィーリエの身体を飛躍《ひやく》的に強化させる。ミストルティンの槍に手首まで断ち切られた義手を逆に利用して、魔槍を押さえ込んだのだ。

実際には、わずか一秒足らずのやりとり。

しかし、その刹那《せつな》の間隙《かんげき》、動けなくなった穂波へ、ツェツィーリエはもう片手を振り上げて叫《さけ》んだ。

「汝は氷！　汝は凍結《とうけつ》！　汝は停止！　されば阻《はば》め、イーサ！」

投擲された金貨には、ᛁ《イーサ》のルーン。

その意味は氷にして凍結。至近距離《きょり》から生じた氷の茨《いばら》が、穂波の身体を縛《しば》り付けんと猛《もう》烈《れつ》な勢いであふれ出す。

しかし、同時に穂波も叫んでいた。

「我は乞う！　月光と力の円錐《えんすい》の加護もて、南西の災いを討《う》ち滅《ほろ》ぼせ！」

その身は動けずとも、マントの中のヤドリギたちは反応した。

矢にあらず、ヤドリギの散弾《さんだん》。この距離で使えば自らの被害《ひがい》も逃《のが》れ得ない術式であったが、穂波は躊躇《ちゅうちょ》しなかった。

両者が、相打った。

氷はヤドリギに砕《くだ》かれ、ヤドリギは氷に凍《こお》らされた。

互《たが》いに共存できぬ呪力の違《ちが》い——呪波干渉《かんしょう》による衝撃が、ふたりを弾《はじ》き飛ばす。

片方の少女は地面に叩《たた》きつけられる直前、片手の箒で無理矢理《やり》体勢を立て直した。もう片方の女は獣《けもの》ならではのバランス感覚をもって空中で回転し、片手と両足で柔《やわ》らかく地面へ降り立った。

「は、ははははは……！」

女が嗤《わら》った。

ただ、ひたすらに自分の感情を吐《は》き出すように嗤った。

「いいなあ、こういうのはいいなあ。——どうやら、向こうも正念場か？」

ツェツィーリエが嗤う。

ついさきほどから、二柱の巨人が戦いも融合《ゆうごう》も止《や》めて、ぴたりと静止していることを指した言葉であった。

「……勝つのはあたしらや」

穂波が魔槍をつきつけて宣言する。

ツェツィーリエは、軽く鼻を鳴らした。

「あたしらね……そりゃ、誰のこった？」

そう言ってから、右手を持ち上げようとして——今度こそ、ぴくりとも動かなかったことに苦笑《くしょう》した。

「ツェツィー……！」

「てめえも黙《だま》ってろ。だいたい、最初に戻《もど》っただけだっつの」

ぎゅっと王錫《おうしゃく》を握《にぎ》りしめたタブラ・ラサを、ツェツィーリエは睨《にら》みつける。

栄光の手《ハンドオブグローリー》。

かつて〈銀の騎士《きし》団〉の正騎士クロエ・ラドクリフとの戦いで切断された右手の代わりに、ジェイクが混沌《こんとん》魔術によって接合してくれた呪物《フェティシュ》だった。吸血鬼としての暴威を振《ふ》るうのには都合の良い腕で、ツェツィーリエとしては気に入っていた。

いつもふざけてばかりのジェイクは反吐《へど》がでる相手だったが、少なくとも呪物《フェティシュ》を扱《あつか》う能力だけは信用していたのだ。

それも、ここで潰《つい》えたらしい。

（さっさと倒《たお》れやがったし、もう一本持ってこいとは言えないか……）

ますます、苦笑いだけが深くなってしまう。

これだったらツェツィーなどとあだ名で呼ばれたとき、頭から握りつぶしておくべきだったかもしれない。

そうしなかった理由は……なんとなくだ。

あの妙《みょう》ちきりんな口調に気を削《そ》がれたことだとか、タブラ・ラサという存在に不思議な居心地《いごこち》の良さを覚えただとか、多分、そんなくだらない理由。

別に、ここで考えるようなことじゃない。

今、思うべきは——

(……ああ、なるほど、〈アストラル〉の先代ってのは怖《こわ》いな)

先の、伊庭司《つかさ》たちとの戦いだ。

右手だけじゃない。身体中に走る痛みが、自分の状態を物語っている。人狼化すれば癒《い》えるかとも思っていたが、一向にその様子はない。おそらく、伊庭司は栄光の手《ハンドオブグローリー》だけでなく、自分の回復能力も見切った上で、応じた術式を選んだのだろう。自分たちの撤退《てったい》を見逃したのも、もはや抵抗《ていこう》するだけの力はないと見て取ったからに違いない。

——本来の自分と、今の自分。

戦力としては、はたして五割か、六割か。

(……いや、関係ないか)

女は、嗤う。

自分が強いから、蹂躙《じゅうりん》したわけではない。

他人が弱いから、殺戮《さつりく》を繰《く》り返したわけでもない。

ただ、自分の生き方がそうだっただけだ。今更《いまさら》曲げられるような生き方ならば、最初からこうなってはいない。

生きたいように、生きるだけだ。

生きたいように、生きていくだけだ。

だからこそ——この一瞬《いっしゅん》こそが、何よりも愛《いと》おしい。

「…………」

黙《もく》していた穂波が、新たにヤドリギを構え直しながら、訊《き》く。

「ツェツィーリエ？　あんた、なんでそんな顔してるん？」

「ん？　おかしいか？」

血染めの唇《くちびる》を拭《ぬぐ》い、ツェツィーリエは童女のようにあどけなく笑った。

「お前こそ笑えよ。愉《たの》しもうぜ、魔女。あたしはずっと——こういう夜を待っていたんだから」

2

伊庭司は、潜《もぐ》っていた。


イメージは、海。

深く、広大な海原《うなばら》であった。

それも、水の一滴《いってき》一滴に、何らかの意識がこもっているのだ。

巨人《きょじん》の、内側だ。

あの巨人の中で、伊庭司は海に遭遇《そうぐう》していたのだった。

無論、天仙《てんせん》ふたりの融合した巨人がいかに巨大な霊体《エーテル》といえど、内側に海を蔵するほどではない。これは単に霊的《れいてき》な現象ではなく、現実の舞台《ぶたい》でもなく——遥《はる》かに深く、遥かに遠く、根源的な場所であった。

「…………」

時に海原は逆巻き、時に凪《な》いだ。

数秒ごとに訪《おとず》れる途轍《とてつ》もない変化を、司の感覚はまるで映画の銀幕でも眺《なが》めるように、他人事《ひとごと》として認識《にんしき》している。

いや。

厳密には、感覚だけが機能している。

（…………）

肝心《かんじん》の、司の意識は停止したままだった。

停止しながらも、その肉体が——現実の肉体と霊体《エーテル》とが渾然《こんぜん》となった、現在の身体《からだ》だけがどんどん深く潜っていく。

……深く。

……深く。

……深く。

……………深く。

……………………………………深く。

（………………………………………………………………………………………………………あ、あ）

不意に。

脳裏《のうり》の底で、意識ともいえぬ何かが明滅《めいめつ》した。

火花のように閃《ひらめ》いて、その輝《かがや》きとともに、司の身体の底でかすかな脈動が生まれた。

（……俺、は……）

ぼんやりと、思う。

ぼんやりと以上、思わないようにする。

眠《ねむ》っているようなものだ。伊庭司の思考は夢の中にあり、夢の中から現実の身体を操《あやつ》っているのだと、そう考えれば近しいだろう。

それは、そういう技術だった。

意識を肉体から隔離《かくり》して、なお内圧を高めていく。

本来意識というレベルにはならないはずの、小さな小さな空間で、それでも意識というレベルを保っている。隔離されたはずの意識が、それでも細い細い糸を辿《たど》って、伊庭司の身体を動かしている。

技術の名は、こう呼ばれる。

つまり——非想非非想と。

＊

司の身体が溶《と》け込むや、巨人は動きを止めた。

すでに、霊的物質《エクトプラズム》の雨も止まっている。

大きく息をつき、大元帥明王真言を解いた隻蓮《せきれん》へ、いつきが呼びかける。

「隻蓮さん、父さんは――」

「……うむ」

弟子《でし》に、隻蓮が振り返る。

先ほどまで敵対していたのが尾《お》を引いているのか、微妙《びみょう》にどう接したものか分からないという顔をしていたが、すぐに僧侶《そうりょ》はかぶりを振って答えた。

「非想非非想にござる」

「……非想非非想？　それって」

少年が、心当たりに息を止める。

「ええ。若には一度話したことがござろう。仏教において釈迦《しゃか》が悟《さと》りに到達《とうたつ》する以前、その過程として習得した技術のひとつ。魔術《まじゅつ》とは直接関係ないですが、ある意味において魔術以上の境地に、自らの精神《こころ》を至らせる術理にござる」

釈迦とは、そのまま仏教の開祖、ゴータマ・シッダールタのことである。

もともと王族の出身だった釈迦は、現実の非情さに悩《なや》み、自ら出家するに至った。その際何人もの思想家や仙人と交わることで、いくつかの瞑想《めいそう》の境地に達したと伝承にはある。

非想非非想は、そのひとつだ。

すなわち非想――想《おも》わない。

さりとて非非想――想わないにもあらざる。

意識しないということさえない。完全なる無を、その技術は体得させる。

本質的に悟りには関係ないとして、釈迦はその境地へ早々に至るも、結局のところ活用することはなかった。釈尊《しゃくそん》の弟子にしても、その技術を受け継《つ》いだとされるものはほとんど見られない。

だが。

その技術を、伊庭司は欲《ほっ》した。

「……ある意味で、天仙は似たようなものでござろう」

隻蓮が言う。

「天仙が溶け込む世界とはあまりにも広大な――人間のみならず、あらゆる生物が抱《かか》えている集合無意識といってよろしい」

個人ですらない。

集団というよりも、なお猥雑《わいざつ》。

それは、世界そのもの。霊長類もほ乳類も爬虫類《はちゅうるい》も被子《ひし》植物も裸子《らし》植物も関係なく――

—ひょっとしたら無機物までもが交じり合った混沌《カオス》。

そこに溶け込むことを、悟りというものもいるかもしれない。

悟りという言葉が魔法使いにさえ定義できぬ現象である以上、これは誰《だれ》にも否定できぬことだ。完全に溶け込んだ魂《たましい》は、もはや一切《いっさい》の老病死苦に関《かか》わることなく、悠久《ゆうきゅう》のただ中へと散華《さんげ》するのだろう。

「されど、〈魔女の中の魔女〉——ヘイゼル・アンブラーは言ったのでござる」

隻蓮が、続ける。

「非想非非想を体得したものならば、その集合無意識の中でさえ、一定の個我を保つことができると。想わぬがゆえ他人の意識にも染まらず、想わぬにも非《あら》ざるがゆえ、一定のパターンに則《のっと》って行動もできる」

それが。

伊庭司が、非想非非想を欲した理由。

魔法使いでさえない彼が、魔法使い以上の境地を目指した発端《ほったん》。

あの羽猫《はねねこ》がひどくすまなさそうに、伊庭いつきへと告げた——自分がその方法を教えたから伊庭司は失踪《しっそう》したのだと——そう話したことの、真実。

隻蓮は、言う。

「司殿《どの》は、その技術を使って影崎《かげざき》を——柏原《かしわら》殿を取り戻《もど》す気なのでござる」

「………」

少しの間、いつきは黙《だま》っていた。

いまだ高校生にしか過ぎない少年は、複雑に絡《から》みついていた宿命を、もう一度噛《か》みしめるようだった。

だけど、けしてその重みに打ちひしがれはしなかった。

「だったら……」

と、口にしたのだ。

小さな拳《こぶし》で、スーツの胸を叩《たた》く。

「……僕にもきっと、まだできることがあります」

それから。

すぐ隣《となり》の——魔神とも少女ともつきかねる手を、ぎゅっと握《にぎ》ったのだ。

その確かな感触《かんしょく》に、アディリシアはそっと微笑《ほほえ》んで見せた。

＊

司は、さらに潜っていた。

海の色は鮮《あざ》やかな青から、光ひとつ射《さ》さぬ暗闇《くらやみ》へと移り変わる。

実際のところ、この変化は環境《かんきょう》によるものではなく、自分自身のイメージによるものだろう。海に潜っていけば、やがてそうなるものだと自分が思っているから、そうした固定観念が感覚に影響《えいきょう》しているのだ。

もっとも——司自身の意識は、想わないところにある。

（…………）

目的を固定する。

意識を表出せず、行動だけを規定する。

結果として選択《せんたく》される身体の動きはひどく緩慢《かんまん》で、そのじれったさに司は耐《た》えた。十二年も耐え続けたのだから、今更《いまさら》耐えられないはずもなかった。

（……深く）

規定された行動を、身体が実演する。

ただひたすらに、海を潜《もぐ》る。変化も無変化も、何ひとつ関係なく潜行《せんこう》する。

（……捜《さが》す）

同時に、切り離《はな》された感覚器官を、切り離されたままで機能させる。

相手は分かっている。

この九年、心の底に刻んできた相手だ。見間違《みまちが》えるはずもない。たとえ無限とも思える集合無意識の中にあっても——いいやそれだからこそ出会えるはずだと、司は確信を持っていた。

時間はどれほどか。

何もかもが曖昧《あいまい》に、この場では溶けている。

闇から闇へと潜るほど、誘惑《ゆうわく》するように雑念が浮《う》かんだ。

たとえば。

忘れたつもりの、夢のことだ。

——『あーあ、魔法使いになりたかったねえ』

靴紐《くつひも》を結びながら、微苦笑《びくしょう》する自分。

ずいぶんと若い面持《おもも》ちは、自分が魔法使いになれないという当たり前のことを知った直後だからだ。いろいろ裏技《うらわざ》がないかと試行錯誤《さくご》したあげく、魔術の血統の欠片《かけら》も混じってない自分には、どの裏技も効果がないと悟ってしまったときのこと。

自分でも手の届かないという事実が悔《くや》しくて、ひどく爽《さわ》やかであったときのこと。


たとえば。

放り出してしまった、魔術結社のことだ。

――『どこに行くつもりなんです?!』

――『おぬしは何もかもひとりで抱え込むつもりでござるか』

――『主《マスター》がそう考えるなら、私に言うことなどあるはずもない』

――『やっぱり、あなたに教えるべきじゃなかったかもね?』

いくつもの顔が連続して明滅《めいめつ》する。

まだ少年というべき年の銀髪《ぎんぱつ》の陰陽師《おんみようじ》が嚙みついている。若かった頃《ころ》の僧侶は難しそうに面持ちを歪《ゆが》め、自動人形《オートマタ》の錬金術師《れんきんじゆつし》は変わらない。〈魔女の中の魔女〉はこのときから羽猫の姿を取っていたのだった。他《ほか》にも何人かのバイトがいたが、ちょうど引き払《はら》っていた時期なのは幸運というべきだろう。

引き留められて、止まらなかったのは自分だ。

後悔《こうかい》も悔恨《かいこん》も、すべて自分のもの。

自分の背負うべき感情だろう。


たとえば。

小さかった、息子《むすこ》のことだ。

――『お父さん……？　どこ行くの？』

息子は意識を回復してまだ間もなかった。

以前から弟の家に預けることは多かったので、自分が出ていくことは疑問にも思わなかったはずだ。それでいて、最後のときだけは眠《ねむ》たげに目をこすって、訊《き》いたのである。

その目を覆《おお》った痛々しげな眼帯を、忘れられるはずもない。

自分の記憶《きおく》力が恨《うら》めしく、同時にありがたくもあった。


……ああ。

まだまだ、時間は攪拌《かくはん》される。

さまざまなピース《記憶》を、泡《あわ》のように次々浮かばせる。

世界放浪《ほうろう》中の自分。大樹の下でわめいていた赤《あか》ん坊《ぼう》。おしめを替《か》えたりトイレトレーニングをしたり、そのひとつひとつにひたすら困惑していた時代。ソロモンの王《オズワルド》との出会い。〈協会〉へ〈アストラル〉をねじこませたとき。社員がそろって依頼《いらい》を解決していた頃。〈螺旋なる蛇《オピオン》〉の魔法使《まほうつか》いを助けられなかった悔恨。

そして、〈幽霊屋敷《ゆうれいやしき》〉の事件。

（…………）

幸せな記憶も、辛《つら》い記憶も、何にも代え難《がた》い思い出たちだ。

そのどれにとらわれても、司という個性は集合無意識に溶《と》け込んでしまうはずだった。

しかし。

そのすべてをありのままに想いながら——司はとらわれない。

（…………）

無色、というのが近いだろうか。

ありながら、あるのでもない。あるのでもなく、ないのですらない。色という概念《がいねん》はそこに成立せず、しかしただ色がないわけでもない。

ただ自然に、すり抜《ぬ》けていく。

（…………）

それは、本来魔法使いたちが夢見ながら、彼らですら届かない境地だった。

魔術のためには適切でありながらほとんどの者が辿《たど》り着けず、悟《さと》りのためには不適切で打ち捨てられた、古い古い技術。

やがて。

この場において、それはどんな時間を指す言葉であったか。

一秒とも一日とも一年とも百年とも——遥《はる》かな永劫《えいごう》とも思われる時間の果てに、ふと、深海が揺《ゆ》らめいた。

——【なぜ……来たのです……】

声がした。

方角も性別も個性も、何もかもが曖昧な声だった。

だけど、それゆえに、司の意識は初めてゆるく微笑《びしょう》した。それこそが彼の追い求めてきた声だったからだ。

——【帰って……ください……】

光が、見える。

おそらく、彼がそれなりの労力を使ってつくりあげた出口なのだろう。

その出口を使えば現実世界《アッシャー》への帰還《きかん》が可能なことを、司も直感した。

（……おいおい）

ぼんやりと、思う。

会話のためとはいえ、それ以上の速度を伴《ともな》えば、彼の意識は世界に溶け込んでしまう。

彼を見つけても、いまだその制約から逃《のが》れられてはいなかった。

（……あまりふざけるなよ。そんなことのために来たんじゃないぞ？）

司は、そう意識する。

もちろん、声に出したわけではない。

だが、この相手に伝えるにはそれで十分だと、確信していた。

実際、返事はあった。

――【契約《けいやく》は終わりました。私のなすべきことは何もない。ここで溶けゆくのが摂理《せつり》というものでしょう】

（……ああ、今のお前はそう言うだろうな）

司も納得《なっとく》する。

個性を奪《うば》われた、影崎《かげざき》という人格の結論。

彼が地上にいたのは、ただダリウスとの契約に縛《しば》られたからというだけで、本来ならばすでに消滅していたはずなのだ。そういう意味で、あの〈協会〉の副会長には感謝すべきなのかもしれない。

（……だけどな。俺は、俺の勝手で嫌《いや》なんだよ）

ただの、エゴだ。

自分が気持ち悪いことをそのままで放っておけないという、それだけの気持ち。

そのエゴのままに、手を伸《の》ばそうとしたときだった。

――【彼は休むべきにございます……】

別の声が、混じったのだ。

い、い、い、とある個性を、司は感じた。影崎にはあるまじきもので、いまだ世界に溶け込む前の、真正の天仙《てんせん》ゆえの性質。

サタジット。

〈螺旋なる蛇《オピオン》〉の、〈慈悲《ヘセド》〉の座《セフィラー》。

（……お前もいたかよ）

当然だ。

影崎はサタジットと融合《ゆうごう》して、今や世界に溶け込もうとしている。ならば、たとえ形而《けいじ》上《じょう》の舞台《ぶたい》とはいえ、影崎がいるこの場にサタジットが居合わせるのは必然の理《ことわり》といえる。

【——私は、自分の生のすべてを、この瞬間《しゅんかん》に捧《ささ》げてございます】

サタジットの声。

彼に残った個性も薄《うす》れかかっており、影崎の思念と区別するのは困難だった。

だが、司にははっきりと分かった。

（……ふうん、だから何だよ）

問う。

すぐ、答えは戻《もど》った。

【——私は、私の愛し子《いとご》のため、この最強たる魔法使いだけはこの場で連れて行かせていただきます】

刹那《せつな》に、異変は起こった。

深海を蹂躙《じゅうりん》する強烈《きょうれつ》な渦巻《うずま》きが、司の身体《からだ》をねじ曲げたのだ。もう少し、ほんの少しでも余計に力がかかれば、彼の魂魄《こんぱく》など、いともたやすく崩壊《ほうかい》するのだろうと、嫌でも理解させられた。

その嵐《あらし》の強烈さは、天仙たるサタジットの力でもあるのだろう。

非想非非想の技術によって個我を保っているとはいえ、所詮《しょせん》司は魔法使いではない。その嵐に対抗《たいこう》する術《すべ》などない。強引《ごういん》に吹《ふ》き飛ばされてしまえば、ただ枯《か》れ葉《は》のごとく舞《ま》い散るのが定めだ。

だけど、

（……ああ、はいはい）

と、嬉《うれ》しそうに、彼は笑った。

その笑《え》みで、渦巻きとは別に深海が揺れ動く。感情を表出したことで、非想非非想にほころびが生じ、集合無意識の海は司の魂魄をとらえようと動き始めたのだ。

（……確かに、お前は百年以上を捧げてきたんだろうよ。対して俺は、たった十二年だ）

――【分かるならば、ここで帰還すべきです】

これは、どちらの声だったろう。

この瞬間も、両者はどんどん融合を深めている。

一体化し、世界に溶け込もうとするサタジットと影崎の違《ちが》いは、余人には理解できぬ。

それでも、司は確信とともに告げる。

（……でもよ）

と、伊庭司は否定した。

「大事な息子を死ぬほど可愛《かわい》がってやりたいとかさ――その時間を全部歯嚙《はが》みして耐《た》えた十二年だ」

口を、開く。

物理的な現象を無視して、深海に流れる声。

もはや非想非非想など打ち捨て、伊庭司は叫《さけ》ぶ。

「勝手に比べんな、魔法使い！」

その声に押されたごとく、渦巻きが掻《か》き消え、深海からの波動が殺到《さっとう》した。

自分たちの中に紛《まぎ》れ込んだ異物——司をとらえようと、集合無意識の繰《く》り出した波が、サタジットの渦巻きを結果的に打ち消したのだ。

たちまち、司の身体が波の内側に消失する。

最初から幻《まぼろし》だったかのように、無数の泡《あわ》となって伊庭司が散華《さんげ》していく。

だが。

次の、瞬間だった。

泡の内側から、ありえぬ光が発したのだ。

——【何が……】
——【今のは……】

融合しかけていたふたりの天仙が、バラバラに問う。

動揺《どうよう》が、ふたりを初めて引き裂《さ》いた。

そして、

「てめえは……ホント、最初から態度悪かったよな……」

泡を纏《まと》って、司は切れ切れに言う。

最初。

影崎とヘイゼル・アンブラーに、伊庭司が出会ったとき。

あの頃《ころ》も、名前は影崎だった。

性格自体は今の影崎とは大違いであったが、もともと彼は魔法使《まほうつか》いを罰《ばっ》する魔法使いであったのだから。そうでなくても、ヘイゼル・アンブラーを追える者など、ほかにそうはいなかったろう。

その事件に偶然《ぐうぜん》巻き込まれ、司は魔法という存在を知ることになった。

自分に届かないものを、知った。

「だからって……それを無理矢理《やり》スカウトしようとする俺もな……」

結果として、彼は使えもせぬ魔術を根底から学び、ユーダイクスを修復する。

それから、ヘイゼル・アンブラーと影崎をともに口説いたのだ。まともに考えれば、請《う》け合うはずもないスカウトに、なぜかふたりは応じた。

伊庭司という人格と理想に、彼らも何か共感することがあったのか。

「わざわざ名前まで変えてさ……」

呻《うめ》くように、言葉は続く。

柏原代介《だいすけ》。

そんな風に名乗って、彼は〈協会〉を離《はな》れた。

それが本来の名前なのか、偽名《ぎめい》なのかは司も知らない。魔法使いを罰する魔法使いをやめたことのけじめなのかもしれないし、単純に恨《うら》みを買った相手に追われるのが嫌だっただけかもしれない。

ただ、ソフト帽《ぼう》から覗《のぞ》く顔が爽《さわ》やかで、それだけで良いと当時の司は思っていた。

ここから、〈アストラル〉は始まったのだ。


【……何をいちいち……】


その間に、再び深海に波が生じた。

いかなる術で司が先の攻撃《こうげき》を防いだかは分からないが、それだけで取り込まれるのを防げるほど、集合無意識の深海は甘くない。時間の概念《がいねん》など希薄《きはく》にしか存在しないこの舞台においては、数百回にわたる攻撃も須臾《しゅゆ》の出来事にすぎない。

「簡単だよ」

その波を前に、司が懐《ふところ》から小さな品を取り出す。

現実の肉体とも霊体《エーテル》ともつきかねる今の司に、それでも付与《ふよ》されてきた呪物《フェティシュ》。

「そんなお前が……勝手に人の息子《むすこ》を助けて……勝手にいなくなりやがったから……こっちもいろいろ迷惑被《めいわくこうむ》ったんだっつうの……」

司にとって、それが一番の動機。

自分にとって一番大切なものを、思いもかけなかった方法で助けられてしまって、だからこそその恩を返さずにいられなくなった。方法がなかったのなら諦《あきら》めもついたが、迂闊《うかつ》にも伊庭司は魔術について知りすぎていた。

ヘイゼルにしか打ち明けなかった、伊庭司の理由。

十二年姿をくらませた、その真実。

だから、

「てめえは、こいつを、喰《く》らいやがれ——っ！」

握《にぎ》りしめた拳《こぶし》から、赤光が零《こぼ》れた。

紅《あか》い種。

いつきから奪ったその呪物《フェティシュ》が、司の身体に反応した。それは、魔術円であり、法円で、あり、数式であり、無数の術式であった。

司の魂魄から、無数の術式があふれ出たのだ――！

3

停止していた巨人《きょじん》に、かすかな動きが生じた。

まるで、突然《とつぜん》体内で異物でも生じたかのような、不自然な動きだった。

それを見逃《みのが》さず、いつきは叫んだ。

「――アディリシアさん！」

「ええ！」

少年の呼び声に、アディリシアがそれに従う。

魔神と融合した身体が、魔術よりも魔的な現象をつくりだす。

「七十二の軍団と」

少女の美しい声が、夜空に響《ひび》いた。

ひとつひとつの分子を震《ふる》わせる、呪力《じゅりょく》のこもった声音《こわね》。少女自身の命を歌うように、黄金の髪《かみ》が広がった。

「十八の悪霊《あくりょう》を従える女王の権威《けんい》をもって、定義する――」

少女の手が、魔神のそれへと変わる。

アスモダイ。

至高の四柱たる女王のそれは、たとえ鱗《うろこ》や獣毛《じゅうもう》を帯びていたとしても美しく、おぞましく――その手を取った少年とともに、ふたりが走り出した。

いいや、飛んだのだ。

アスモダイと同一化したアディリシアの身体は、その背中から蝙蝠《こうもり》の翼《つばさ》を生やしたのである。もはや少女にとって空は見上げるべき場所ではなく、自らの統《す》べる領域だった。

その片手で引き上げられ、少年も飛ぶ。

右目へ、もう片手をやった。

コンタクトレンズを剝《は》ぎ取ると、瞳《ひとみ》からアカイロが零れた。

巨人へ近づきながら、少年は計測する。妖精眼《グラム・サイト》の力の多くを失った少年が、それでも編み出した方法。精度も範囲《はんい》も以前より大幅《おおはば》に下落したゆえに、今はぎりぎりまで接近することで、その低下を補おうとする。

叫んだ。

「回避《かいひ》！　三時方向、斜《なな》め下に回り込んで！」

その言葉に反応したアディリシアの頭上を、暴風が荒《あ》れ狂《くる》う。

巨人が、突然手を打ち振《ふ》ったのだ。

本来物理的現象を起こさないはずの霊体《エーテル》なのに、これだけの風を巻き起こしたのは、もはや巨人の霊的《れいてき》密度が魔法使いにとっても常識外れなためだろう。直撃していれば、肉体だけではなく魂《たましい》から打ち砕《くだ》かれる。魔神と融合《ゆうごう》したアディリシアでさえ無事ではすむまいと思われた。

「横殴《よこなぐ》り！　今度は十時方向、右に捻《ひね》って！」

再び、言った通りの横殴りが襲《おそ》いかかる。

翼が羽ばたき、アディリシアと少年の身体《からだ》が中空で舞《ま》う。

「…………っ」

旋回《せんかい》しながら、アディリシアは唇《くちびる》を噛《か》んだ。

少女の唇は、紫色《むらさきいろ》に変じていた。

いまだこの魔神の身体を制御《せいぎょ》できているわけではない。むしろ、ほんの少しでも気を抜《ぬ》けば、自分も魔神もまとめて崩壊《ほうかい》する。あるいは、オズワルド《父》が最後になりはてたような汚泥《おでい》と化してもおかしくない。

（私は……）

私とは、誰《だれ》だろう。

融合したこの身体と精神《こころ》は、自我《アイデンティティ》の安定さえも許さない。規模は違《ちが》えど、目の前で融合した天仙《てんせん》の巨人も同じだろう。

気高くあろうとする魂すら、今のアディリシアには許されない。

ぎゅっ、と。

その手が、強く握られた。

「…………え」

自分の恐怖《きょうふ》を知っているかのように、少年の手が一際《ひときわ》強くこちらを握り返したのだ。

もっとも、アカイロの瞳は巨人を見据《みす》えたままだ。だからきっと、自分の恐怖を知ったのは、眼《め》ではなくて心なのだろうと、アディリシアは思う。

「……アディリシアさん、いい？」

少年が言う。

こちらを気遣《きづか》うのと、これからの覚悟《かくご》を、半分ずつぐらいに込《こ》めた訊《き》き方だった。

だから、唇をほころばせてしまった。

それから、

「……あなたも、十分にずるいですわね」

少年が父親を評した言葉を、口にしてみる。

「え?」

「いいえ、何でもありません」

かぶりを振った。

そんな相手についていこうと決めたのは自分だ。

空気を裂《さ》き、神道《しんとう》の結界を破って暴れ出した巨人の隙《すき》をかいくぐる。伊庭いつきの指示のまま、アディリシア・レン・メイザースは夜空に舞う。

「二時方向、十五メートル先! 斬《き》って!」

その声に、少女の身体は応《こた》えた。

「我は定義する——すなわち、我こそは至高の刃《やいば》なり!」

まさしく、それは刃であった。

おぞましい魔神の手が、その声音とともに霞《かす》んだ。

次の瞬間《しゅんかん》、少女自身の数倍はあろうかという鋭《するど》い刃と化したのである。飛翔《ひしょう》の速度と回転を足して、身体をぶつけるようにしてアディリシアは振り抜いた。

巨人が、震えた。

仮にも天仙ふたりの呪力が凝集《ぎょうしゅう》した身体は、魔法使いを罰《ばっ》する魔法使いといえども、傷つけるのはほぼ不可能という域に達していた。それこそ神域と言っても大げさではない、現代ではありえない霊的加護。

だが。

それほどの霊的密度を、アディリシアの刃は切り裂いた。

至高の四柱の刃が、いつきの妖精眼《グラム・サイト》の指揮のもと、最も霊的加護の薄《うす》い部分を傷つけたのである。

「今！」

「はい！」

新たないつきの言葉に応えたのは、別の少女だった。

巨人の傷口。

そこから、とある少女の影《かげ》が、飛び込んだのだ。

＊

少女は、平凡《へいぼん》な生まれだった。

平凡な生まれ、だったのだろうと思う。

残念ながら、幽霊《ゆうれい》となってからしか少女の記憶《きおく》は存在しない。かつて自分が居住していた病院には彼女の記録は残ってなかったし、それらしいことを知っている患者《かんじゃ》や医者も見あたらなかった。

だけど、そうでなくても、特筆するような要素が自分にあるとは思えない。平凡というのもおかしいが、かなりの長い間、自分は単なる幽霊だったのだ。

それが、たまたま魂喰《ソウルイーター》いなどという邪法《じゃほう》に取り込まれ、いつきの手によって助けられた。

以降、〈アストラル〉の社員になって、いくつかの能力――騒霊《ポルターガイスト》現象や顕現《アポート》現象を修めるに至る。

でも。

その能力にしても、きっと自分が特別だからじゃない。

（多分……）

と、黒羽まなみは思う。

（多分……アストラルのそばにいたから……）

この場合の、アストラルとは結社の名だけではない。

竜《りゅう》の、アストラルのことも含《ふく》む。

布留部市に流れ、紅《あか》い種を育《はぐく》んできた霊脈《レイライン》の最も重要な霊地――〈アストラル〉の事務所に黒羽はずっと住んでいたからだ。

その呪力によって平凡な少女の霊体《エーテル》は影響《えいきょう》され、やがて魔術《まじゅつ》にも似た能力を開花させることとなったのである。霊脈《レイライン》に影響されて、近くの生物が変化《へんげ》することは、魔獣《まじゅう》や日本の〈おに〉などいくつか例があるらしいが、これはずいぶん後に知らされたことだ。

ただ、きっとこれは恩恵《おんけい》なのだろうと思っている。

無力で平凡な自分に、かつては神とも崇《あが》められていた霊脈《レイライン》が、ほんの気まぐれで与《あた》えてくれた恩恵――それはきっと、同じ霊脈《レイライン》に居を構えている、同じ名前を持つ魔術結社を守るためだ。

（だから、私は……）

少女は、潜《もぐ》っていく。

潜っていく。

本来、非想非非想でもなければ耐《た》えられない巨人《きょじん》の内側。

霊脈《レイライン》から力を与えられた少女の霊体《エーテル》は、同質の力によって成立している巨人にも、ほんの少しだけ耐久性《たいきゅうせい》があり——しかし、その程度の加護には何の意味もないとばかりに、人魚姫《ひめ》の童話のごとく、少女は泡《あわ》と化していく。

（お願い……）

泡に溶《と》けていく手を、黒羽は伸《の》ばす。

（お願い……！）

祈《いの》る。

（誰か、助けてあげて……！）

自分の身体など顧《かえり》みず、ただ一心に祈る。

（誰でもいいから、あの人を助けてあげて……！）

無力で平凡な少女は、誰よりも平凡な——個性という個性を奪《うば》われた、最強の魔法使いへと手を伸ばす。

＊

（糞《くそ》……足りないか……⁈）

司は、伸ばした手が届かず、がくがくと震《ふる》え出すのを感じた。

今も、大量の術式が司の魂魄《こんぱく》からあふれ出している。その途轍《とてつ》もない術式に、紅い種が呪力《じゅりょく》を与え、この集合無意識の海で意味をなさしめている。

これらの術式は、司の魔術ではない。

魔法など、彼には使えないのだから当たり前だ。

ただ単に、紅い種を利用して、ここに持ち込んだ術式へ呪力を通しているだけだ。ジェイクが使っていた混沌《こんとん》魔術と、基本的な原理は変わらない。あえていえば、ジェイクと違って司には魔術の血統が流れていないため、これらの術式にはもっと別のやり方と――代《だい》償《しょう》が必要となった。

魂が。

これらの術式は、司が魂魄に刻んだ術式だったのだ。

（ふざけんな……あれだけ痛い思いをしたんだっつうの……！）

つまりは、心霊治療《ちりよう》。

十二年前の事件の直後、司は最初の三年、世界中をまわって、数々の術式を自らの霊《エーテル》体に刻んできたのだ。ある意味で、魔法使いでない彼だからこそ、可能なことだった。もしも魔法使いであれば、呪波干渉《かんしょう》を起こして、たちまち絶命していたことだろう。

そして、九年間を瞑想《めいそう》しつづけた。

その時間は非想非非想を修得するための時間でもあり、刻んだとは言いつつ——その実は傷ついたの裏返しでしかない、魂魄を癒《いや》すための時間でもあった。

この十二年は、伊庭司にとっての必然だった。

紅い種を得ることも。

影崎の最後の契約《けいやく》に立ち会うことも。

はたして、自分が瞑想から回帰するのが間に合うのかどうかは分からず、だからこそ焦《あせ》る自分を糧《かて》として、禅《ぜん》の境地まで至って見せた。

たったひとつ、息子《むすこ》が絡《から》んでしまったこと以外は、計算通りだったと言ってもいい。

だから、

「届け……！」

司は、呻《うめ》く。

一秒ごとに、十数個の術式を蒸発させながら、なおも手は虚空《こくう》を摑《つか》む。この巨人の中《ちゅう》核《かく》たる相手は、こちらへと存在を悟《さと》らせない。

現実に戻《もど》ることなど、相手は望んでないのだから当然か。

「届け……！」

呻く。

その表情が、小さく歪《ゆが》む。

魂魄に刻んできた術式が解放されるのは、つまるところ古傷が開いているのと変わらない。無数の術式によって無数の古傷を開くことは、そのまま彼の魂魄を衰弱《すいじゃく》させる。この刹那《せつな》にもおびただしい精気《オド》を鮮血《せんけつ》のように流出させながら、なおも司は手を伸ばし続ける。

（て、めえは……！）

そのときだった。

──【誰《だれ》か、助けてあげて】

新たな声が、聞こえたのだ。

少女の声だった。長い黒髪《くろかみ》を、司は意識した。
この場において、声音《こわね》も姿形も現実でのそれを再現するとは限らない。
しかし、司はその声を知っていた。
黒羽《くろは》まなみ。
〈アストラル〉の幽霊課正社員。

――【誰でもいいから、あの人を助けてあげて】

その声で、

（…………っ！）

初めて、手応《てごた》えがあった。
揺《ゆ》らぎを感じた。ずっと無反応だった巨人の体内で、少女の声を聞いて、確かに小さな意識が揺れ動いたのを。

――【影崎さんを、助けて！】

（おおとも！）

快笑《かいしょう》とともに、司は拳《こぶし》を思い切り突《つ》き出す。

残った術式を残らず解放。身体中の血液を振《ふ》り絞《しぼ》る覚悟《かくご》で、全術式を稼働《かどう》させる。

一番奥の術式を、司は意識した。

かつてヘイゼル・アンブラーが刻んだ術式。霊脈《レイライン》を第三団《サード・オーダー》になさしめる禁忌《きんき》をもって、世界に溶けたはずの人格を取り戻すための、影《アンブラー》の秘法。

紅い種に込《こ》められた呪力が、ありったけ引き出されるのを感じる。

この術式を起動できるのは、そこらの霊脈《レイライン》を積み重ねたほどの呪力を持つ紅い種のみ。

思い切り、歯を剝《む》き出す。

何もかもを、何もかもの思いを託《たく》して、何度でも手を伸ばす。

【――その魔法使いだけは、帰すわけにはは――】

サタジットの思念を、司の手から発した術式が打ち破る。

「帰れえええええええええええ！」

伸ばした指先が、確かに触《ふ》れた。

それを

摑み上げる――!

*

遠く。

遠く、声がした。

まるで世界の彼方《かなた》から聞こえるかのような、遠くか細い声。

「……影崎さん……!」

少女である。

長い髪の、少女であった。

「…………」

その少女を見つめているのは、ひどく虚《うつ》ろな顔をした男だった。すでにこの世界においても消える寸前で、ただ意識の残骸《ざんがい》だけが深海を漂《ただよ》っているのであった。

なのに。

少女の声だけは、届いた。

届いてしまった。

「影崎さんは、ずっと苦しかったかもしれません……！」

こちらへ届くその声は、どうしようもないぐらい、陳腐《ちんぷ》で浅薄《せんぱく》。

もはや通常の輪廻《りんね》からは切り離《はな》されようとしている影崎にとっては、無縁《むえん》な概念《がいねん》。いくら届こうとも、彼にとっては関係がないはずだった。

ただ、吹《ふ》き抜《ぬ》けていくだけの思念。

この深海に渦巻《うずま》く、幾多《いくた》のそれと同じ――

同じ――

「でも！　あたしは嫌《いや》です！」

少女が、言う。

「それでもあたしは！　影崎さんが消えたりしたら嫌です！」

まるで、心をぶつけるように。

霊体《エーテル》となった自らのすべてをぶつけるように、黒羽が言う。集合無意識の海に混じった幾多の「誰か」ではなく、あなたに言っているのだと。

「あたしが！　黒羽まなみが！　嫌なんです！」

不意に。

イメージが、生じた。

少女の告げた名が、消えかかった影崎の内側に像を結んだのだ。もはや溶《と》け込むしかない影崎という残骸にとって、それは最後に残された記憶《きおく》だったかもしれない。

「私、は……」

乾《かわ》いた唇《くちびる》が、人形のように動いた。

それは、彼にとって、ほんのかすかな揺らぎ。本当に些細《ささい》な、本来であれば気にすることもないはずの、木の葉が川の流れに乗ったほどのこと。

しかし、今だけは違《ちが》った。

何かが、破れた。

「帰れえええええええええええ！」

伊庭司。

無限でもあり零《ゼロ》でもあった距離《きょり》を超《こ》えて、その指先が影崎を撃《う》ち抜く。

術式が、打ち込まれる。

「————っ！」

瞬間《しゆんかん》、消えゆく残骸は震《ふる》えた。

「これ、は——？」

言いかけたときには、すでにその術式を理解していた。

まさしく、秘術であった。第三団《サード・オーダー》をつくるため、アンブラーの一族がずっと伝えてきた秘術の応用。霊脈《レイライン》に散華《さんげ》した幾多の無意識と、結社に属する魔法使いたちから、人格の欠片《かけら》を拾い集め——ひとつの人格を構築するための術。

応用とは、欠片の属性を固定していることだ。

つまり。

かつての影崎の——柏原代介の人格を——霊脈《レイライン》からその術式が検索《けんさく》し、収集する。ほとんどひとつの生き物ともいえる高度な術式は、拾い集めた欠片をさらに分析《ぶんせき》し、消えかかった残骸を核にして再構築する。

「…………っ!!!」

まるでパズルのように、欠片が組み込まれていく。

かつて世界に奪《うば》われた彼の個性が——雪崩《なだれ》のように戻っていく。

＊

「巨人《きょじん》が——」

タブラ・ラサが、夜空を見上げた。

ある意味で天仙《てんせん》と同じく、世界につながった存在——第三団《サード・オーダー》であるがゆえ、その異変に一足早く気づいたものだろう。

「消えた——?!」

続けて、穂波も一瞬、気をとられる。

ずっと天空から地表を圧迫《あっぱく》していた巨大な呪力《じゅりょく》の塊《かたまり》が、突然《とつぜん》消え失《う》せたのだ。周囲の呪力の状態は、行使する魔術《まじゅつ》にも大きな影響《えいきょう》を及《およ》ぼすため、彼女がその変化を気にしたのは当然のことである。

ましてや、魔法使いを罰《ばっ》する魔法使いになってからでも、最大最強といえる敵との戦いにおいて、精神的な疲労《ひろう》はもはや限界に達していた。

ゆえに、これは責められぬ。

これほど異質な状況《じょうきょう》において、またその変化を利用することにおいて、幾多の修羅場《しゅらば》を越《こ》えてきた女吸血鬼《きゅうけつき》を凌《しの》ぐ者はいない。

コンマ数秒にも満たぬ隙《すき》に、ツェツィーリエは新たな金貨を掴《つか》み上げたのだ。

「汝《なんじ》は嵐《あらし》！　汝は雹《ひょう》！　汝は災《わざわ》い！　されば喰《く》らえ、ハガラズ！」

ᚺ《ハガラズ》
ツェツィーリエが最も得意とする、災厄《さいやく》の術式。

吸血鬼化して大幅《おおはば》に増強された呪力を乗せ、穂波の周囲につくりだされた魔風は七つ。いずれも最初より遥《はる》かに大きく、動きを止めた少女へと猛烈《もうれつ》な勢いで迫《せま》った。

「しま——っ」

穂波が、振り返る。

この魔風は自動射出のヤドリギではいなせない。かといって、ミストルティンの槍《やり》で切り裂《さ》くには少女の体勢が崩《くず》れている。身体《からだ》の一部でも持っていかれれば、もはやこの女吸血鬼に抗《あらが》う術《すべ》はない。

（もらった——！）

ツェツィーリエは、確信の笑《え》みを浮《う》かべた。

極限の戦いを制した自負が、女の胸を満たす。ここまで自分に追いすがった敵手から啜《すす》る血は、いかに甘いだろう。

その想像と裏腹に、油断せず穂波の一挙手一投足へ集中する。

自らの残虐《ざんぎゃく》性や嗜好《しこう》と切り離して、相手を冷静に観察できることこそ、女吸血鬼の本領だった。このとき、ツェツィーリエのすべての集中力は、強敵たる魔女へと引き寄せられていた。

引、き寄せられて、し、まっ、た。

刹那《せつな》。

物陰《ものかげ》から、小柄《こがら》な影《かげ》が飛び出したのだ。

穂波にも、ツェツィーリエにも、認識《にんしき》しきれなかった影。

その姿に、ふたりとも不意をつかれた。

「変生せよ！　変生せよ！　変生せよ！」

その、呪文《スペル》。

頭より被《かぶ》った、腐《くさ》った液体。

コートと手袋《てぶくろ》を打ち捨てた身体から、獣毛《じゅうもう》がざわついた。三種のルーン――ᚦ《スリサズ》ᛁ《イーサ》ᛖ《エフワズ》――すなわち神力のルーンをもって、人間を別のモノへと貶《おとし》める術式。

「意味を灰して、我を喰らい、すなわちルーンの礎《いしずえ》とさせよ！」

この術を行使しうるのは、ツェツィーリエのほかにはただひとり。

「――なんで！」

穂波は、動けなかった。

タブラ・ラサは、今も惑星《わくせい》魔術にその呪力をつぎこみつづけていた。

「汝は始まり！　汝は導く船！　汝は輝《かがや》ける松明《たいまつ》！　爆《は》ぜろ、ケイナズ！」

「汝は始まり！　汝は導く船！　汝は輝ける松明！　爆ぜろ、ケイナズ！」

ᚲ。

かろうじて投げ出した金貨の術式が、同じく火焔《かえん》のルーン文字に迎撃《げいげき》される。相殺《そうさい》する。

同じ魔術系統であればこそ、同等の呪力や技量でなければ、なおさら起こり得ない現象だった。

砂塵《さじん》から、影が突《つ》き抜けた。

長い銀の髪《かみ》を振《ふ》り乱して人狼《じんろう》化した少年が、月明かりに舞《ま》った。

「オルトヴィーン……！」

ツェツィーリエと、穂波と、どちらの声だったろう。

穂波との対峙《たいじ》で体勢を崩していたツェツィーリエの胸元《むなもと》へ、ひとまわり小さな人狼《ヴリコラカス》が飛び込む。どしゅ、と重い音が夜気に混じったのは、ほぼ同時であった。

深々と、少年の手刀が、ツェツィーリエの胸元を貫《つらぬ》いていた。

「……たとえ先輩《せんぱい》でも、こいつだけは譲《ゆず》れなかった」

女吸血鬼の背中から、狼《おおかみ》のかぎ爪《づめ》が突き出していた。

その腕《うで》を伝い、少年の顔へぼとぼとと女吸血鬼の血がこぼれる。

命を保っていられる量でないことは明らかだった。たとえ超《ちょう》再生をもってなる吸血鬼といえど、その再生能力自体が異状を来《きた》していては、意味がない。

まして、女を支えていた絶大なる呪力も、今の穂波との戦いで尽《つ》き果てていた。

「オルトヴィーン……」

茫然《ぼうぜん》と、穂波が呟《つぶや》き、

「は、はは……」

女は、嗤《わら》った。

血塗《ちまみ》れになった唇で、なお嗤った。

「やるなあ、弟子《でし》」

本当に嬉《うれ》しそうに、女吸血鬼は言ったのだ。

「あんたに、無理矢理《やり》刻まれた力だ」

オルトヴィーンが言う。

かつてはこの師に向き合っただけで震えが止まらず、ひたすらに逃《に》げ回っていた少年であった。今も恐怖《きょうふ》が消えたわけではない。ツェツィーリエの声を聞くだけで、オルトヴィーンは芯《しん》から氷に漬《つ》けられた気分になる。

それでも、今は逃げなかった。

女のかぎ爪もまた、こちらの眼球へ忍《しの》び寄ってくるのを見ながら、ただ奥歯を噛《か》みしめて耐《た》えていた。

「ツェツィー！」

タブラ・ラサの叫《さけ》び声が聞こえる。

穂波は意外な乱入の結果がどうなってもいいように、持ち合わせた魔術を準備する。

「………」

ツェツィーリエのかぎ爪が、持ち上がる。

ゆっくり、ゆっくりと、オルトヴィーンの眼球へ近づいていく。オルトヴィーンも師の鮮血《せんけつ》を浴びるまま、退《ひ》こうとはしなかった。

「逃げないのな、弟子」

「……お前はもう死ぬ。逃げる必要なんかない」

「へえ、そうかよ」

突然、かぎ爪は花のように開いた。

女吸血鬼の両手が、オルトヴィーンの頭部をわしづかみにしたのだ。

「お前には、最悪の呪《のろ》いを残してやる……」

女が嗤った。

「オルトヴィーン！」

穂波が叫んだ。仮にもツェツィーリエほどの魔法使いが自らの命を代償《だいしょう》としたならば、どれほど最悪な結果をもたらすか。

しかし、それも結局は間に合わなかった。

「……………」

何事かを、女吸血鬼は弟子の耳元で囁《ささや》いたのである。

＊

黒羽が吸い込まれて、数分ほどした頃《ころ》だろうか。

まるで、霧《きり》が薄《うす》れていくようだった。

巨人が消えていくのを、いつきたちは見た。夜空を覆《おお》っていた雲が晴れるのにも似て、ずっと身体を縛《しば》り付けていた重圧がほどけていく。

「あっ！」

いつきが、顔をあげる。

巨人のもともと胸あたりだった空間から、落ちる人影を見つけたのだ。

「父さん……っ！」

「私が！」

アディリシアが、飛んだ。

魔神の翼《つばさ》が羽ばたき、男の身体を受け止める。

蒼白《あおじろ》く染まった顔色に、少女は自らも危《あや》うい身体ながら、息を詰《つ》まらせて呼びかけた。

「お父様！」

「やあ、可愛《かわい》い子にそんな呼び方されると困っちゃうなあ」

普通《ふつう》に、返事があったのだ。

かっと赤くなったアディリシアの美貌《びぼう》を、にまにまと笑って司は眺《なが》めた。

どうやら、落下途中《とちゅう》で意識を取り戻《もど》したらしかった。もっとも、顔色自体は蒼白《そうはく》なままで変わってなかった。

柔《やわ》らかく着地したふたりを、ぎゅっと自分のスーツの胸を摑んで、少年が迎《むか》えた。

「父さん……！」

「んーん、生《い》き恥晒《はじさら》しちゃってるかな？」

息子《むすこ》と三度目の対面を果たし、司は鼻の頭を掻《か》いた。

「伊庭殿《どの》！」

「主《マスター》！」

ついで、いつきの背後から、隻蓮とユーダイクスも駆《か》け寄ってきた。

僧侶《そうりょ》の頭を押さえつけるようにして、まずインバネスの錬金術《れんきんじゅつ》師が声をかけたのだ。

「主《マスター》！　お身体に不調は！」

「そ、そうでござる。伊庭殿、あの術式を使ったのでござろう！」

分厚い手を押しのけて、隻蓮もがばっと顔をあげた。

「………………」

「……にあ？」

ひとり、猫屋敷《ねこやしき》は黙《だま》ったまま、眼鏡《めがね》の弦《つる》を押し上げていた。

代わりに、玄武《げんぶ》がふとましい首を持ち上げて、小さく鳴く。残った三匹《びき》は青年を慰撫《いぶ》するように、足下《あしもと》へ身体《からだ》をこすりつけた。

「なんだよなんだよ、みんなして！　人のことを死にかけ老人かなんかだと思ってるんじゃねえの」

対する司は――軽口こそ叩《たた》いているが、実際そんな状態でないのは明らかだ。

眼《め》は落ちくぼみ、肌《はだ》は土気色。アディリシアによりかからなければまともに立っていられないのは、今も膝《ひざ》ががくがく震《ふる》えているのを見れば分かる。

だけど、だからといって、誰《だれ》も引き留めなかった。

魂《たましい》を削《けず》るほどの仕事を、ひとりの男が成しえたのに、その喜びを噛みしめる機会を奪《うば》うわけにはいかなかった。

まして彼にはもうひとつ、やるべきことが残っていたから。

息子との対話が。

そして——少年は口を開いた。

「……父さんは、あの中で紅《あか》い種を使った？」

「ああ。すまんね。使い切ったらしいよ。これでお前の始めた大魔術決闘《グラン・フエーデ》もご破算かね」

司が手の平を示す。

指の隙間《すきま》からさらさら……と砂がこぼれ落ち、風に乗って飛んでいった。おそらくその砂が、もともとは紅い種であったものなのだろう。

「………」

一瞬《いっしゅん》だけ、いつきはその行方《ゆくえ》を眼で追って。

かぶりを振った。

「ご破算にはならないよ。賞品が消えたからって、もうどちらの陣営《じんえい》もこの決闘《けっとう》を破棄《はき》したりしないもの」

「そりゃそうか」

司が笑う。

それから、思い出したように、言葉を続けた。

「十二年の内、最初の三年はあちこちめぐってさ。霊体《エーテル》に直接術式を刻んでたんだよ。

まあ、あれだ。心霊治療《しんれいちりょう》ってやつ？　あれで他人の霊《エーテル》体をあちこち移植してたわけ」

「それ、って……失踪《しっそう》してたときの？」

いつきは、言葉を止める。

オルトヴィーンの皮膚《ひふ》と同じだ。

少年の身体が、他人の皮膚移植によって幾多《いくた》のルーン文字を刻んだように、伊庭司は他人の霊《エーテル》体を移植していた。それによって魔法《まほう》を使えない魔法使いはこの一度きり、魔法を行使することに成功した。

きっと、ほかの誰も、完全には理解できない代償によって。

「残り九年間の瞑想《めいそう》は、非想非非想のついでに、その移植の拒絶《きょぜつ》作用を落ち着かせる意味もあったんだがね。おかげでもうボッロボロ。だいたいそこまでして移植した術式も、ほぼすべて今の一回で使い切ったっての。どんだけ効率悪いんだ魔術。そりゃ科学に抜《ぬ》かれるっつうのよ」

「……ですが、そういう魔術が良いんでしょう。あなたは」

傍《かたわ》らから、声がかかった。

司が振《ふ》り向き、ほんのわずかだけ表情をほころばせそうになってしまって——その代わりに、ぐいと唇《くちびる》を歪《ゆが》めた。

「馬鹿《ばか》社員か」

影崎であった。

しかし。

すでに、影崎ではなかった。

隣《となり》の霊体《エーテル》に肩《かた》を抱《だ》かれて——より正確にはそうしたカタチをとった騒霊現象《ポルターガイスト》によって——男はよろけながらも立ち上がっていた。

「そーだよ。惚《ほ》れた弱みだもんよ。効率悪かろうが、役に立たなかろうが、自分では全然使えなかろうが、俺はそういう魔術が好きなんだよ。つか、俺がいない間に、なんでモテてんだお前」

「ははあ。まあ、真面目《まじめ》に仕事してましたから」

「は、ふざけんなよこら！　社員のくせに社長よりモテるだと?!」

「いや、ちょっとそんなこと言われても。あなただって、女性によりかかってるのは同じでしょう？　人にだけ要求しないでください」

「これ、息子のとこの女だっての！　一緒《いっしょ》にすんな！」

「え、あ、え……」

肩を摑《つか》まれたアディリシアが、今の言葉でびくんと固まる。

「………」

いつきも、眼を白黒させていた。

影崎がそんな言葉を話すのが、本当に信じられなかったからだ。

なにより、今の影崎には、こちらの認識《にんしき》を狂《くる》わせるかのような欠如がなかった。どこにでもいそうなお人好《ひよ》しそうな顔ではあっても、確かな彼らしさが発見できた。

かつての柏原そのままではなくても——影崎とは異なる個性。

「それが……本当のあなたなんですか」

「本当の、と言われるとちょっと困りますね」

どこから出したのか、ソフト帽《ぼう》をかぶる。

かすかにぐらついた肩を、もう一度黒羽が騒霊現象《ポルターガイスト》で支え、尋《たず》ねた。

「おかえりなさい。……あの、何て呼んだらいいですか？」

「柏原でいいですよ」

そう言って、帽子で目元を隠《かく》す。

「やはり、困りましたね」

「何がです?」

「ああいや。この十二年ほど、ずっと仏頂面《ぶっちょうづら》をしてきたもので、表情のつくりかたが分かりません。表情筋自体が衰《おとろ》えてるのかもしれませんね」

何度か、影崎は——柏原は、頰《ほお》のあたりをいじった。

その指が止まった。

唇に、少女の指先がかかっていたのだ。

両手の指で、唇の両端《りょうたん》を持ち上げて——笑《え》みの形にして、黒羽は困ったように微笑《びしょう》した。

「これで……いいんです」

「……そうですか」

「糞《くそ》、雰囲気《ふんいき》出しやがって」

対して司は唇を尖《とが》らせ、細葉巻《シガリロ》を出そうとして——ぱんぱんとコートを叩いて、一本も残ってないことに気がついた。

「貸しましょうか?」

影崎が差し出した細葉巻《シガリロ》の箱に、渋《しぶ》い顔をした。

「いらねえよ。健康主義に乗り換《か》えたんだ。ずっとチベットで瞑想してたんだぞ」

「それはご苦労なことですね。——本当に」

「ああ、性質《たち》の悪い社員がいたからな」

ふんと鼻を鳴らして、司がアディリシアの手も離《はな》し、地面にどっかと座り込む。そう言ったわりに、こっそり一本細葉巻《シガリロ》をがめて、指先でくるくる回したりしていた。

十二年ぶりの、元社長と元社員の会話。

柏原と、それから猫屋敷を見上げた。

「——ふたりとも、〈協会〉として、俺を拘束《こうそく》しなくていいの？」

「はあ。さきほど最後の契約《けいやく》も打ち切られましたからね。宙ぶらりんの身ですよ」

「紅い種がなくなった以上、あなたを拘束する意味はありませんね」

こちらは、猫屋敷も片目をつむって応《こた》える。

「へえ、だったら——」

振り向いたところで、司が動きを止めた。

ぽか、と軽く頬に拳《こぶし》が触《ふ》れたのだ。

「……ふい？」

「今は、これで許してあげます」

面食《く》らった顔の父に、息子が堂々と宣言した。

いつきは、そのまま視線をあげる。

「柏原さん」

と、隣の相手へ話しかけた。

「はい」

「後で、訊《き》かせてください。——昔、僕を助けてくれたときのことを」

「……いいですよ」

それもまた、ひどく複雑なものがこもった会話だった。

この二年、影崎という名の魔法使いは〈アストラル〉の敵手に回ることがほとんどであった。そもそも最初の出会いは、長らく実働してなかった〈アストラル〉を解体すべく、〈協会〉のメッセンジャーとして現れたことだった。

それからも何度となく魔法使いを罰《ばっ》する魔法使いとして、影崎は〈アストラル〉の乗り越《こ》えるべき壁《かべ》であった。今更《いまさら》かつての恩人だったとか言われて、態度を豹変《ひょうへん》できるものでもない。

だけど。

今は、その因縁《いんねん》を振り切って、少年は言う。

「父さんのやることが終わったのなら、ここからは、僕の世代の仕事です」

自分のやるべきこと。

自分の責任。始めたことを終わらせるという、少年にとっては当然の在り方。

遊園地の中央公園を、少年は向いていた。

「……ああ。そりゃそうだ」

と、頬を押さえて、司もうなずいた。

「まだ、何も終わってねえからな」

第3章　復讐と魔法使い

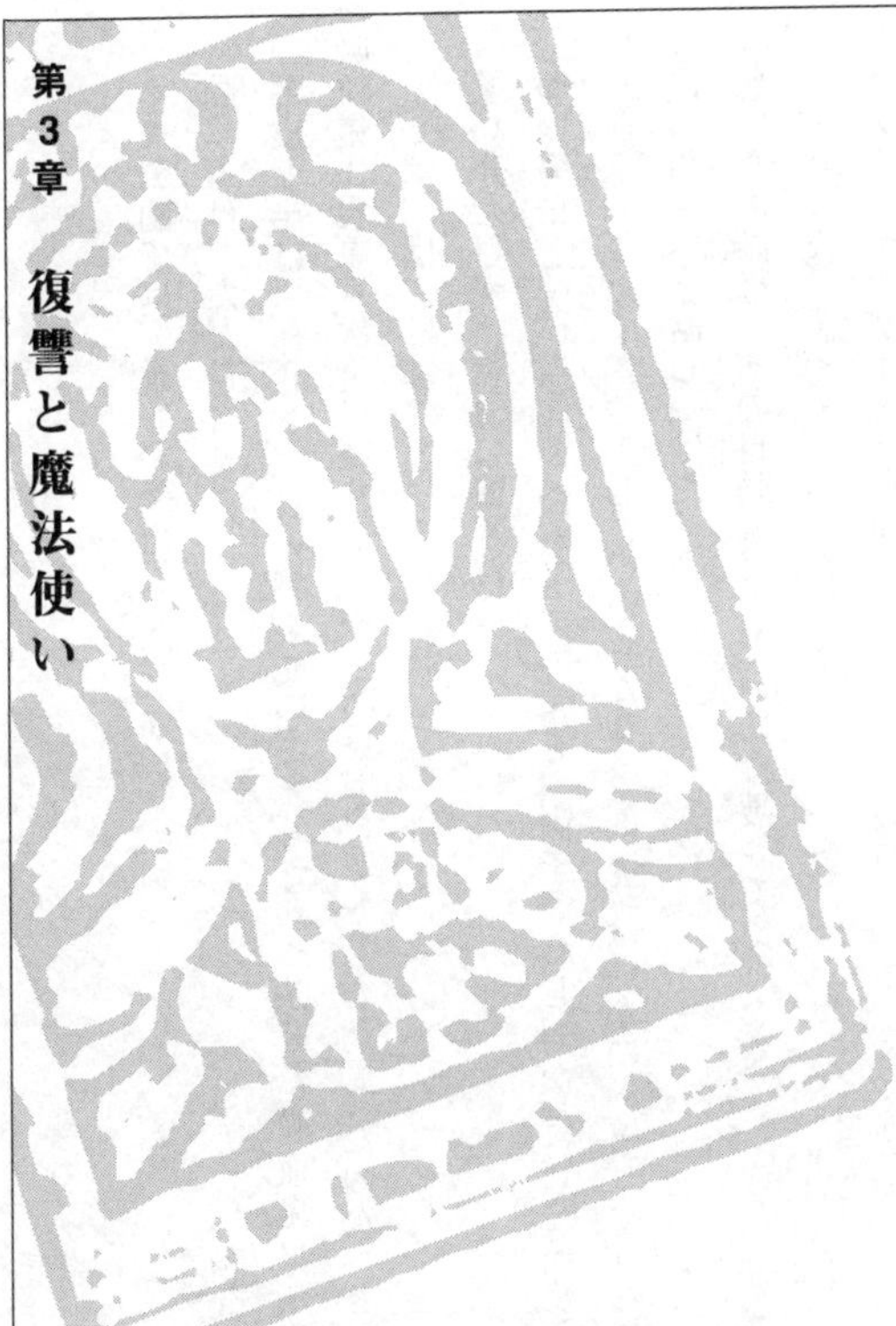

1

中央公園では、誰《だれ》もが静止していた。

動く者は、ただひとり。

毛皮と半ば一体化し、長い髪《かみ》を蛇《へび》のごとくざわつかせた吸血鬼《きゆうけつき》ツェツィーリエ。その吸血鬼化現象も次第《しだい》に鳴りを潜《ひそ》め、女は恐《おそ》ろしくも美しいただの女へと戻《もど》っていった。

「……は、は、ははは」

笑い声だけが、夜気に響《ひび》き渡《わた》る。

つい先ほど呪《のろ》いを吐《は》いた弟子《オルトヴィーン》の頭を、両手でわしづかみにしたまま、哄笑《こうしよう》する。今にも西瓜《すいか》のごとく割ってしまいそうな体勢で、女はいかにも嬉《うれ》しそうな笑みを浮《う》かべて、背後の相手へと話しかけた。

「悪いなあ姫様《ひめ》。あの自動人形《オートマタ》みたいには護《まも》ってやれなくてさ」

「……ううん。護ってもらったよ」

タブラ・ラサがかぶりを振《ふ》る。

その返事が、聞こえたかどうか。

「……ああ、愉《たの》しかった」

のけぞったまま、ツェツィーリエは瞼《まぶた》をつむった。

胸元《むなもと》に刺《さ》さった弟子《オルトヴィーン》の手が、その身体《からだ》を支えていた。

月明かりの下、弟子《でし》と師はまるでワルツでも踊《おど》っているようだった。血と魔術《まじゅつ》に酔《よ》いしれるワルツは夜の続く限り、終わることはないようにも思えた。

「………………」

やがて、ゆっくりとオルトヴィーンが手を引き抜《ぬ》いた。

どさりと音を立ててツェツィーリエが倒《たお》れ、次の瞬間《しゅんかん》、女の身体は灰と化していた。

生きとし生けるものから呪力《じゅりょく》を吸い上げ、殺戮《さつりく》の限りを尽《つ》くしていた吸血鬼は死体を残すことさえ許されないのかもしれなかった。

「オルトヴィーン……？」

穂波《ほなみ》が、問いかける。

すると、

「……本当に、最悪の呪いだ」

オルトヴィーンが、顔を歪《ゆが》めた。

今にもさまざまな感情があふれ出してしまいそうな、そんな表情をしていた。

「魔術や……ない？」

「ただの言葉だよ。けった糞悪いだけだ」

オルトヴィーンは、その言葉を打ち捨てるように、自分の頭を叩《たた》いた。

それ以上は口にしなかった。

穂波も訊かなかった。

「そんなことより、さっさと自分の事情を進めたらどうだ。——〈協会〉だって惑星魔術《わくせい》を放置するわけにいかないのは一緒《いっしょ》だろう」

「……そやね」

少女もうなずいた。

けして、共闘《きょうとう》関係というわけではない。だけど、この件に関しては協力できるのも本当だった。

タブラ・ラサの前へ立つ。

「第三団《サード・オーダー》がどんな魔術を使うかは知らん。やけど、惑星魔術を維持《いじ》しながら、あたしとやるのは無理なんやない？」

「そうだね。あたしの負け」

あっけらかんと、タブラ・ラサは答えた。

「でもね。〈螺旋なる蛇《オピオン》〉の負けじゃない」

「好きに言ってたらええ」

強がりと判断して、穂波はマントの内側から新たな呪物《フェティシュ》を取り出した。

ずるりと、長く伸《の》びた。

黒い土を落として、出てきた呪物《フェティシュ》は小さな樹としか見えなかった。

これが、少女の切り札だった。

〈生きている杖《リビング・ワンド》〉。

ケルト魔術の秘奥《ひおう》。単なる木の枝ではなく、生きている樹木をそのまま呪物《フェティシュ》とする技術。栽培《さいばい》はもちろん、生きているがゆえ呪力の取り扱《あつか》いも困難を極《きわ》める。持ち運びについてのみ、〈協会〉の技術によって比較的《ひかくてき》コンパクトにできたが、これを使いこなせるものは他《ほか》にいまい。

霊脈《レイライン》に直接干渉《かんしょう》するための、少女の切り札。このときのために、フィンとの戦いでも温存してきた奥の手であった。


「我《ハ》は願《イル》う――」

タブラ・ラサの立つ魔法円のすぐそばへ、その〈生きている杖《リビング・ワンド》〉を突《つ》き立《た》てる。

「我は願う《ハイル》――」

意識を、凝《こ》らす。

無防備になるが、その間はオルトヴィーンに任せるつもりだった。惑星魔術の打破は〈協会〉も〈アストラル〉も共通の目的である以上、今背中を預けることは甘えてることにはなるまいと考えた。

「我は願う《ハイル》――」

三度目の詠唱《えいしょう》を聞きつつ、

(これが終わったら……また、敵同士だ)

ひそやかに、オルトヴィーンは思う。

〈螺旋なる蛇《オピオン》〉を打破したとて、大魔術決闘《グラン・フェーデ》が終わるわけではない。名実ともに〈協会〉が勝者となり、魔術世界に覇《は》を唱えるためには、やはり伊庭《いば》いつきを打ち倒すしかない。

すぐにも、穂波とオルトヴィーンは敵同士に戻る。

「我《ハ》は願《イル》う──」


四度目の、詠唱。

しかし。

続く数秒で、少女は表情を変えた。

「──なんで?!」

「穂波……先輩《せんぱい》?」

オルトヴィーンが眉《まゆ》を寄せた。

かつて〈学院〉の先輩であり、今は魔法使いを罰《ばっ》する魔法使いでもある少女の動揺《どうよう》が、少年にも理解できなかったのだ。

〈生きている杖《リビング・ワンド》〉に触《ふ》れたまま、穂波は悲壮《ひそう》な声で口にした。

「惑星魔術が……止まらへん！」

「だから、言ったよ」

タブラ・ラサが微笑《びしょう》する。

振り仰《あお》いだオルトヴィーンと穂波へ、〈螺旋なる蛇《オピオン》〉の女教皇《プリエステス》は高らかに言う。

「あたしたちの勝ち。〈礎《イエソド》〉もツェツィーもメルキもサタジットもジェイクも負けたんじゃない。彼らはあたしに勝ちをくれたんだ」

す、と少女が人差し指を持ち上げる。

その延長上で、夜空に小さな爆発《ばくはつ》が起こったのだ。

「まさか……」

オルトヴィーンが目を見開く。

「〈協会〉の……飛行船?!」

空の彼方《かなた》で起きた異常事態に息を止め、もう一度穂波が女教皇《プリエステス》へと振り返る。

「あんたは……っ」

言葉は、半ばで途切《とぎ》れた。

これを千慮《せんりよ》の一失というべきか。いや、たとえ気づいていたとしても止める術《すべ》などあったかどうか。

「もう、ここの魔法円を維持しなくてもいいからね。——さよなら」

ゆっくりと、少女の姿はさらに薄《うす》れていった。

タブラ・ラサもまた、中央公園から姿を消したのである。

＊

それは、布留部市の夜空をずっと遊泳していた。

プロペラの回る音もなく、気流の抵抗《ていこう》を不自然なまでに減少させて空を泳ぐ。

現代の技術だけでは不可能な——おそらくは〈協会〉だけが可能とする、魔術と科学の融合《ゆうごう》であった。ほかの結社がそうした品をつくりえぬのは、科学蔑視《べっし》の風潮もあるが、根本的な資金や人材のためだろう。

結果として、魔術でも科学でも探知不能という希有《けう》なステルス性を、その飛行船は獲得《かくとく》していた。必要なときは誰にも見つからぬよう姿を消し、この大魔術決闘《グラン・フエーデ》においてすら安全を確保できるほどの性能《スペック》。

大魔術決闘《グラン・フエーデ》の条件である人数制限も、ほぼ自動航行できるこの飛行船には関係なかった。

しかし。

地上から遡《さかのぼ》る落雷《らくらい》のごとき、その槍には無力だった。

科学と魔術の双方《そうほう》で幾重《いくえ》にも張られた防壁《ぼうへき》が、まとめて突き破られ、飛行船が大きく傾《かたむ》く。この場合、普通《ふつう》ならそのまま墜落《ついらく》するところを、いくらか傾《かし》いだだけでいまだ飛行し続ける技術について、賞賛すべきだろうか。

直撃《ちょくげき》したキャビンの部位は、炎《ほのお》に包まれていた。

飛行船を襲《おそ》った術式と魔術の防壁の拮抗《きっこう》した余波が、炎となって現出したのである。

その炎の中で、蒼《あお》いスーツの壮漢は身じろぎもせず来訪者を見つめた。

「……どうやって、見つけた」

ダリウス・レヴィが、重く口にする。

〈協会〉の副会長。

大魔術決闘《グラン・フェーデ》における、〈協会〉側の指し手。

対して、来訪者たる若者は、軽く肩《かた》をすくめた。

「……サタジットさんは、影崎《かげざき》さんに勝てるとは思ってませんでした」

静かに、フィン・クルーダは言う。

炎の中で、枯《か》れ草《くさ》色の髪《かみ》の毛が舞《ま》う。

しかし、一切《いっさい》の熱を感じないかのように、若者の顔はただ涼《すず》やかであった。

「ですが、影崎さんに最後の契約《けいやく》を許すなら、あなたも影崎さんと糸《パス》を通さざるを得ない。また、このときならあなたたちでも僕の呪力に気づかない。ふたりもの天仙《てんせん》が荒《あ》れ狂《くる》った土地で、まともに呪力を感知できるはずもない」

つまるところ。

影崎に対するサタジットは、対抗策であったと同時に、ダリウスを見つけるための囮《おとり》でもあったということ。無論、ダリウスがどういう戦略をとるかは、大魔術決闘《グラン・フェーデ》以前に知る術《すべ》はないため、あくまで用意していた策のひとつにすぎまい。

静かに、フィンは問う。

「クリスタル・タワーの逆になりましたね。不意打ちされる気分はどうですか？」

ゆっくりと、歩み寄る。

広いキャビンに置かれた豪奢《ごうしゃ》な家具や絨毯《じゅうたん》が、次々と炎に巻かれていく。その炎を踏《ふ》みつけてやってくる若者は、まさしく妖精《ようせい》のようだった。

右手にありしは、ミストルティンの槍《やり》。

（何をやった……？）

ダリウスが、思考する。

フィン・クルーダの実力はよく知っている。

〈螺旋なる蛇《オピオン》〉の中でも最も恐《おそ》るべき相手と認識《にんしき》していたのは、まさしくこの若者にほかならない。だが、だからといって、今の飛行船の防壁をまとめてぶち抜《ぬ》くなど、たやすくできるはずもなかった。

内部からならともかく外部からの破壊《はかい》となれば、それこそ天仙か第三団《サード・オーダー》に匹敵《ひってき》する呪《じゅ》力《りょく》が必要なはずなのだ。いかに妖精眼《グラム・サイト》を持つフィン・クルーダとはいえ、それほどの魔《ま》力《りょく》強度をどうやってひねり出した？

「どうします？」

槍が持ち上がる。

切っ先が、炎を映す。

それに反応したのは——ダリウスではなかった。

「く、くくく、く、来るな！」

壮漢の背後に隠《かく》れていた小太りの男が跳《は》ねて、首元にかかった鏡を掲《かか》げた。

鏡魔術《リートウス・スペクルム》を操《あやつ》る、魔法使いを罰する魔法使い。

ギョーム・ケルビーニ。

続けて、扉《とびら》の向こうに隠れていたチャイナドレスの女が、姿を現した。

ギョームの妻・劉芳蘭《リウ・ファンラン》。

「疾《チッ》！」

芳蘭の指が、霊符《れいふ》を弾《はじ》く。

斬裂《ざんれつ》の意味をなすその札を――しかし、フィンは迎撃《げいげき》せずに、逆方向に槍を振るった。

突然《とつぜん》、そこに霊符が現れて、槍に切断されたのだ。

「――――っ！」

芳蘭が、目を剝《む》いた。

「……それも通じません。鏡魔術《リートウス・スペクルム》との組み合わせはなかなかいい線をいってると思うのですが、呪力だけを見れば一緒《いっしょ》です。ああ、それでも初見ならひっかかったでしょうね」

「疾《チッ》！」

女が、さらに霊符を弾く。

鳳仙花《ほうせんか》のごとく、四方八方より襲いかかる霊符の群れ。

それをフィン・クルーダへと集中させる技量は、魔法使いを罰する魔法使いの名に恥《は》じぬ。しかもギョーム・ケルビーニが鏡を操ると、さらに霊符の量は増え、部屋を無数の霊符で埋《う》め尽《つ》くした。

本来ならば呪波干渉《かんしょう》で成立しない術式をこなしたのは、夫婦というつながりゆえか。

「メルキオーレは自分の眼球に、自分を破った魔術を記録していました」

迫《せま》り来る霊符を前に、フィンが再び言う。

それは、死霊術師《ネクロマンサー》たるメルキオーレならではの秘術だったろう。

「あなたたちの魔術もそれで知った。——幸い、僕には扱《あつか》いやすい魔術でしたよ」

両目が、光る。

赤く。

紅《あか》く。

朱《あか》く。

妖精眼《グラム・サイト》。

そのアカイロに見られただけで、みるみる霊符はその数を減らした。

鏡魔術《リートウス・スペクルム》のような霊的加護の低い魔術は、妖精眼《グラム・サイト》にしてみれば格好の餌食《えじき》だった。呪力を奪《うば》うだけであっさりと術式は破綻《はたん》し、本来の姿を映し出す。

がくんと数を減らした霊符に、続いてフィンは囁《ささや》いた。

「——我は命ずる《ハイル》」

「――禁！」

ミストルティンの槍が、アカイロの弧《こ》を描《えが》いた。

妖精眼《グラム・サイト》の祝福を受けた槍は、たちまち霊符を薙《な》ぎ払《はら》う。

ほぼ同時に、チャイナドレスの女は胸を押さえてうずくまったのだ。

「ふぁ、ふぁ、芳蘭！」

ギョームが、背後を振《ふ》り返る。

その顔が、たちまち蒼白《そうはく》となった。

女の肩に、ヤドリギが刺《さ》さっていた。今のミストルティンの槍の一閃《いっせん》に合わせて、フィンはヤドリギの矢も放っていたのだ。

「芳蘭！　ふぁ、ふぁんら、ん！」

泣きじゃくって、ギョームは女へ取りすがった。

「大丈夫《だいじょうぶ》よ、あなた……」

芳蘭は、夫の頬《ほお》を撫《な》でる。

それから、厳しい瞳《ひとみ》で敵手を見つめた。

「何を持ってるの、フィン・クルーダ……！」

「さて？」

「隠さないで。……今のヤドリギ、私は確かに禁じたはずよ。それをものともしないほどの呪力、どこから持ってきたの？」

苦しげな息で、それでも強気に言う。

涙目《なみだめ》のギョームもぎゅっと唇《くちびる》を噛《か》みしめて、妻を護《まも》るように立ちはだかった。

そんなふたりとダリウスをちらりと眺《なが》めて、

「……これですよ」

若者は、背中に隠していた手を前に回した。

その手が抱《だ》き上げていたのは——かつて、死霊術師《ネクロマンサー》メルキオーレが使っていた呪物《フェティシュ》と酷似《こくじ》した硝子瓶《ガラスびん》だった。

実際、大きさを除けば、同じものだったかもしれない。

そこには、脳が浮《う》いていたのだ。

ふたつの、脳が。

「…………っ！」

さしもの芳蘭が呼吸を止め、ギョームは露骨《ろこつ》に顔をひきつらせた。

いや。

脳ではなかった。

脳そのものと紛《まが》うほどに縮こまった、それは人間の木乃伊《ミイラ》だった。

ふたつの身体がつながった——あたかも接《つ》ぎ木された樹にも似た姿の、保存液に浸《ひた》された木乃伊であったのだ。

「これが……〈螺旋なる蛇《オピオン》〉の双首領です」

「そうとも」

「そうとも」

声がした。

この場の誰《だれ》でもない声は、やはりその硝子瓶からしているのであった。

「私が」

「我らが」

「〈螺旋なる蛇《オピオン》〉の〈理解《ビナー》〉の座《セフィラー》であり」

「〈螺旋なる蛇《オピオン》〉の〈智慧《コクマー》〉の座《セフィラー》である」

かつて、ツェツィーリエを諭《さと》した〈螺旋なる蛇《オピオン》〉の代表の声がこれであった。

「私のご先祖様……というわけか」

ダリウスが苦笑した。

かつて、〈螺旋なる蛇《オピオン》〉の死霊術師《ネクロマンサー》メルキオーレは〈協会〉との宣戦布告でこう言った。

――『魔女狩《が》りを忘れるな』

そして、いつきはその魔女狩りが歴史上で最も有名だった時期のものではなく、スペインを中心とした異端審問《いたんしんもん》であったことを証明した。当時現世の権力と結びついていた〈協会〉こそが、自らの一部であった〈螺旋なる蛇《オピオン》〉を、異端として裁いたのだと。

「魔女狩りを忘れなかったか」

「魔女狩りを忘れなかったぞ」

双首領は言い募《つの》る。

怨念《おんねん》のこもった声音《こわね》は、正面からダリウスを捉《とら》えた。

「……ああ。お前たちは忘れないだろう」

ダリウスも、認めた。

「かつて〈協会〉の暗部だった〈螺旋なる蛇《オピオン》〉に何もかもを着せて、知らぬ顔で現世の利益を貪《むさぼ》ったのは、他《ほか》ならぬ〈協会〉自身なんだからな」

過去の、真実。

魔女狩りによって葬《ほうむ》られた、多くの魔法使いたち。

「問題は、抹殺《まっさつ》したはずの奴《やつ》らにアンブラーの血統《ち》《う》がいたことだな」

ダリウスが、苦笑《くしょう》する。

だから、〈螺旋なる蛇《オピオン》〉にも第三団《サード・オーダー》をつくる技術が流出した。魔女狩りを生き延びた〈螺旋なる蛇《オピオン》〉の魔法使いたちは自らの第三団《サード・オーダー》をつくることで、〈協会〉に対抗《たいこう》しようとした。

しかし、〈協会〉と同じようにはいかなかった。

第三団《サード・オーダー》の人格は、つまるところその結社に所属する魔法使いたちの集合無意識によって成り立っている。天仙《てんせん》が個性を無くして世界に溶《と》け込んでしまうのと、ちょうど逆の理《り》屈《くつ》である。

もともと人格をもたない魔法を魔法使いとするために、〈協会〉ほどの規模があれば十分といえよう。単に人格テンプレートを所属者の無意識から検索《けんさく》しているだけなので、なんら負担があるわけでもない。

しかし。

〈螺旋なる蛇《オピオン》〉は、そうではなかった。

もとより暗部を務められる魔法使《まほうつか》いなどそう多いはずもなく、魔女狩りを生き延びた魔法使いなどなおさらだった。それでも、魔女狩りの復讐《ふくしゅう》を果たすため、その意志や組織を維持《いじ》するために、彼らは第三団《サード・オーダー》を必要としたのだ。

ゆえに、〈螺旋なる蛇《オピオン》〉の第三団《サード・オーダー》は生け贄《にえ》を必要とした。人格と呪力《じゅりょく》を提供し続ける強大な魔法使いが、複数人柱となることを強要された。

いいや。

もともと――タブラ・ラサを除く座《セフィラー》とは、幹部ではなく、そのための生け贄の名前だったのだろう。アンブラーの血を引く古い魔法使いが選んだ、第三団《サード・オーダー》のための生け贄の呼称《こしょう》。

その最初期たる九人の内、ふたりだけが現代まで生き延びていたというのだ。

それが、彼ら。

〈螺旋なる蛇《オピオン》〉の双首領。

だが、それでもなお、常に呪力が足りているわけではなかった。

タブラ・ラサを起動するのは〈螺旋なる蛇《オピオン》〉にとって無視できぬ事件が発生した場合のみであったし、彼ら自身も長い眠《ねむ》りにつき、タブラ・ラサを必要としない程度の事件には示唆《しさ》を与《あた》えてきた。

「……長く耐《た》えたものだな」

ダリウスが賞賛する。

彼もまたアンブラーの血と名を持つ者であればこそ、その労苦のほどが身に染《し》みて理解できたのだろう。

「先祖の名ぐらいは聞いておこうか？」

その問いに、硝子瓶の双首領は答える。

「名はない」

「すでにない」

「我らは恨《うら》むもの」

「我らは望むもの」

「復讐の成就《じょうじゅ》を」

「渇望《かつぼう》の成就を」

「魔法使いへの復讐を」

「魔法使いによる創世を」

強烈《きょうれつ》な感情の照射に、ダリウスが顔を歪《ゆが》めた。

（これが……呪力のもとか）

フィン・クルーダが、飛行船の防壁《ぼうへき》を一蹴《いっしゅう》できた理由。

本来第三団《サード・オーダー》を維持するための呪力を、双首領はフィン・クルーダに注いでいるのだ。個人ごとに波長が異なるはずの呪力だが、フィン・クルーダの妖精眼《グラム・サイト》をもってすれば、それを自分と同様に調整することも可能だったのだろう。

「惑星《わくせい》魔術は、今僕を起点としています」

フィンが告げる。

ついさきほどまでタブラ・ラサが稼働《かどう》させていた惑星魔術を、今はフィン・クルーダが受け継《つ》いでいるのだと。

「今夜の内にも世界は変わります。科学を信奉《しんぽう》していた人々は、魔法を視《み》るための真実の瞳を宿すでしょう」

考えてみれば。

この惑星魔術にとって、フィン以上に適切な相手はいまい。

世界中に妖精眼《グラム・サイト》を与えるにあたって、妖精眼《グラム・サイト》を持つ取り替え児《チェンジリング》ほどの人選があろうか。

「チェックメイトです。〈協会〉副会長。負けを認めていただけませんか？」

「………………」

突《つ》きつけられた槍《やり》に、ダリウスは沈黙《ちんもく》した。

そして、

「……いいや」

否定する声は、ドアからあがったのだ。

身を硬《かた》くしたフィンのそばから、どっと炎《ほのお》が巻き上がった。

ミストルティンの槍で炎を切り裂《さ》いたフィンの瞳《ひとみ》は、新たな人物を映した。

「道理で、さきほどから惑星魔術への干渉《かんしょう》が空回りすると思った。術者が変わっては、同じ術式では通じんな。——しかも、あれに渡《わた》されるべき呪力と術式を受け継いだだと？」

「ええ……そうですよ」

フィンが認める。

硝子瓶を抱き寄せ、魔槍《まそう》を慎重《しんちょう》に構え直す。

この相手だけは、いまだ予断を許さないというように。

「ならば、君は吾《われ》の敵だ」

厳《おごそ》かに、黒い少年は告げる。

もうひとりの第三団《サード・オーダー》——漆黒《しっこく》の肌《はだ》を持つニグレドが、フィン・クルーダの前に立ち塞《ふさ》がったのだ。

2

「穂波！　オルトヴィーン！」

中央公園へ駆《か》けつけたいつきも、すでに異変を悟《さと》っていた。

精根を使い果たした司《つかさ》や影崎たちをおいて、この場にやってきたのはいつきとアディリシアのふたりだった。

「伊庭くん、アディ」

穂波が、そのふたりに振《ふ》り返る。

ついで、人狼《じんろう》化を終えたオルトヴィーンが血まみれの手を拭《ぬぐ》った。

「悪い。ツェツィーリエはやったけど……肝心《かんじん》のやつは逃《に》がした」

誰のことかは訊《き》かずとも分かった。

だから、いつきはひどく複雑に顔を歪めて、別のことを訊いた。

「ツェツィーリエは……オルトくんが？」

「……ああ」

少年がうなずく。

「……そっか」

ぽつりと言って、いつきはかぶりを振った。

「……ごめん。もっと言うことがあると思うんだけど、思いつかない」

「うるせえ。黙《だま》っててていいんだっつの」

オルトヴィーンももう一度頭に帽子《ぼうし》を被《やぶ》りながら、答える。

「あいつはやりたいことをやりたいだけやった。その因果として、ボクはあいつを倒《たお》すことになった。それだけだろ」

長い長い旅の終点。

この少年《オルトヴィーン》からすれば、自分の家族も魔術結社も滅茶苦茶《めちゃくちゃ》にぶちこわされ、あの女吸《きゅう》血鬼《けつき》に奪《うば》われてからの時間。

あの女吸血鬼《ツェツィーリエ》からすれば、適当に少年を拾って弄《もてあそ》んで飽《あ》きて捨てた——なのに、たまたま〈アストラル〉に所属することが許せなかったとか、ひどく身勝手な理由で再び結び直された因縁《いんねん》。

時間と因縁は、ここに終わった。

だけど、

「それでも、オルトくんの人生と長く関《かか》わった相手だと思う。だから……君に何を言ったらいいのか、僕には分からない」

「馬鹿《Dummkopf》」

いつもの罵倒《ばとう》を口にして、それでもオルトヴィーンは少しだけ嬉《うれ》しそうに唇《くちびる》の端《はし》を吊《つ》り上げた。

もちろん、その微笑《びしょう》は手の平で隠《かく》し通したけれど。

「変なこと気を回してる場合じゃないだろ。お前はお前の仕事をかっちりやれよ」

「……うん」

それから、いつきはもう一度穂波へ向き直った。

「惑星魔術はどうなってるの？」

「稼働してるままなのは確か。多分、起点となるべき何かをほかの誰《だれ》かに譲《ゆず》ったんや。その分進行は遅《おそ》くなってるけれど、どういう理屈かは謎《なぞ》のまま」

まさしくこのとき、フィンが双首領《そう》を露《あら》わにしたのだが、穂波が知るはずもない。

きっ、と少年の視線が天空へあがった。

「じゃあ、やっぱりあの飛行船まで行かないと……」

そう、言ったときだった。

「………ぁ」

アディリシアが、がくりと膝《ひざ》を折ったのだ。

「アディ！」

「アディリシアさん！」

「……ごめんなさい。少し、疲《つか》れたみたいですわ」

優《やさ》しく、少女は微笑した。

いいや。

疲れた、などというものではあるまい。

魔神と人間の融合《ゆうごう》自体、本来不可能事なのだ。まして、以前ガラがやったときとは違《ちが》って準備は不完全な上、扱《あつか》った魔神は至高の四柱。わずかでも調律《セッティング》が狂《くる》えば、アディリシアなどという器《うつわ》は弾《はじ》けて砕《くだ》ける。

「………っ」

それが、いつきに分からないはずもなかった。

妖精眼《グラム・サイト》という瞳を持つ以上——いいや、たとえそんなものがなくても、伊庭いつきにアディリシアの状態が分からぬはずもない。

でも、今は。

「ごめんなさい。ほんの少しだけ、ここで休ませてもらいますわ。——イツキは、先に行っていただけます?」

少年が、沈黙した。

うつむいて、少女の手を握《にぎ》ったままの少年へ、アディリシアはことりと首を傾《かし》げる。

「イツキ?　だから大丈夫《だいじょうぶ》ですわ。すぐに追いかけます」

「………………」

それでも、少年は反応しなかった。

まるで、陸に上がった魚のようだった。突然《とつぜん》呼吸の仕方を忘れたかのように、もう片方の手でスーツの胸を握りしめていた。今や埃《ほこり》だらけのスーツに何本もの皺《しわ》が寄り、蜘蛛《くも》の巣にも似て広がっていった。

「……イツキ?」

少女の声が、はたして届いたのかどうか。

石像のごとく硬直《こうちょく》していた少年は、握りしめたスーツの皺をさらに増やして、

「……嫌《いや》、だ」

ぽつり、と言ったのだ。

「え――」

小さく、アディリシアが唇を開いた。

穂波とオルトヴィーンさえ、その言葉に振り返った。

ひどく苦しそうに顔を歪《ゆが》めて、石から水を絞《しぼ》り出すみたいに少年が続けたのである。

「……嫌だ！　僕が嫌だ。僕は、アディリシアさんを置いていきたくない」

それは、初めてのことだったかもしれない。

この大魔術決闘《グラン・フエーデ》が始まってから――いいや、〈アストラル〉より猫屋敷《ねこやしき》と穂波が強制的に派遣《はけん》させられてから、いつきが社長としての責務より個人としての感情を優先したことなど、一度もなかったかもしれない。

なのに。

「勝手だって分かってる。そんなこと言ってる状況《じょうきょう》じゃないのも知ってる。だけど、僕はそうしたくない。アディリシアさんをひとりで置いていきたくない」

声が、地面に落ちた。

魔法使《まほうつか》いの世界を揺《ゆ》るがしてきた少年とは思えぬ、年相応の声だった。

ずっとずっと少年が隠してきた、もともとの伊庭いつきの声であったろうか。

「あ……」

その声音《こわね》に、アディリシアも息を止めた。

普段《ふだん》なら、少女も少年を叱咤《しった》したことだろう。自分の命など考慮《こうりょ》すべきではないと、はねつけたかもしれない。

しかし、魔神と少女をだぶらせた手は、この一時誰よりも愛《いと》おしそうに握られていた。たとえおとぎ話のお姫《ひめ》様であっても、これほど優しく、これほど心を込《こ》めて触《ふ》れられたことはなかろうと思われた。

だからこそ、少女も少年も動けなかった。

どちらの想《おも》いも伝わるからこそ、何も返せなくなってしまった。

夜気に、ふたつの吐息《といき》がこぼれた。月明かりに照らされて、ふたりの影《かげ》は交わっていた。

自分たちの肩《かた》に、自分たちよりも遥《はる》かに重いものを載《の》せてきたふたりであった。

ああ。

だから、そこに口を挟《はさ》むのが、ふたりを一番知る人間であるのは当然だ。

「――あたしが見てる」

仕方ないなあ、というように、もうひとりの少女が言ったのだ。

「穂波？」

「あたしがアディを見張ってる。それならどうや？　どうせ〈協会〉としても魔神と融合した魔法使いなんて放置してられへん」

「……それって」

少年が、瞬《まばた》きする。

〈協会〉の仕事と言い訳しつつ、それが少女のかけた温情だと分かったからだ。

アディリシアの状態を外部から制御《せいぎょ》できるのは、この少女しかいない。ほかに頼《たの》める相手など、最初からいないのだ。

「……ありがとう」

「仕事のうちちやって言うたやろ。アディも文句ないよね」

「あ……ええ」

「よろしい」

ぱしんと手を叩《たた》いて、穂波はむくれたように視線をそむける。

「で、伊庭くんはどうするつもりなん？　飛行船に行くって、ひとりじゃ無理やろ」

「なら、ボクがやる」

これは、もうひとりの少年が手袋《てぶくろ》をはめて口にしたのだ。

オルトヴィーンだった。

「ボクが、連れていく」

「オルトくん」

「アディリシア先輩《せんぱい》が動けない間は、ボクがお前を連れていく」

それは、必ず少女が立ち上がり戻《もど》ってくると、そういう意味を込めた言葉だった。

「お前の行きたいところまで、ボクが連れていく!」

はっきりと、告げた。

その宣言が、いつきの顔を叩いた。

「……うん」

と、少年がうなずいた。

「待ってるよ、アディリシアさん」

そう、囁《ささや》いた。

「僕は先に行って、アディリシアさんが来るのを待ってる」

「ええ。行ってくださいませ」

少女もうなずいた。

黄金の髪《かみ》が揺れて、少年の手が離《はな》れる。寂《さび》しそうに宙にとどまった少女の手を、もうひとりの少女が取った。

いつきは、振《ふ》り返らなかった。

駆《か》けていく。
オルトヴィーンとともに、駆けていく。
すべてを終わらせるために、いつきたちが駆けていく。

＊

ふたつの呪力《じゆりよく》が、飛行船のキャビンに荒《あ》れ狂った。
飛行船のキャビンとしては広い部屋とはいえ、このふたりの呪力を受け入れるにはあまりに狭《せま》すぎた。構築される術式の余波だけで炎《ほのお》は竜巻《たつまき》となって、キャビンを燃やし尽《つ》くさんと渦巻《うずま》いた。

「——我《ハ》は命ずる《イル》」

再び、フィンが囁く。
その声に応《こた》え、ミストルティンの槍《やり》が唸《うな》り、ヤドリギの矢が飛翔《ひしよう》する。
しかし、

「無駄《むだ》だ」

ニグレドの目前で、そのヤドリギが焼け落ちたのだ。

フィン自らが振るったミストルティンの槍すらが同じほどの距離《きょり》で止まるや、火花を散らし、結局若者自らが引くこととあいなった。

さきほどから、この繰《く》り返しだった。

白熱した戦いは、ダリウスや芳蘭、ギョームたちのつけいる隙《すき》もなく、しかし厳然としてニグレドの有利に進んでいた。

「確かに君は優《すぐ》れた魔法使いであろう。妖精眼《グラム・サイト》は無比の魔眼でもあろう」

ニグレドは淡々《たんたん》と言う。

「しかし、それだけだ」

フィンが位置を変え、続けざまに放つヤドリギの矢が、散弾《さんだん》が、次々にニグレドの周囲で弾け飛ぶ。

ニグレドにとって、それは意識するほどもない現象らしかった。

ゆっくりと、歩を進める。

もちろん、炎は霊《エーテル》体である彼を傷つけるに至らない。

「いかに第三団《サード・オーダー》を維持《いじ》するための呪力を受け取ろうが、それだけで吾《われ》の相手はできん」

再び、ニグレドが口にした。

炎に照り返された黒い手が、ゆっくりと王錫《おうしゃく》を持ち上げる。

「――――」

ニグレドは、何も唱えなかった。

ただ、その王錫で床《ゆか》をついただけ。

それは、まさしく第三団《サード・オーダー》の魔術だった。

ぎゅる、とキャビンの一点が不可視の渦を発したのである。その虚無《きょむ》の渦が、精密にフィンのいる位置だけを呑《の》み込んだ。あたかもブラックホールのごとき虚無は炎も家具も呑み込みながら、キャビン自体には傷ひとつつけなかった。

ニグレドは黙《だま》って、すぐ隣《となり》へ視線を移す。

「――危ない危ない」

数メートルほど離れた位置で、フィンがふわりと笑《え》みを浮《う》かべたのだ。

その瞳《ひとみ》に、鮮《あざ》やかなアカイロが輝《かがや》いていた。

妖精眼《グラム・サイト》の色だった。詠唱《えいしょう》はなくとも周囲に集まってくる呪力から予測し、すんでのところで回避《かいひ》したものだろう。

「確かに凄《すご》い。もはや詠唱も準備も必要なく、念じただけで結果がそこにある。もう魔術じゃなくて神の領域ですね。——しかも、こちらからの魔術は問答無用で消滅《しょうめつ》させられてる。これが位階の違《ちが》いですか」

「理解したか」

ニグレドが、問う。

内陣《ないじん》と第三団《サード・オーダー》。

人間の限界と、その先。

しかし、一切《いっさい》の油断なく——そんな感情は持ち合わせぬとでもいうように、ニグレドは枯《か》れ草《くさ》色の髪の若者を見つめた。

「諦《あきら》めたらどうだ。チェックメイトを受けたのは君だ」

ニグレドの勧告《かんこく》に、若者は微苦笑《びくしょう》を深める。

「そうですね。真っ当にやれば、僕はあなたにかないません。それはまともな肉体を持つ魔法使いがゆえ内陣《インナー》にとどまる人間と、そんな不自由な拘束《こうそく》がないゆえに第三団《サード・オーダー》となりえたあなたとの差でしょう」

フィンも、その違いを肯定《こうてい》する。

妖精眼《グラム・サイト》をもってしても埋《う》めがたい差が、両者の間にはあるのだと。

ニグレドの視線がフィンを追う。

　そのたび稲妻《いなずま》が走り、氷雪がキャビンを埋め尽くした。火焔《かえん》は若者を捉《とら》えようとその腕《かいな》を伸《の》ばし、かまいたちが周辺を圧搾《あっさく》した。

　漆黒《しっこく》の少年はあらゆる気候を従える、古代の神のようでもあった。


「我《ハ》は命《イ》ずる《ル》！」


その魔的《まてき》な現象を、ヤドリギの矢が撃墜《げきつい》する。

はたまたミストルティンの槍で断《た》ち切り、フィンの身体《からだ》が縦横に動いた。

しかし、いかな妖精眼《グラム・サイト》といえど、これほどの全方位攻撃《こうげき》は完全に避《さ》けきれぬのか、たちまち若者の身体は自らの血に汚《よご》れる。

それでも、若者の微笑は消えなかった。

「ですが、あなたは惑星《わくせい》魔術を止めるために力を振り絞《しぼ》った直後でしょう？　だからこそ、僕ひとりを仕留められないでいる」

血を滴《したた》らせながら、フィンが言う。

自らの死に直面しながらも、その表情には一切の恐怖《きょうふ》がなかった。

恐怖など最初から欠けているというようでもあった。もとより取り替え児《チェンジリング》とはそういう存在だったろうか。

妖精《ようせい》に取り替《か》えられた子供。

人間の子供ではないと、断言された自分たち《自分たち》子供。


「……ならば」

と、ニグレドが口を開く。

「こそこそと逃《に》げ回れぬよう、この飛行船ごと仕留めてしまえばすむ話。かまわぬな、ダリウス」

「……意見できる立場にございませぬ」

深々と、ダリウスが頭を下げる。

けして大げさな表現でないのは、ここまでの攻防でも明らかだ。

この少年ならばやる。ダリウスがクリスタル・タワーを破壊《はかい》したときのような儀式《ぎしき》魔術も必要なく、その思念だけで飛行船の一隻《せき》ぐらいは滅《ほろ》ぼして見せるだろう。

実際、避難のためか、ギョームと傷ついた芳蘭は一歩下がったのだ。

「……さすがに、それは困りますね」

フィンがかぶりを振る。

「だったら……僕はもうひとつ切り札を晒《さら》しましょう」

「…………？」

ニグレドが、眉《まゆ》を寄せた。

いつのまにか、フィンの隣にもうひとり、新たな人物がたたずんでいたのだ。

少女であった。

ただし半透明《はんとうめい》の身体で、足下《あしもと》まで伸びた長い髪は緋色《ひいろ》。

生まれたままの姿で、若者にすがるようにしがみついている。

「な……っ！」

ニグレドが、眼を剝《む》いた。

ミストルティンの槍を持った手で、フィンは少女を抱《だ》き寄せた。

「この街の霊脈《レイライン》の……化身《けしん》だと！」

名を、ニグレドは知っていたかどうか。

アストラル。

この街に居を構える魔術結社と、同じ名前を与《あた》えられた竜《りゅう》の化身。

「第三団《サード・オーダー》と戦うには、天仙《てんせん》にでもなるか、別の第三団《サード・オーダー》をもってくるしかない」

フィンが言う。

さきほど、ニグレドが証明した理屈《りくつ》。

「なら、ここで第三団《サード・オーダー》をつくればいい」

再び、フィンが片手の硝子瓶《ガラスびん》を示す。

硝子瓶の中の木乃伊《ミイラ》は、猛々《たけだけ》しく笑ったようだった。

「……我らは望む」

「……我らは恨《うら》む」

「……我らは乞《こ》う」

「……我らは蔑《さげす》む」

「……我らは祈《いの》る」

「……我らは妬《ねた》む」

「……我らは信じる」

「……我らは、呪《のろ》う」

希望と怨念《おんねん》とが入り混じった言葉の羅列《られつ》。

硝子瓶に凝縮《ぎょうしゅく》される呪力。その呪力に励起《れいき》されるかのごとく、半透明の少女の身体の胸あたりに、新たな真紅《しんく》の輝きが灯《とも》ったのである。

紅《あか》い種が。

惑星魔術を起動するため、霊脈《レイライン》から無理矢理《やり》に摘出《てきしゅつ》されようとしていた紅い種は、当然のごとくその化身たるアストラルの胸に秘《ひ》められていたのである。

「惑星魔術に使っていた紅い種を、第三団《サード・オーダー》創造に切り替えるつもりか」

ニグレドが、奥歯を軋《きし》らせる。

「そんな即興《そっきょう》で、第三団《サード・オーダー》がつくれるものか！」

ニグレドの叫《さけ》びに、周囲の空間が応じた。

前にも倍する怒濤《どとう》のごとき稲妻。それこそキャビンを吹《ふ》き飛ばすほどの閃光《せんこう》と威力《いりょく》が、フィンとアストラルへ殺到《さっとう》した。

それが、不自然に掻《か》き消えたのだ。

呪文《じゅもん》ひとつなく。

呪物《フェティシュ》ひとつなく。

まるで、ニグレドと同じように。

「誤解しないでよ」

と、フィンの隣にもうひとりの人物がたたずんだのである。

ニグレドと同じ茨《いばら》の冠《かんむり》。

ニグレドと同じ王錫。

ニグレドと正反対の——純白の髪《かみ》と肌《はだ》の色。

「紅い種は惑星魔術を動かすためのもの。この子を第三団《サード・オーダー》に変えるのはあたしよ。——ん、どうしたの？　フィンくんが飛行船の防壁《ぼうへき》を撃《う》ち抜《ぬ》いて、天仙の巨人《きよじん》も消えたんだから、あたしが転移できるようになるのは当然でしょう。まあ、少しぐらいは苦労したんだけどさ。ふふん、ずいぶん焦《あせ》ってたのねニグレド」

当然と言うのは、この場合酷《こく》だろう。

これだけ呪力流が荒《あ》れている中、瞬間《しゅんかん》移動などという最高難度の魔術を成功させられるのは、やはり第三団《サード・オーダー》しかありえまい。たとえ、魔法使いを罰《ばっ》する魔法使いといえど、こんな中で転移をすれば不完全な魔術の反動で命を落としかねない。

タブラ・ラサ。

中央公園より転移した、〈螺旋なる蛇《オピオン》〉の第三団《サード・オーダー》は、以前よりも薄《うす》れかかった身体でニグレドと対峙《たいじ》していた。

そう。

以前よりも、その身体を薄れさせていた。

「お前……その身体は……」

「フィンくんが言わなかった？　もうあたしの維持《いじ》に双首領《そう》の呪力は使われてないの。だいたい、あなたとあたしじゃ直接戦うんだと、互角《ごかく》すぎてどっちが勝つか分からないじゃない」

優《やさ》しく、女教皇《プリエステス》は怯《おび》えるアストラルの頭を撫《な》でた。

あまりに優しすぎて、怖気《おぞけ》の走るような言葉だった。

「だから、あたしがこの子を、第三団《サード・オーダー》にしてあげる。世界で最も新しくて、世界で最も強い第三団《サード・オーダー》に」


光が、溢《あふ》れる。

アカイロが広がった。

「っ——！」

ダリウスやギョームたちのみならず、ニグレドまでがその光に目を押さえた。

西洋の魔術において、いくつかの色は特別視される。

黒。

白。

赤。

それぞれ黒化《ニグレド》、白化《アルベド》、赤化《ルベド》ともいう。とりわけ錬金術《れんきんじゅつ》において、ひとつの物体が変化する過程のことだ。錬金術師にとって究極的な目標ともされる、大いなる作業《マグヌス・オプス》。

そこで得られる、最も純粋《じゅんすい》な紅い物体を——賢者《けんじゃ》の石とも第五元素ともいうのだ。


【あ……あ……ああ、あああ……！】


声ならぬ声が悶《もだ》えた。

アストラルの声であると、ただふたり、ニグレドとタブラ・ラサのみが理解した。

ひとつの生命が、新しい位階に踏《ふ》み込む際の苦痛と恐怖によって産み落とす声であると、かつての自分たちの経験から知っていた。


「——我らは告げる」

「——我らは誓《ちか》う」


硝子瓶の木乃伊が、歌い出す。

「大丈夫《だいじょうぶ》。あなたは十二年前からその資格を得てるんだから。アンブラーの血で第三団《サード・オーダー》になりかかったときから、ううんそれ以前に紅い種を孕《はら》んだときから、最高の魔法使いになれるって保証されてるようなものよ。そう、きっとあたしたちなら天仙だって超《こ》えられる——」

歓喜《かんき》とともに、女教皇《プリエステス》も言う。

すなわち、人が魔法《まほう》になる禁忌《きんき》を超克《ちょうこく》する——魔法に人格を与えるという神秘。

魔法を魔法使いへと変える、秘儀《ひぎ》。

笑って、タブラ・ラサは言う。

「ねえ。あたしのすべてを、受け継いで？」

3

変化に気づいた者は、ほかにもいた。

飛行船の爆発《ばくはつ》に気づかずとも、その直後に空から溢れた呪力が圧倒《あっとう》的だったからだ。

さきほど消えた天仙の巨人に、勝《まさ》るとも劣《おと》らぬ呪力の規模と密度。

いや。

これは、胎動《たいどう》というべきだろうか。

巨人たちの呪力が熾烈《しれつ》な戦いから発する軋みだとしたら、その呪力は不安と戦慄《せんりつ》をかき立てる不吉《ふきつ》な胎動のごとき効果をもたらしていた。

「これは……！」

と、猫屋敷が顔をあげた。

四匹《ひき》の猫《ねこ》たちも、飼い主にならって残らず天空を見つめる。

その、すぐ隣《となり》では、

「おやおや」

と、地面に座り込み、へたばっていた男も眼鏡《めがね》をかけ直した。

「どうも、休ませてもくれないようだねえ。年寄りに酷《こく》な話だよ」

「……はあ。さっさと年寄り宣言で隠居《いんきょ》のつもりですか？」

混ぜっ返すようなとぼけた台詞《せりふ》を返したのは影崎——柏原《かしわら》だ。

ぐるりと司が振《ふ》り返る。

「そりゃ君から見たら若輩《じゃくはい》だろうけど、もう目も脚《あし》も萎《な》えててね。これ以上働かせたら過労死しちゃうよ？」

「分かりました。じゃあもう一働きしてください」

「鬼《おに》?!」

思い切り眼《め》を剝いた司へ、柏原はただ肩《かた》をすくめてかぶりを振るばかり。

そんなふたりのやりとりに、

「ふ、ふふっ……」

くすくすと黒羽《くろは》が笑った。

それで気が抜けたのか、ふたりともが少女へ視線を向けた。

「すいません。本当におかしくて」

目尻《めじり》を拭《ぬぐ》って、黒羽が謝罪した。

「柏原さんなんですね。本当に」

その言葉には、さまざまな感情がこもっていた。

見上げられた柏原が、頬《ほお》を掻く。

ソフト帽《ぼう》に遮《さえぎ》られて、その表情はよく見えなかった。

「いやまあ……ええと、どうでしょう。昔の自分とは結構違《ちが》う気もしますよ。だいたい、社長に刻まれた術式だって昔の私の欠片《かけら》をすべて集めたわけじゃない。厳密にいえば、ここにいる私は影崎とも昔の柏原とも違う別人です」

「ううん」

と、少女が否定する。

「それでも、きっとあなたです。間違いありません」

確信とともに、告げる。

その自信が不思議で、つい柏原も訊《き》き返してしまった。

「どうして？」

「女の勘《かん》です」

にっこりと少女は笑ったのだ。

かつて、黒羽が女の勘だと胸を張ったことが、もう一度だけある。

——昨年の京都の事件で、柏原代介《だいすけ》と影崎が同一人物だと見破ったときのことだ。

当時の〈アストラル〉の誰《だれ》もが見抜けなかったその事実へ、少女はただひとり到達していた。影崎と柏原の違いよりも、わずかな相似《そうじ》点にこそ目を向けられた。

「………」

だから、柏原も反論できなかった。

魔法使いですらないこの少女こそ、世界の真理を得ているかのようで、ひどく眩《まぶ》しく思えたのであった。

「——にまにま見てますね、元社長」

「ん？　こういうのはいいことだろう」

猫屋敷がかけた言葉に、司は小さくうなずいた。

「これでも、結構頑張《がんば》ったんだよ。多分こういう光景を見るためだったんだと思う」

「ずいぶん素直《すなお》ですね？」

「たまにはね」

よっこいせ、と声をあげて立ち上がる。

スーツに付いた砂埃《すなぼこり》を落として、うんと背伸《せの》びをした。

「まあ、息子《むすこ》は息子でやるだろうけど、一応ここはうちの土地だしなあ。いやこれ以上働くとか勘弁だし、働かずにすむなら魂《たましい》とか売りたいレベルなんだけどさ。俺って表彰《ひょうしょう》状《じょう》とか貰《もら》ってもいいんじゃね。南国でずっと可愛《かわい》い女の子にかしずかれながらワインとかたしなむ権利ぐらいどっかに落ちてない？　ロマンチックな夕暮れとかセットでさ」

「死ぬ前の走馬灯とかならいいんじゃないですか」

「わ、猫屋敷くん冷たい！　昔はそんな子じゃなかったのに！」

「昔からこんなですよ」

心底嫌《いや》そうに顔を歪《ゆが》めた猫屋敷に、司は苦笑《くしょう》して頭を掻《か》いた。

それから、周囲を見回して訊いたのだ。

「もう一働き、みんなしてもらえる？」

その言葉に。

まず、控《ひか》えていた隻蓮《せきれん》とユーダイクスが応《こた》えた。

「今更《いまさら》でござろう」

「主《マスター》のご命令のままに」

墨染《すみぞ》めの衣《ころも》を着た僧侶《そうりょ》は拳《こぶし》を鳴らし、自動人形《オートマタ》の錬金術師はうやうやしく胸に手をあてて身を屈《かが》めた。

「……はあ。まあ放っておくには因縁《いんねん》が深すぎますが。でも、ほとんどの呪力《じゅりょく》も使い尽《つ》くした抜《ぬ》け殻《がら》ですから、あまり期待しないでくださいよ？」

柏原も帽子を上から押さえて、茫洋《ぼうよう》と付け加えた。

それから、猫屋敷が小さくため息をついた。

「……どの道、〈協会〉には戻《もど》らないといけませんから」

「……にあ」

「にゃあ」

「うにゃあ」

「にぃ〜〜〜〜〜〜〜〜〜〜〜〜〜〜〜〜〜〜〜〜〜あ」

四匹の猫が奮起するかのように、大いに鳴き声をあげる。

「あ、あたしも協力します！」

黒羽も、一生懸命《けんめい》に手をあげた。

なぜだか服装がいつものメイド服になっていたのは、この少女なりの発憤《はっぷん》のあらわれらしい。

「よし」

と、司がうなずいた。

軽く腕《うで》まくりして、片目をつむった。

「まずは、人の土地で好き勝手やってる奴《やつ》らに、一発くらわせてやろうかね」

4

いつきが走る。

オルトヴィーンが走る。

「今の……強烈《きょうれつ》な呪力は」

「うん。第三団《サード・オーダー》同士がぶつかりあってる。それに……それだけじゃない何かが、空で渦《うず》巻《ま》いてる」

いつきは、片目を押さえて空を見上げていた。

その指の間から、淡《あわ》くアカイロの光が零《こぼ》れている。ここに至って、もはや少年は妖精眼《グラム・サイト》を抑《おさ》えることなく、天上を見張っていた。

「急がないと……でも、オルトくんはどこへ。黒羽さんと合流するんじゃないの」

「あいつの能力だと、呪力の乱流には耐《た》えられないだろうが」

いつきの発案に、オルトヴィーンが牙《きば》を剝《む》く。

〈アストラル〉のメンバーの中で、他者を飛ばすのに最も優《すぐ》れた能力者は黒羽である。しかし、彼女自身が魔法使いではなく幽霊《ゆうれい》であるという特性上、その呪力は極《きわ》めてほかの影《えい》響《きょう》を受けやすい。

今みたいな呪力の乱流の中だと、本人はともかく他人を飛ばすには不安定すぎた。

「じゃあ、一体……」

「こういう悪知恵《わるぢえ》が必要なときに、一番向いてるヤツがいるだろ。さっき穂波先輩《せんぱい》と合流する前に会ったんだ」

「え……」

少年が、瞬《まばた》きする。

闇《やみ》を見通す瞳《ひとみ》は、オルトヴィーンよりも先にその姿を見つけたのだ。

遊園地の西入り口、ゲートのすぐそばであった。傾《かたむ》いた遊具に背中をもたせかけた男が意外で、いつきは声を止めたのだ。

「……ち、やっぱり来やがった」

機嫌《きげん》悪そうに唇《くちびる》を歪めて、その男は安物のタバコを踏《ふ》みにじった。

「圭《けい》さん……もう、布留部市を出たんだと」

そこに立つ青年は、猫屋敷の弟子《でし》たる陰陽師《おんみようじ》だった。

半日前、伊庭司のメッセンジャーとして現れたその青年は、大魔術決闘《グラン・フエーデ》にはこれ以上関《かか》わらずに身を退《ひ》くと言ったはずだった。

するど、

「……後味が、悪くないようにだよ」

居心地《いごこち》悪そうに、青年はぼそりと呟《つぶや》いたのであった。

「後味が？」

「だ、だいたいだ」

誤魔化《ごまか》すように、圭が続ける。

「〈螺旋なる蛇《オピオン》〉と〈協会〉がぶつかるってんだ。下手に適当なところに逃《に》げるより、情報が入るところにいたほうが対策も取れて安全ってもんだろう。どうにもこの呪力のせいか、携帯電話《けいたい》もかかったりかからなかったりだしな」

手に持ったスマートフォンをかんかんと叩《たた》く。

極端《きょくたん》に濃度《のうど》の高い呪力が、一部の電波などを妨害《ぼうがい》するのはよくあることだった。今回ほどの規模ならば申し分あるまい。

しかし、いつきはその言葉の裏に潜《ひそ》んだ意図を汲《く》んで、頭を下げた。

「……ありがとうございます」

「やめろ、背中が痒《かゆ》くなる」

本気で嫌そうに舌打ちして、圭はため息をついた。

「魔術はからきしだけどな。しばらく〈協会〉に籍《せき》を置いてたし、こういうとき、どんな風に手が打たれるかはなんとなく分かる。さっきの天仙《てんせん》同士の対決でケリがついてないってことは、〈螺旋なる蛇《オピオン》〉はなんかの方法で〈協会〉の飛行船に突《つ》っ込んだんだろ。さっきから俺の半端《はんぱ》な霊感でもぞくぞく来てるしな」

ぶるり、と身体《からだ》を震《ふる》わせる。

実際、魔法使いどころか、常人でも重圧を感じるほどの呪力だった。今宵《こよい》、布留部市の市民たちはどれだけが穏《おだ》やかに眠《ねむ》れるだろうか。いいや、惑星《わくせい》魔術が起動したら、彼らもすべて魔法使いの瞳を得るのか。

得てしまうのか。

それは、いかなる地獄《じごく》か。

「僕は……」

ぎゅっ、といつきが拳を握《にぎ》りしめる。

「僕は、止めたいです。この大魔術決闘《グラン・フェーデ》を始めたものとしても、それ以外への影響を認めるわけにはいきません」

「お前はそう言うよな」

圭が苦笑《くしょう》する。

「だからさ。正直半々ぐらいの読みだったが、ひょっとしたらこういうことになるかと思って、先に呼んでおいた」

「呼んで？」

きょとんと口にしたいつきが、すぐ圭の向こうへと視線をやった。

「いつき、大丈夫《だいじょうぶ》?!」

と、真紅《しんく》の髪《かみ》に漆黒《しっこく》のゴシックを纏《まと》った幼女が、転び出るように現れたのだ。

「ラピス！」

その名を、少年が呼んだ。

ユーダイクスのつくりあげたホムンクルス。

そして、今は〈アストラル〉の錬金術《れんきんじゅつ》課正社員。

いくつかの呪物《フェティシュ》のチェックのため、大事をとって〈アストラル〉事務所で控えさせていた少女が、この廃棄《はいき》された遊園地までやってきていたのだ。

「じゃあ、あの飛行船に行く方法っていうのは」

「うん。あたしの……」

少女が言いかけたときだった。

「────っ！」

ぞくっ、といつきの背筋に悪寒《おかん》が走った。

声を聞いたのだ。

はたして、一年ぶりに聞くその声を。


【見ロ】

妖精眼《グラム・サイト》の内側から響《ひび》く声と、途轍《とてつ》もない呪力に、少年は身を引き裂《さ》かれるような絶叫《ぜっきょう》をあげた。

＊

そのとき起きたことを、誰《だれ》も完全には理解できなかった。

ダリウスは、音と感じた。

ギョームは、熱と感じた。

芳蘭は、香《かお》りと感じた。

フィンは、光と感じた。

タブラ・ラサが抱《だ》きしめた少女——アストラルへ向けて、ニグレドが王錫《おうしゃく》をあげたのだ。

詠唱《えいしょう》も準備も必要なく結果だけを現出させる第三団《サード・オーダー》の魔力。

その凄《すさ》まじい呪力と、新たな第三団《サード・オーダー》創出の瞬間《しゅんかん》が重なったとき、さしもの魔法使いの五感を超越《ちょうえつ》したのだ。

いや。

そもそもが、五感では受容しきれない現象だったに違《ちが》いない。

魔法使いという人外なる者たちでさえ、さらに外に立つ者は理解できないのだという、極めて当然の理屈《りくつ》。

「っ……！」

フィンが、初めて妖精眼《グラム・サイト》を手で覆《おお》った。

まともに見れば脳が焼き切れると、悟《さと》ったのだ。この取り替え児《チェンジリング》をして、自らの能力では認識《にんしき》しきれないと認めるほどの霊的現象が、そこには幾重《いくえ》にも幾十重にも積層していた。

「本当に……やるのか……！」

ダリウスもまた、呻《うめ》く。

「〈協会〉と〈螺旋なる蛇《オピオン》〉の……ハジマリの……」

呪力《じゆりよく》が凝縮《ぎようしゆく》する。

まるで、星が壊《こわ》れる直前だ。

自らの超重力によって、恒星《こうせい》が砕《くだ》ける過程を想起させる。極限まで圧縮され超新星爆発《ばくはつ》へと至る、終わりのハジマリ。


「──我らは告げる」

「──我らは誓《ちか》う」

硝子瓶《ガラスびん》の双《そう》首領が歌う。

歌う。

「原動天《ラシット・ハ・ギルガリム》の王冠《ケテル》より流出せる諸力よ。神聖なる星々の法則と至高の御名《みな》において汝《なんじ》を支配せん」

「我が神殿《しんでん》に降り来《きた》る星辰《せいしん》の波動と、万物《ばんぶつ》の根源たる尊き言葉によりて、我が願いの果たされんことを」


「——ふぁ、芳蘭！　に、にに、逃げて！」

「あなた?!」

ギョームと、芳蘭の声音《こわね》が混じった。

そして、タブラ・ラサが告げる。


「■■■■■——！」


それは、解読不能の言語であった。

聖句の形式からすれば、おそらくは……神の名だったのだろう。

魔法使いでさえ発声も認識も不可能な、まさしく神の言葉。名前こそは対象のすべてをあらわすという魔術の概念《がいねん》からすれば、真実の神名が第三団《サード・オーダー》という存在にしか唱えられぬのは当然で。

「やめろ——っ！」

ニグレドが、吼《ほ》える。

その、結果は。

【ああああアアああああああアアアアアアアアアアア——！】

——刹那《せつな》。

竜《アストラル》の叫《さけ》びが、炸裂《さくれつ》した。

虚無《きよむ》と無限と絶叫と静寂《せいじゃく》と爆発と停滞《ていたい》と始原と終末と宇宙と極小と螺旋《らせん》と直線と激痛と快楽と奇蹟《きせき》と現実と形而上《けいじじょう》と形而下と闇《やみ》と光と獣《けもの》と人と無垢《むく》と原罪と過去と未来と可能と不可能と誕生と死と——そのすべてが内包された概念そのものが、一度に飛行船のキャビンへ氾濫《はんらん》し、徹底的《てってい》に埋《う》め尽《つ》くし、怒濤《どとう》のごとく外部へと流出した。

第4章 惑星魔術

1

【見ロ】

世界が変貌《へんぼう》していくのを、いつきは見た。

【視《み》ロ】

月明かりが急に遠ざかり、星々の輝《かがや》きが失《う》せていくのを視た。

「これって……」

いつきが、呻く。

凄まじい痛みが右目をつんざいていた。

この瞳《ひとみ》から、紅《あか》い種を摘出《てきしゅつ》されて以来の痛みであった。

「第一級の……呪波……汚染《おせん》だって……?!」

同じく見上げた圭《けい》も、呆然《ぼうぜん》と呟《つぶや》く。

かつて、伊庭《いば》いつきが初めて見た呪波汚染は山を海へとつくりかえた。今はその数十倍——いいや数百倍の呪力をもって、さらなる異変を夜空へと呼び込んでいた。

【観《み》ロ】


巨大《きょだい》な何かが、頭をもたげたのだ。

実際、それは頭であった。

長い首をもち、いくつもに分岐《ぶんき》して、夜空を満たしていった。先の巨人が地上から天空を打破せんとする人の子の象徴《しょうちょう》だったなら、それはまさしく——天空より地上を睥睨《へいげい》する神の御姿であった。

「多頭の……竜《りゅう》……！」

その名を、少年は呼んだ。

洋の東西を問わず、人が思い描《えが》いた幻想《げんそう》の名を。

＊

一秒で、すべては押し流された。

もはや嵐《あらし》にも似た呪波汚染によって何もかもを洗い流し——夜空を汚濁《おだく》し、腐敗《ふはい》させ、思いのままに蹂躙《じゅうりん》しつくしていく。さきほどの巨人たちが人の産物でありながら神聖さを漂《ただよ》わせていたのと正反対に、その多頭竜は堕《お》ちた神のごとき瘴気《しょうき》を発散させていた。

だからこそ。

少年は、焼けた金串《かなぐし》を突《つ》き刺《さ》されるような痛みに耐《た》えた。

「いつき！」

「大丈夫《だいじょうぶ》……だよ……」

ラピスの心配そうな声に応《こた》え、歯を食いしばり、右目を押さえつける。

ひさしぶりのせいか、かつての数倍も激痛は増しているようだった。ここに来て痛みが戻《もど》ってきたのは、規格外のあの呪波汚染のためだろうか。

（…………）

いや。

多分、違う。

それだけならば、あの天仙《てんせん》のときにも同じ現象が起きたはずだ。呪力の規模でいえば、この竜が上回ってはいるが、決定的な要因とは思えない。

つまり、あの竜の核《かく》になっているのは――

「……大丈夫」

もう一度、強く言う。

言わなきゃならないと思った。

次の瞬間《しゅんかん》、瞳が別のモノへ食い入った。

「いつき?」

「どうした?」

ラピスに続いて、圭もつられて訊《き》いた。

「あっちに――」

少年が指さした場所だった。

東入り口すぐそばの、壊れたメリーゴーラウンドに風が巻いたのだ。

星屑《ほしくず》のような輝きをまとって、突然《とつぜん》遊園地の地面へ大量の液体がこぼれたのである。鼻《び》孔《こう》をつく強烈《きょうれつ》な臭《にお》いが、それを血だと悟らせた。

「────っ!」

ほとんど血の池といってもよいその異常な地点へ、さらにふたつの影《かげ》が出現した。

人間が、ふたりだった。

「──あなた! あなた?!」

その片方が、半狂乱《はんきょうらん》でもう片方の影を揺《ゆ》さぶった。

チャイナドレスの女と、小太りのスーツの男であり、いつきにも見覚えのある相手だった。

「……ギョームさん……!」

ギョーム・ケルビーニ。

そして、劉芳蘭《リウ・ファンラン》。

大魔術決闘《グラン・フェーデ》のため、〈協会〉の精鋭《せいえい》として呼び寄せられた魔法使《まほうつか》いを罰《ばっ》する魔法使いの夫婦であった。

「あ、う、あ、ああ……」

血まみれの顔が、こちらを向いた。

「……き、君に、ひ、ひひ、ひきよせら、られたんだ。か、か、鏡人形のあ、相手が、き、君、だった、から……」

どもりながら言った男の胸で、何かが砕《くだ》けた。

乾《かわ》いた音をたてて、小男が首にかけていたペンダントの鏡が割れたのである。同時に、身体《からだ》中に仕込んでいた護符《タリスマン》もひとつ残らず砕け散った。

その意味に、圭が喉《のど》をひきつらせた。

「まさか……転移してきたのか。この中を？」

信じられない顔で、口にする。


——たとえ、魔法使いを罰する魔法使いといえど、こんな中で転移をすれば不完全な魔術の反動で命を落としかねない。


現状を、圭はそのように判断していた。

ギョームも同様だった。

その上で、第三団《サード・オーダー》のタブラ・ラサだからこそ成しえた転移術を、この男は命を賭《と》してやってのけたのだ。

おそらくは、妻を守るために。

鏡魔術《リートウス・スペクルム》。

その秘術によって転写された、いつきの鏡人形。

一か八かその糸《パス》をたぐり、渾身《こんしん》の呪力《じゅりょく》をもって、妻を抱《だ》いたまま術式を施《ほどこ》した。その代償《だいしょう》が、この姿だった。

「…………」

いつきが口元を押さえる。

少年の瞳には、視えたからだ。

単に外傷だけではない。先に大量にこぼれたのは血液だけではなかった。その血液とともに、体内の精気《オド》の流れも破壊《はかい》されていたのだ。あまりにも根源的な欠損は、命とは別の意味で、男に負担を強《し》いていた。

たとえ命を長らえても、もう一度魔術を使うことがかなうかどうか。

仮にも、魔法使いを罰する魔法使いとなりおおせたほどの男が。

「あなた……！」

必死で冷静さを保とうとする芳蘭が治療《ちりょう》用の呪符《じゅふ》をまさぐるが、それも効果は出ないようだった。無理な転移へ付き合った結果、彼女の身体自体はギョームによって守られたが、持っていた呪物《フエテイシユ》はすべてがその力を失ったのだ。

もっとも、マイナスばかりではないようだった。

女の肩口《かたぐち》に刺さっていた呪物《フェティシュ》もまた、ぽとりと落ちたのだ。

ヤドリギの矢が。

「それ、あの取り替え児《チェンジリング》の……」

「――圭さん」

言いかけた圭の名を、いつきが呼んだ。

「おお」

「〈銀の騎士《きし》団〉から、治療術に長《た》けた騎士を呼んでください。圭さんならこんな状態でも連絡《れんらく》が取れるでしょう。オルトくんも治療を手伝ってあげて」

「て、お前――」

「は？　そら連絡ぐらい取れるけど――」

表情を変えたオルトヴィーンときょとんとした圭を横目に、いつきが続ける。

「〈協会〉として守るべきは、ダリウス・レヴィと会長たる第三団《サード・オーダー》ニグレドだったはずです。それをおいて転移してきたということは、ギョームさんと芳蘭さんは大魔術決闘《グラン・フェーデ》からリタイヤということでしょう。だったら、僕には保護する責任があります」

「――保、護？」

その言葉に、弱々しく芳蘭が振《ふ》り返った。

「……この人を、助けてくれるの？」

「全力を尽《つ》くします」

きっぱりと、少年が言う。

「代わりにというわけじゃないですが、訊かせてください。……何があったんです」

「…………」

いつきの問いに、一度は芳蘭は沈黙《ちんもく》した。

数秒のことだった。

すぐ、女は微苦笑《びくしょう》してかぶりを振ったのだ。

「……いいわ。もう大魔術決闘《グラン・フェーデ》どころじゃないものね」

意識を失ったと思《おぼ》しい夫を気遣《きづか》いながら、こう口にした。

「……新しい第三団《サード・オーダー》よ」

「新しい？」

少年の眉《まゆ》が寄った。

右目の痛みと別に、胸がざわつくのを覚えた。

予想はしていたことが、やはりそのままに、最悪のカタチで成就《じょうじゅ》しようとしているその感覚。

「まだあそこで、ニグレドとタブラ・ラサが戦ってるのよ。フィン・クルーダとダリウス・レヴィも一緒《いっしょ》。新しい第三団《サード・オーダー》の身体を舞台《ぶたい》にして、戦ってる」

遠く、夜空を芳蘭は見つめた。

魔法使いにだけ見える竜《りゅう》が、魔法使いにだけ聞こえる咆吼《ほうこう》をあげている。まるで神話の世界にでも迷い込んだかのような光景だった。

「あの竜が、布留部市の霊脈《レイライン》を——魔法を魔法使いにした、新しい第三団《サード・オーダー》」

竜の正体を、女は告げたのであった。

いつきは、深刻な面《おも》持ちでその言葉を聞いた。

「やっぱり……そうですか」

自分の予感を、再確認《かくにん》する。

ひしひしと迫《せま》ってくる呪力の、どこか懐《なつ》かしい感じに、ぎゅっと拳《こぶし》を握《にぎ》りしめる。

「だったら、なおさら僕はあそこに行かないと」

「いつき！」

ラピスが、声をあげた。

その指摘《してき》に、少年もまた空を見上げ、右目を押さえた。

「あれ……」

表情を強張《こわば》らせる。

ぐにゃりと、視界が歪《ゆが》んだ。

多頭の竜を天蓋《てんがい》として、夜空から白いものが降り落ちつつあったのだ。

霧《きり》である。

同時に、それは竜の吐息《といき》でもあった。

その意味を、いつきは知っている。二年前の事件、はじめてフィン・クルーダがやってきたときに、抵抗《ていこう》力のない市民をすべて眠《ねむ》らせた霧こそがその竜の吐息であった。

しかし、今の呪力ならばきっと魔法使いでさえも――

「ま、ず……」

怒濤《どとう》のごとく押し寄せる霧に、思わずいつきが手をあげた。

そんなことでは防げないと分かってはいても、身体が条件反射的に動いていた。

そのときだった。

「火天《オン》に帰命《アグニ》したてまつる《ソワカ》！」

すなわち、火天真言。

十二天が一、曼荼羅《まんだら》の外周部にありて東南を守護する火天《アグニ》の炎《ほのお》が、霧とも紛《まが》う竜の吐息を焼き払《はら》ったのだ。

「若！」

その魔術とともに、人影が舞《ま》い降りた。

壊《こわ》れたメリーゴーラウンドを飛び越《こ》え、少年の前に膝《ひざ》をついたのは隻蓮《せきれん》であった。

「隻蓮さん」

「先代に言われて、馳《は》せ参じました」

この僧侶《そうりょ》ならば、同じ遊園地にいるいつきを捜《さが》すことなど、たやすかったに違《ちが》いない。

深くうなだれたまま、続ける。

「この二日間の、若に対するご無礼はどうぞご容赦《ようしゃ》ください。ご不満ならば、いかようにでも打擲《ちょうちゃく》されて結構。ですが、今この一時は拙僧《せっそう》を信じて、拙僧を使っていただけないでしょうか」

この二日。

心ならずもいつきと敵対し、司《つかさ》が紅《あか》い種を奪《うば》うための手伝いをしたことだ。もちろん、それはかつての同輩《どうはい》——影崎《かげざき》であり柏原《かしわら》である魔法使いを救うための行為《こうい》だったのだが、だからといって自分を許せるはずもなかった。

だから、

「もちろんですよ」

苦笑して、いつきはうなずいた。

隻蓮と同様に、彼を許さない道理など、少年にあるはずもない。

「こちらからお願いします。露払《つゆはら》いを頼《たの》んでもいいですか」

「おお。お任せござれ！」

快笑とともに、僧侶は再び夜空を仰《あお》いだ。

本当に、嬉《うれ》しそうな笑顔《えがお》だった。

僧侶の指が結んだのは、帝釈天《たいしゃくてん》をあらわす印形。

「あまねく諸仏《ナウマクサマンダ》に帰命《ボダナン》したてまつり――とくに帝釈天《インダラヤ》に帰命したてまつる！《ソワカ》」

さきほど炎に焼かれた分も埋《う》め尽くそうとする竜の吐息を、今度は稲妻《いなずま》を纏《まと》う独鈷杵《どっこしょ》が引き裂《さ》いた。

帝釈天。

すなわち、三十三天にありてその筆頭たる仏法の守護者である。

地上より天へと遡《さかのぼ》る、五つの稲妻。

雷《かみなり》纏う五つの独鈷杵《どっこしょ》は、まるで獣《けもの》の爪《つめ》のごとく夜空と霧を存分に引き裂き、いつきたちの行く先を文字通りに切り開いたのだ。

「いつき、いくね！」

少女がごくりと飲み込んだ試験管の中身。

それを、ライモンドゥス・ルルスの秘薬という。

同じ名を持つ錬金術師《れんきんじゅつし》が王に背《そむ》いてかのロンドン塔《とう》へ閉じ込められたとき、自らがつくったこの秘薬をつかって空から脱出《だっしゅつ》したという伝説。

古いその伝承通り、ばさり、と少女の背中に半霊体《エーテル》の翼《つばさ》が広がったのだ。

「圭さん、オルトくん！　ギョームさんと芳蘭さんをお願いします！」

次の瞬間《しゅんかん》。

ラピスに抱きかかえられ、少年は空を飛んだ。

「拙僧も同道させていただくでござる！」

隻蓮も、続いた。

「迦楼羅神《オンギャロダヤソワカ》よ、その翼を貸し与えたまえ！」

迦楼羅《カルラ》真言。数多《あまた》の神仏でも最速とされる神鳥の真言によって、僧侶の身体《からだ》もまた空中へ舞う。

隻蓮。

ラピス。

いつき。

三人は、多頭の竜が待つ夜空へと飛翔《ひしょう》する――――!

2

竜は、ただ悶《もだ》えていた。

竜は、ただ苦しんでいた。

圧倒的《あっとう》的な力をもちながら、生まれたての竜だった。竜でありながら今や竜ではなく、魔《ま》法使《ほうつか》いという新しい属性を付与《ふよ》された、星の司《つかさど》る魔法であった。

同時に、第三団《サード・オーダー》でありながら、いまだ独立した人格を持ち合わせていない、ただのモノであった。つくられた魔法であり、つくられた魔法使いであるがゆえに、それはただ哀《かな》しく泣き叫《さけ》ぶしかなかった。

【アアアアアアアアァァァァァァァァァァァァ……！】


竜は、その力を吸い上げられていたのだ。

妖精眼《グラム・サイト》によって。

それも、呪力《じゅりょく》を直接操作する——フィン・クルーダならではの利用法だった。かつて紅い種を埋め込まれていた頃《ころ》のいつきは同じ力を使いこなしたが、今となっては世界でも彼ひとりのみの術といえよう。

その、竜の背中だった。

白く、曖昧《あいまい》な世界。

あまりの呪力の密度によって、そこは異世界のごとく変貌《へんぼう》していた。

古い時代の人々が想像した、神々の世界とはこんな風であったやもしれぬ。色を無くした呪力が蜂蜜《はちみつ》のように粘《ねば》っこく渦巻《うずま》き、かつての飛行船を核《かく》として取り込んだ結果、もはや現実とは思えぬ様相を呈《てい》している。

そして、その中央で、

「どうしました？」

柔《やわ》らかく、フィンが訊《き》いた。

「…………」

ニグレドは、答えぬ。

この竜が生誕したときに、それを止めようとした漆黒《しっこく》の第三団《サード・オーダー》は致命的《ちめいてき》な傷を受けていた。生誕を阻《はば》もうとした自らの魔術が破られたことによって――こればかりはあらゆる魔術がそうであるように、返しの風《ブーメラン効果》を受けたのである。

それを見逃《みのが》すフィンでもなかった。

さしものニグレドが動きを止めたその一瞬に、若者は勝負を決めていた。

「本気……か、お前は……お前たちは……」

やっとのことで、ニグレドが呻《うめ》く。

その言葉のひとつずつが、命をこぼすかのようだった。

「今更《いまさら》でしょう」

にこやかに、フィンは笑う。

命のやりとりを、いとも愉《たの》しい童遊《わらわあそ》びであるかのように。

漆黒の第三団《サード・オーダー》の霊体《エーテル》には、深々とミストルティンの槍《やり》が穿《うが》たれていた。

いや。

すでに、以前の魔槍《まそう》とは別物だ。

第三団《サード・オーダー》の呪力を存分に吸った刃《やいば》は、もはや神代のそれ《オリジナル》と比べても見劣《みおと》りせぬ。文字通り神殺しの呪力を秘《ひ》めて、ニグレドの身体を残酷《ざんこく》に抉《えぐ》っている。

しかし、単なる痛みとは別の理由で、ニグレドは表情を歪めていた。

「っ……く……お……！」

「あなたと戦い合うつもりなんかありません」

静かに、フィンは宣告する。

「お前は……っ！」

「惑星《わくせい》魔術には……あなたの呪力も使わせてもらいます」

どくどくと、ミストルティンの槍が脈打つようだった。

実際に脈動していたのかもしれぬ。タブラ・ラサの覚醒《かくせい》させた竜《アストラル》の呪力を吸って、今またニグレドの呪力を貪《むさぼ》って。

「この……術式は……」

いくつもの精緻《せいち》な魔法円が連なり、複雑に蠢《うごめ》いているミストルティンの槍を、ニグレドは見下ろした。

これほどの術式は、フィンの独力ではありえない。

その証拠《しょうこ》に、若者の足元の硝子瓶《ガラスびん》からは嬉しそうな声がしたのだ。

「……喰《く》ろうた」

「喰ろうた」

「我らの仇《かたき》を」

「我らの怨敵《おんてき》を」

「飢餓《きが》の魔術で」

「貪欲《どんよく》なる秘術で」

〈螺旋なる蛇《オピオン》〉の、秘術。

ひょっとすると、二百年以上を閲《けみ》して構築された術式なのかもしれなかった。それも〈協会〉の第三団《サード・オーダー》たるニグレドを屠《ほふ》るためだけの。

だとすれば、さしものニグレドが敗れたことも不思議ではない。

その代償《だいしょう》とばかりに、双《そう》首領の思念さえも消えていくではないか。

「……届いた」

「……届いたぞ」

ゆっくりと掠《かす》れ、思念は散り散りになっていく。

人の寿命《じゅみょう》の何倍もこの世にとどまってきた双首領は、ついにその妄執《もうしゅう》を叶《かな》え、自らのすべてを注ぎ込んだ術式を怨敵へ打ち込んだのである。

魔女狩《が》り。

何百人と死んだ〈螺旋なる蛇《オピオン》〉の魔法使いたち。

同じ〈協会〉でありながら、〈螺旋なる蛇《オピオン》〉という暗部を切り捨てた魔法使い。その最大の象徴《シンボル》たる第三団《サード・オーダー》。

彼らへの恨《うら》みは、ここに結実する。

「……我らの……裔《すえ》よ」

「……我らの……星よ」

消えかかった思念が、告げる。

「我らの……夢を……」

最後は、どちらが遺《のこ》した言葉だったか。

転がった硝子瓶の中身は、もはやただの残骸《ざんがい》だった。

あるいは魔法などではなく、その執念だけで、〈螺旋なる蛇《オピオン》〉の双首領は生き続けてきたのかもしれなかった。

「……お疲《つか》れ様」

フィンの耳には、別の声が聞こえた。

タブラ・ラサ。

傍《かたわ》らに立つ少女も幻《まぼろし》のように薄《うす》れ、完全に消えかかっている。彼女こそ〈螺旋なる蛇《オピオン》〉の見たひとときの夢だったというかのように、その存在を無に帰する寸前であった。

それも当然だったろう。

彼女を形成する術式は、双首領によって維持《いじ》されていたものだ。ニグレドを討《う》ち果たしてそれが消えた以上、彼女の存在も同様の運命にある。だからこそ、彼女も自分の後継者《こうけいしゃ》として、竜《りゅう》のアストラルに目をつけたに違《ちが》いない。

「そちらも順調というべきですか？　それとも、さようならと言った方がいいですか？」

「どっちかなあ。まあ、あたしの存在はこの子に受け継《つ》いでもらえる。あはは、この子に吸い尽《つ》くされるって言った方が正解かな？」

第三団《サード・オーダー》としては死に等しいその状況《じょうきょう》を、朗《ほが》らかに伝える。

最後の最後まで、この白い女教皇《プリエステス》は変わらなかった。

にっこりと笑って、フィンに囁《ささや》く。

「任せたからね。惑星魔術もこの子も、〈螺旋なる蛇《オピオン》〉の夢も。世界の目を、がつんと醒《さ》まさせてあげて」

「願いを叶えるのが、僕の在り方です」

とだけ、フィンは答えた。

「ふふ、君らしい」

満足げに、タブラ・ラサがもう一度笑って。

消えた。

まるで、後を追うようにニグレドも消えた。

あれほどの力を誇《ほこ》った第三団《サード・オーダー》は、ともに消滅《しょうめつ》した。

「…………」

この場に残された〈螺旋なる蛇《オピオン》〉はフィンだけになった。

大魔術決闘《グラン・フエーデ》を前に揃《そろ》えられた〈螺旋なる蛇《オピオン》〉の猛者《もさ》。そのいずれもが死に、倒《たお》れ、滅《ほろ》びて——ただひとりの若者に、すべてを背負わせた。

あるいは、生き延びるつもりなどなかったのかもしれない。

あのツェツィーリエでさえも、どこかしら滅びが来るのを楽しんでいた節があった。

〈螺旋なる蛇《オピオン》〉の人間は誰《だれ》もがそんな風に、この大魔術決闘《グラン・フエーデ》で自らの死と向き合うことを覚悟《かくご》していたのかもしれない。

そして。

フィン・クルーダという願望器に、自分たちのすべてを託《たく》したのだ。

「……馬鹿馬鹿《ばかばか》しいですね」

若者がかぶりを振《ふ》る。

視線を向ける。

この場に残った最後の敵を、アカイロの瞳《ひとみ》が見つめる。

「どうします？ あなたでは、僕を止められないでしょう」

「…………」

ダリウスは、沈黙《ちんもく》した。

「今のあなたからは大した呪力を感じない。仮にも天仙《てんせん》を契約《けいやく》で縛《しば》り付けていた代償ですか？ だったら、影崎との契約が終わった今はなおさら、このまま倒れ込みたい気分じゃないですか？」

それも道理だ。

これまでの戦いで、ダリウスが自ら魔術を振るったことはほとんどない。緊急避難《きんきゅうひなん》的に天使召喚術《アルマデル》を使ったことはあるが、そのほかは儀式《ぎしき》魔術の指揮など、他人の呪力と外の術式を利用することしかしなかった。

無論、それだって熟練の腕《うで》と並々ならぬ血統を必要とはする。

しかし。

それらの事実こそ、同時にダリウス・レヴィ自身の魔術的な欠損を示してもいた。

そんな状態を、フィンの妖精眼《グラム・サイト》が見逃すはずもない。

「……さて、な」

ダリウスが唇《くちびる》を歪《ゆが》める。

「お前の言う通りだとしても、私は〈協会〉の長だ。ニグレド様が喰われた今となっては、〈協会〉を守る者は他《ほか》にいまい。まして、お前たちの暴虐《ぼうぎゃく》を許せるはずもあるまい」

重く、言う。

すべての騎士《きし》と兵士を失いながらも、魔法使いの王はやはり王であった。

神《ニグレド》すら彼の前から消えてしまったとしても、それでも王であり続けることが、彼の信念だった。

最後の最後まで、そうあり続けることも。

「でしたら、仕方ありませんね」

フィンも、うなずく。

一瞬《いっしゅん》、竜の背中より地表を見下ろして、

「待ち人が来るまでの間なら、付き合ってあげましょう」

妙《みよう》に困ったような顔で、口にしたのだった。

＊

「遠い……っ！」

いつきが、呻《うめ》く。

右目を押さえながら、叫《さけ》んだ。

「回避！　二時方向、斜《なな》めに回り込んで！」

指示されたラピスが翼《つばさ》をはばたかせると、元いた場所にぞんっとおぞましい呪力《じゅりょく》の波が走った。

おそらくは、竜の本能だろう。

多頭の竜は近づこうとするいつきたちへ、自動的にいくつかの頭を反応させて、迎撃《げいげき》を行ってくるのだ。

迎撃とは、純粋《じゅんすい》な呪力の奔流《ほんりゅう》だった。

第三団《サード・オーダー》特有の、魔術ならざる超常《ちょうじょう》現象。

生物が巻き込まれれば、いかなる被害《ひがい》を負うか想像もできぬ。単なる呪波汚染《おせん》でも死より惨《むご》いことになることがほとんどなのに、これほどの呪力密度となればその結果はいかばかりか。

「あまねく諸仏に帰命したてまつる《マウマクサマンダボダナン》！　とくに大黒天に帰命したてまつる《マカカラヤソワカ》！」


隻蓮の唱える大黒天真言《だいこくてんしんごん》が、かろうじてその呪力を逸《そ》らす。

マハーカーラ。ヒンドゥー教においてはシヴァとも呼ばれる主神の真言をもってしても、逸らすのが精一杯《せいいっぱい》であった。

隻蓮が防御《ぼうぎょ》し、ラピスが回避する。

ここまではその繰《く》り返しだ。

しかし、限度はある。

いくらいつきの妖精眼《グラム・サイト》があっても、いつまでも回避しきれるものではない。隻蓮の呪力とて、一体いつまで続くものか。

あの竜の背中まで、辿《たど》り着けるのか。

そんな思いが、頭をかすめたときだった。


「――――っ」

いつきの胸元《むなもと》で携帯《けいたい》が震《ふる》えたのだ。

濃密《のうみつ》な呪力で遮《さえぎ》られていた通信だが、かえって竜の呪力に近づいたことによって、嵐《あらし》の目のように回復したのかもしれない。

(誰が……?)

到底《とうてい》耳元にはあてられないまでも、手探《てさぐ》りで通話ボタンを押す。

すると、途切《とぎ》れ途切れに聞き覚えのある声が聞こえた。

『おー……やっと……かかった……か』

「父さん……っ!」

少年が、目を剝《む》く。

こんな状況でも、この父の口調はまるで変わらなかった。

『かけるの……七回目だったんだぜ。いやまあ、呪力に妨害《ぼうがい》されないようにいろいろ小細工をしてみたんだが、やっぱ〈妖精《ようせい》の悪戯《いたずら》〉用の方法が一番効果あるみたいだな』

ゆっくり、声音が安定してくる。

科学技術と魔術を融合《ゆうごう》させるのは〈協会〉の専売特許だったはずだが、もとより魔法使いならざる妖精博士《フェアリー・ドクター》もまたその例外であったらしい。

相変わらずののんきな調子で、こう話しかけてきたのだ。

『どうよ、援護《えんご》いるか？』

「援護？」

『まあ任せとけよ。これでも現役《げんえき》の頃《ころ》は結構ならしたもんだぜ？』

軽く鼻を鳴らし、電話の向こうの気配は、隣《となり》の相手へと振り向いた。

告げた。

『元で悪いが――社長命令だ。対カテゴリーS魔術《まじゅつ》、術式J07』

『了解《りょうかい》した、主《マスター》』

新たに聞こえた声音《こわね》は、厳《いか》めしくも落ち着いたもの。

自動人形《オートマタ》の錬金術《れんきんじゅつ》師・ユーダイクス。

『汝《なんじ》、鶏鳴《けいめい》よりもけたたましきもの。汝、緋色《ひいろ》ならずとも白色の原理においてエメラルドの板に刻まれし月の光を示せ』

多分、起動のキーワードだった。

それが呼び覚ましたのは、おそらく〈アストラル〉事務所に設けられていた呪物《フェティシュ》だったのだろう。

かつて、この事務所を攻略《こうりゃく》する際に、ユーダイクスは〈トートの槍《やり》〉という術式を使ったことがある。空をゆく呪力流の方角をねじまげ、直接事務所に激突《げきとつ》させるという力《ちから》業《わざ》にもほどがある術式だった。以降、いつきが大規模術式を測定するときは、この〈トート の槍〉が基準になったほどだ。

（ああ……）

いつきは、覚えている。

伊庭いつきには〈アストラル〉を引き継《つ》ぐ資格などないと、この自動人形がそう問い詰《つ》めたときのこと。

――『だけど、僕は僕になります』

そう、いつきは答えたのだ。

ほかの誰でもない、自分らしさを。

今はまだ辿り着いてないけれど、いつかは自分だけの在り方を手に入れるのだと。

自分は、そこに至れたのだろうか。

ほんの少しでも、約束を果たせているだろうか。

（ユーダイクスさん……！）

強く、思う。

自分がここに至る最大のきっかけをくれた、その相手に。

そして今は。

〈トートの槍〉と逆の現象が起きた。

おそらく、先代〈アストラル〉の社員として勤めていたときから、ユーダイクスとヘイゼル・アンブラーが協力してつくりあげた呪物《フェティシュ》であり、術式であったはずだ。

光の柱が、次々と噴《ふ》き上がったのだ。

まるで高射砲《こうしゃほう》だった。

布留部市に流れるいくつかの霊脈《レイライン》を利用して、多頭の竜《りゅう》を構築している霊脈《レイライン》から高密度の呪力を逆流させたのだ。

竜の頭がいくつか抉《えぐ》れ、粘《ねば》つくような霧《きり》に溶《と》けていった。

「――これ、って」

『どうだよ息子《むすこ》。パパ、いいとこ見せただろ』

自慢《じまん》たらたらなウィンクが、瞼《まぶた》に浮《う》かびそうな口調だった。

だから、いつきも微苦笑《びくしょう》して返した。

「ユーダイクスさんの仕事でしょう」

『げえ、息子までひどい！　反抗期《はんこう》なの?!　パパ泣いちゃうよ?!』

そんなやりとりをしてから、こほんと司は咳払《せきばら》いする。

『それに、小細工はほかにも用意しておいたぜ？』

＊

地上には、いくつもの出来事が起きていた。

連鎖《れんさ》反応、といってもよい。

ひとりの妖精博士《フェアリー・ドクター》が、ひとりの名前を掲《かか》げて伝えた言葉が、それだけの結果をもたらしたのだ。

ある意味で、それこそ魔法かもしれなかった。

逆〈トートの槍〉に続いて、その連鎖反応は新たな魔法使いを導く。

＊

布留部市の川原で、ひとりの巫女《みこ》が夜空を見上げた。

幼い横顔は身に余る大術を行使した反動で、蒼白《あおじろ》く染まっている。冷たい水に何時間も打たれ続けたかのように、ぶるりと身体《からだ》が震えていた。

それでも、少女は顔をあげた。

「……お姉ちゃん、もう一回やるよ」

その声は、相手には届いていない。

聞こえるような距離《きょり》に相手はいない。

相手がいるのは、同じ布留部市内でも、ずっと離《はな》れた川原である。

だけど、

「……分かった」

同じタイミングで、もうひとりの少女は呟《つぶや》いた。

あの妖精博士《フェアリー・ドクター》が伝えたのは、もう一度自分たちに手伝ってほしいということだけ。

それだけで、この姉妹《しまい》には十分であった。

やりとりなど一切《いっさい》必要なく、少女たちは互《たが》いを分かり合う。

まったく同じタイミングで、自分たちの持った玉串《たまぐし》を振《ふ》り上げたのだ。

「かむはらひにはらひたまひてこととひし、いわね、きねたち、くさのかきはをも」

「かむはらひにはらひたまひてこととひし、いわね、きねたち、くさのかきはをも」


天仙《てんせん》の巨人《きょじん》をも束縛《そくばく》した神道《しんとう》の結界を、もう一度姉妹が形成する。

その清浄《せいじょう》なる祝詞《のりと》こそが、少女たちのずっと蓄《たくわ》えてきた力。内からも外からも一切の穢《けが》れを祓《はら》う、神道の魔術特性。

天空の竜へ届けと祈《いの》る──〈禊《Absolute Purification》〉を。

奇蹟《きせき》は起こる。

もう一度。

*

時間が、停止したかと思われた。

不自然に、竜の頭が硬直《こうちょく》したのだ。

さすがにすべてではなく、いつきに近しいいくつかにとどまったが──それらの頭が突然動きを止めたのである。

必然、強烈《きょうれつ》な吐息《といき》も止まり、ラピスが口を開いた。

「いつき！　今の、みかんの——！」

「うん」

ラピスに抱《だ》きかかえられたまま、いつきはうなずく。

「みかんちゃんと……香《かおり》さんだ……」

結界の正体が、いつきに分からぬはずがない。

妖精眼《グラム・サイト》を持つ少年は、その呪力《じゅりょく》が孕《はら》んだ想《おも》いを、誰《だれ》よりも深く感じ取っていた。

（お兄ちゃん社長……）

その声を、実際に感じていた。

妖精眼《グラム・サイト》がなくても、きっと聞こえていたろうと思った。

（ガンバレ、お兄ちゃん社長……！）

その思念に、胸をつかれる。

伊庭いつきが初めて〈アストラル〉へやってきたとき、最初に迎《むか》えてくれたのが葛城《かつらぎ》みかんであった。

初めて、彼を社長と呼んだのがみかんであった。

思えば、あのときの猫屋敷《ねこやしき》はいつきをとりあえず懐柔《かいじゅう》するつもりだったのだろう。

——『〈協会〉からの沙汰《さた》があって、結社の首領——ああウチだと社長のことですが——には、血縁《けつえん》を優先しろと。あそこの言い分無視すると商売になりませんし、お引き受けくださらないと明日《あした》から私たち全員路頭に迷ってしまうわけで』

——『とうさん？　りすとら？　ふりょーさいけん？』

舌っ足らずだったみかんの言葉さえ、懐《なつ》かしい。

思い出しただけで、涙《なみだ》ぐんでしまう。

しかし、そんな感傷にひたっている時間はなかった。

動きを止めた多頭の竜が、新たな行動に打って出たのだ。

ごお、と霧が渦巻《うずま》く。これまで大量に溢《あふ》れだしていた竜の吐息をもって、邪魔《じゃま》な外敵を打ち払《はら》うのではなく、もっと別の現象を励起《れいき》した。

霧が、カタチを成した。

（……ああ）

いつきは、思う。

これも、二年前の事件と同じだ。

極度に凝縮《ぎようしゆく》された呪力が、それぞれ独立した生物のように動き出し、異分子たるいつきたちを排除《はいじよ》しようとし始めたのだ。

たとえば翼《つばさ》を持った妖蛇《ようじや》であり、たとえば鱗《うろこ》持つ魔鳥であった。

竜の眷属《けんぞく》として、蛇《へび》や鳥があげられるのはこうした現象ゆえか。あるいは人がそうした関連を思うがため、竜の余剰《よじよう》呪力がそんな風に凝《こ》るのかもしれなかった。

どちらが鶏《にわとり》で、どちらが卵か。

「隻蓮さん！」

「うむ！」

新たな真言を、僧侶《そうりよ》が唱えようとしたときだった。

美しい音が鳴った。

矢をつがえず、弓の弦《げん》だけを鳴らす音。

鳴弦《めいげん》という。

魔物を穿《うが》つための形なき矢は、確実に妖蛇と魔鳥を滅《ほろ》ぼしていく。

さらに、

「生魂《いくたま》、足魂《たるたま》、玉留魂《たまとまるたま》、国常立尊《くにとこたちのみこと》！」

拍手《かしわで》が鳴った。

まともに想像するようなものではなく、天地を合一させたほどの大音声《だいおんじょう》が、分厚い両手の間から迸《ほとばし》ったのだ。

神鳴り。

かみなりというよりも、それは一種の衝撃波《しょうげきは》であった。竜の撒《ま》き散らす霧さえも弾《はじ》き返す、強烈極《きわ》まりない音波の洗礼は、虚空《こくう》にあるいつきの耳さえも打ちのめすほどの威《い》力《りょく》を持っていた。

魔性《ましょう》のものなれば、その存在から微塵《みじん》にする威力。

実際に、いつきへ襲《おそ》いかかろうとしていた残りの魔物は、その拍手で霧へと舞《ま》い戻《もど》ったのだ。

「……っ、辰巳《たつみ》さん！　弓鶴《ゆづる》さん！」

「おう！」

もう地上は遠いのに、小さくなった巨漢の声ははっきりと届いた。

隣《となり》に立った桃《もも》の弓を持つ青年——橘《たちばな》弓鶴はことさらに声をあげず、小さくうなずいたきりだった。

「もう一働きってことだろ、いつき！」

がつん、と地上の巨漢は拳《こぶし》を打ち合わせて、いつきへ向かって叫《さけ》ぶ。

こちらの、胸の奥までも届きそうな声。

この巨漢はいつもそうだった。

当たり前に真《ま》っ直《す》ぐに、こちらの真ん中へ踏《ふ》み入ってくる。

こちらが怒《おこ》れないときには代わりに怒ってくれて、こちらが泣けないときには代わりに泣いてくれる相手。

——『おお。あんたらか』
——『いや、人違《ひとちが》いだったらすまん。俺は紫藤《しとう》辰巳といって……そう、葛城の婆《ばあ》さんから、本家に来るついでにあんたらを案内してくれって頼《たの》まれたんだが』
最初に会ったとき、鬼《おに》と勘違《かんちが》いして腰《こし》を抜《ぬ》かしたいつきへ、巨漢は優《やさ》しく手をさしのべてくれたのだった。
鬼だとしても、きっと誰よりも優しい鬼。
「行ってこい！」

辰巳が、声を張り上げた。

「お前はお前がやりたいことを、やりたいようにやってこい！」

「はい！」

強く、うなずく。

「いつき！　行くよ！」

ラピスが翼を打ち振った。

いつきたちが、遠ざかっていく。

「……さて、と」

それを確認《かくにん》してから、辰巳は天空ではなく自分の立つ地上へと目を配った。

地上でも霧《きり》が受肉して、新たな魔物を生み出そうとしていることを、彼らは感じ取っていたのだ。

ゆるゆると、カタチをつくりあげる現実にはありえない魔獣《まじゅう》たち。

自然と背中合わせになって、辰巳は淡《あわ》く微笑《びしょう》した。

「ひさしぶりだなあ。弓鶴とふたりでやるのはさ」

「……もう、そんな日は来ないと思ってました」

鳴弦を次々と放ちながら、弓鶴も呟く。

思えば、このふたりは葛城の守《も》り人として、みかんや香とともに長い時間を過ごしてきたのだった。辰巳の武術にしてからが、兄弟子《でし》として細かい示唆《しさ》を与《あた》えてきたのは、弓鶴だったのである。

だから。

ふたりが並んだ姿は、ひどくしっくりと馴染《なじ》んでいた。

これ以上ないぐらいに堂々と、これまで待ち焦《こ》がれた分も上乗せして、集まり出す魔物たちの前へ立ちはだかった。

「そうだな」

と、辰巳は大きくうなずいた。

「あいつらへの礼もある。竜《りゅう》だかなんだか知らんが、まとめてぶっとばすぜ」

3

地上から天空の竜へ——その半ばへと達したときであった。

「若」

隻蓮が、飛翔《ひしょう》速度をゆるめた。

「隻蓮さん？」

「拙僧《せっそう》――」

言いながら、隻蓮が周囲を見つめる。

辰巳や弓鶴の術によって滅ぼされた魔物たちは、早くもその数を埋《う》め戻しつつある。

第三団《サード・オーダー》の呪力が漏《も》れ出る限り、彼らは無限に供給され続けるのだろう。

そんな魔物の様子を眺《なが》めて、

「拙僧、このあたりで退路を確保するでござる」

と、隻蓮は言ったのだ。

「退路、って――」

「若が第三団《サード・オーダー》と接触《せっしょく》して、問題を解決できればよし。もしできなかった場合でも最低限の安全を確保する必要はあるでござろう」

「…………」

いつきが、言葉を止める。

その通りだった。物語のように、一か八かで雌雄《しゆう》を決するとはいかない。たとえここで敗北して、人類すべてに妖精眼《グラム・サイト》を与えられてしまったところで、それでも世界は続くのだ。

だとすれば、そのときのことも考えて、隻蓮の言うような退路も必要だった。

たとえそれが、最も危険な役目と分かっていても。

「……お願いします」

いつきが、頭を下げる。

ひどく沈鬱《ちんうつ》で、重々しいものが混じっていた。普段《ふだん》他人の感情を斟酌《しんしゃく》しないラピスにしてからが、その仕草に感じるものがあったか、表情を曇《くも》らせた。

対して、僧侶は快活に破顔する。

「任せておくでござるよ。これでも拙僧、こういう役目は慣れてるでござるよ。司殿《どの》はいつも無茶しか言わなかったでござるからな」

『は?! なんかそっちで俺の悪口言ってね?!』

いつきの胸元《むなもと》に入った携帯《けいたい》電話から、ぎゃんぎゃんと喚《わめ》き立てる声もあがったが、それは誰《だれ》も気にしない。

「じゃあ……」

「どうぞ気軽に。まず二十分かそこらは保《も》たせてみせるでござる」

さっと、隻蓮が手を振《ふ》った。

いつきたちを見送ってから、ひとつ息をついた。

多分、十数秒といったところだろう。その間に――こちらへ迫《せま》ってくる霧の魔物たちの数は何倍にも増えていた。

雲霞《うんか》のごとしという。

この場合、まさにその文字通りだった。

集まり来る妖蛇や魔鳥の群れは、中空を埋め尽《つ》くさんばかりであった。

「……ダフネ殿」

こっそりと、思い人の名を呟《つぶや》く。

〈ゲーティア〉の副首領にして、アディリシアの腹違いの姉。結局、この大魔術決闘《グラン・フェーデ》が始まってから、顔を合わすこともかなわなかった相手。

自分を恨《うら》んでいるだろうか。

幻滅《げんめつ》しただろうか。

その呟きに、

『……隻蓮様』

反応が、あったのだ。

「ダフネ、殿?!」

呆然《ぼうぜん》と隻蓮が、目を見開く。

『そ、その、こちらです』

思念に促《うなが》され、隻蓮が胸元から取り出したのは銀の指輪であった。

結印の関係上、以前ダフネからもらった指輪に紐《ひも》を通して、隻蓮は袈裟《けさ》の内側に隠《かく》していたのだった。

『あ、あの、さきほど……伊庭司様から隻蓮様の事情をお聞きしました。それで……ひょっとしたら、私の指輪を通じて連絡《れんらく》が取れるんじゃないかと思って』

つっかえつっかえ、女の声が伝える。

ソロモンの護符魔術。

七十二柱の魔神のごとき強大さはないが、その幅広《はばびろ》さと有用性においてはむしろ上回ることが多い。ダフネの術もそれを利用したものだったろう。

隻蓮は淡く苦笑した。

「なるほど……事情はあれど、若やアディリシア殿と敵対したことは変わりませぬ。言い訳できるようなものでもないでござろう」

『ええ、変わりません』

即座《そくざ》に、ダフネは断言した。

続けて、こう告げたのだ。

『たとえ敵味方であっても、私の気持ちが動くはずもありません』

隻蓮の呼吸が止まった。

すぐ目の前に魔物たちが止まっているというこの状況《じょうきょう》で、初めて隻蓮は戦いを忘れた。

胸元にかかった指輪を握《にぎ》りしめ、見事に硬直《こうちょく》したままの僧侶《そうりょ》へ、慌《あわ》てて指輪から思念が伝わる。

『す、すいません。大事なときに変なことを言いました……！』

「……いいや」

隻蓮はかぶりを振った。

ひどく、肩《かた》が軽かった。

自分で考えていたよりも、さきほどの言葉にずっと救われたという事実に、やっと気がついたのだった。

「勇気をもらったでござる。これで負けては僧侶以前に男がすたろう」

にんまりと笑う。

実際、その瞳《ひとみ》からは充実《じゅうじつ》した輝《かがや》きが漲《みなぎ》っていた。

「説明不足は謝罪させていただく。以前話していた喫茶《きっさ》で、アイリッシュコーヒーぐらいは奢《おご》らせていただけるでござるか？」

『……はい！』

嬉《うれ》しそうに、ダフネが答えた。

念のため、呪波干渉《じゅはかんしょう》を起こさぬよう指輪との接続を断《た》って、隻蓮は顔をあげる。

「今回はストレスのたまる仕事ばかりでござったからな」

満腔《まんこう》の自信とともに、呪力を練る。

たとえ体調も状況も変わらなくとも、今の隻蓮には一分前と比較《ひかく》にならぬ活力が宿っていた。たぎるような熱情こそが、彼の背中を支えているのであった。

「派手にいくでござるぞ！」

結印する。

それも、両手の指が別々の印形をつくった。

「火天に帰命したてまつる《オンアグニソワカ》！」

「あまねく諸仏に帰命したてまつり――とくに不動明王に帰命したてまつる《ナウマクサマンダバザラダンカン》！」

かたや、火天真言。

かたや、不動明王《ふどうみようおう》真言。

火天《アグニ》の神炎《しんえん》と、不動明王の迦楼羅《カルラ》炎が合一する。膨《ふく》れあがった炎は地上の太陽にも似て魔物《まもの》たちを燃え上がらせ、周囲の霧《きり》もまとめて干上《ひあ》がらせた。

その爆炎《ばくえん》の中で、僧侶は小さく呟いた。

「……行ってくだされ、若」

ひどく貴い願いのように、魔物たちの数秒の間隙《かんげき》に、夜空を見上げたのだった。

＊

「霊脈《レイライン》に引っ張られた地霊《ちれい》や雑霊、悪霊《あくりょう》どもはすべて大地に還《かえ》せ！」

叱咤《しった》の声が、布留部市の深夜にこだまする。

老人の声だ。

しかし、老いなど微塵《みじん》も感じさせぬ、矍鑠《かくしゃく》とした言明だった。

対して、応《こた》えたのは単なる返事にあらず。

複数人の歌であった。

「主は立ち上がり《exsurgat Deus et》、敵を散らされる《dissipentur inimici eius》。主を憎む者は御前から逃げ去る《et fugiant qui oderunt eum a facie eius》」

まず、クロエ・ラドクリフである。

能力だけを問うなら騎士《きし》総長に最も近いとされる女騎士は、自らの十字剣《クルセイダー・ソード》を掲《かか》げて、声高《こわだか》に歌う。

さらに、双子《ふたご》の正騎士ラジエルとサジエルが続く。

「煙は必ず吹き払われ、蝋は火の前に溶ける。主に逆らう者は必ず御前に滅び去る」《sicut deficit fumus deficiant sicut tabescit cera a facie ignis pereant impii a facie Dei》

「主に従う人は誇らかに喜び祝い、御前に喜び祝って楽しむ」《iusti autem laetentur exultent in conspectu Dei et gaudeant in laetitia》

祓魔式《エクソシズム》。

その魔術特性は、〈聖霊の加護《Divine protection of Holy Spirit》〉。

もともとが魔物を征《せい》するためにつくられた魔術である。十字軍が組織される際、ある程度の簡易な訓練で、集団に行使可能な魔術が求められた。

歌を模した術式も、統一された十字剣《クルセイダー・ソード》も、すべてそのためのものだ。

高らかに、歌が伸《の》び上がる。

連なって、絡《から》みつく。

斉唱《せいしょう》。

〈銀の騎士団〉の誇《ほこ》る儀式《ぎしき》魔術。

　そして、最初の老人もまた自らの剣を掲げて歌う。

「主に向かって歌え、御名をほめ歌え。雲を駆って進む方に道を備えよ。その名を主と《cantate Deo canite nomini eius praeparate viam ascendenti per deserta in Domino nomen》呼ぶ方の御前に喜び勇め《eius et exultate coram eo》」

　正しく四方を固め、四本の十字剣《クルセイダー・ソード》が高く振《ふ》りかざされた。

　見えない波が、生まれる。

　聖なる威力《いりょく》を秘《ひ》めた波は、竜《りゅう》の吐息《といき》によって錬成《れんせい》された魔物たちを、たちまち塵《ちり》へと返した。

「……ふん。まずはいいだろう」

　その結果を確かめ、老人は空を見上げた。

「行ってこい、小僧《こぞう》！」

　叫《さけ》んだ老人は、〈銀の騎士団〉騎士総長ジェラール・ド・モレー。

　〈アストラル〉との魔術決闘《フェーデ》を通じて、交誼《こうぎ》を結んだ魔法使いだった。

　ＡＡ《ダブルエー》クラスの魔術結社の中でも特筆される組織力を使って、彼らは大魔術決闘《グラン・フェーデ》の足元を支えてきたのだ。

今も多くの騎士団員が束ねられ、一般《いっぱん》市民の眠《ねむ》りを乱さぬよう、また魔術の眠りが深い昏睡《こんすい》へと導かぬよう守護している。大魔術決闘《グラン・フェーデ》のはじめに、いつきが依頼《いらい》した事柄《ことがら》を、彼らは見事に遵守《じゅんしゅ》していた。

妖精博士《フェアリー・ドクター》を名乗る男からの通達によって、彼らはこの一時こそ勝負の要《かなめ》と全員で打って出たのだ。

「……いつき様」

クロエも、囁《ささや》いた。

切なく、遠く。

「行ってください……！」

ひたすらに、竜の蠢《うごめ》く空を見つめたのであった。

4

いつきには、すべてが視《み》えていた。

地上も天空も、自分たちを助けてくれている魔法使いの呪力が、少年の瞳にははっきりと視えていた。

どの魔法使いも、自分を手伝ってくれていた。

あまりにも無謀《むぼう》で、あまりにも身勝手な自分を、許してくれていた。

『どうよどうよ。俺って凄《すご》くね?!』

自慢《じまん》げな携帯《けいたい》電話からの声に、いつきは困ったように笑った。

「どれも父さんの力じゃないでしょう」

『えええ！　冷たくない?!』

父の素《す》っ頓狂《とんきょう》な声に、瞼《まぶた》をつむる。

それから、

「——僕もそうです」

不意に、少年は言った。

「僕も……自分だけの力でできたことなんて何もありません」

『………』

司は、何も言わなかった。

いつものように茶化したりはせず、かといって慰《なぐさ》めもせず、沈黙《ちんもく》によって少年の次の言葉を促《うなが》した。

「何もできなくて、皆《みな》に頼《たよ》りっぱなしで、皆に甘えっぱなしで、そんな僕のままここまで来てしまいました……」

『………』

「父さん」

いつきが、訊《き》く。

「どうして、僕を拾ったんですか?」

『ん? ああ。まあ、そうだねえ』

少し考えて、電話の向こうの相手は口を開いた。

『君を拾ったときは、〈アストラル〉を創設するかどうかで悩《なや》んで、世界を放浪《ほうろう》してるときだったんだよ』

もう、ずっと昔のこと。

ちょっと木陰《こかげ》で休もうかと思った、それだけの場所で。

『……誰《だれ》かのいたずらかとも思ったよ。俺みたいな魔法使いの血を引かなかったヤツが、君みたいな妖精眼《グラム・サイト》の子を拾うなんて、ちょっとばかりできすぎだろ?』

電話の向こうで、ため息混じりに肩をすくめる姿が見えるようだった。

でも、もとより神隠《かみかく》しとはそういうものだ。妖精《ようせい》という存在を見た者は魔法使いにさえいないが、彼らは最も皮肉なカタチに運命を操作する。

まるで、運命そのものが妖精であるかのように。

『だからまあ、面白《おもしろ》くなっちゃったわけだけどさ』

「面白いから育てたんですか」

『そうだよ』

あっさりと、司は告白する。

『いつだって面白かった。君を見ていて飽《あ》きることなんかなかったさ』

「…………っ」

寸瞬《すんしゅん》、いつきの息が止まった。

司の言葉がそこだけはふざけておらず、心底からのものだと分かってしまったからだ。

だから、話題を変える。

「影崎さ——柏原さんをあそこまでして助けようとしたのは、どうしてです？」

『父親が、息子《むすこ》を命がけで救ってもらったんだよ？　その恩返しができなくてどうする』

「誰も、父さんひとりでやるべきだとは、言わなかったんじゃないんですか。猫屋敷さんもユーダイクスさんも父さんが〈アストラル〉から離《はな》れた理由を知らなかった。せめて、それぐらいは伝えておいて良かったんじゃないですか」

『かもな』

司も認める。

ゆっくりと、言葉を続けた。

『だけどな、俺は自分で責任取りたかったんだよ』

「責任？」

『君が大魔術決闘《グラン・フェーデ》の責任を取りたいっていうように、俺は俺の責任を取りたかったんだよ』

「…………」

それは確かに、いつきにとって納得《なっとく》するしかない理由だった。

ほかの何より、少年にとって納得のいく理由だった。

「そうですね」

認める。

自分とこの父が、確かに相似《そうじ》していることを。

物心付いてからきちんと話したことなんてろくにないのに、それでもこの人が自分の父であったのだということを。

ため息を、つく。

そして、また話す。

「いろんなものを見ました」

ぽつりと、呟《つぶや》く。

「二年とちょっと、〈アストラル〉を引き継《つ》いでからずっと魔法使《まほうつか》いの世界にいて……驚《おどろ》くことばかりでした」

『……ああ』

司が肯定《こうてい》する。

それは、非想非非想の瞑想《めいそう》にこもる以前の司が、想像もしなかった事態だった。〈アストラル〉なんてカタチは、目覚める頃《ころ》には無くなっているものと考えて疑いもしなかった、彼の一番の誤算であった。

隻蓮から最初に聞いて、思わず「馬鹿《ばか》だなあ」と口走ってしまったことでもあった。

自分以外の社員たちもまた——〈アストラル〉という器《うつわ》にこだわってくれていたという、何よりの証拠《しょうこ》。

「いろんな人たちがいました」

万感《ばんかん》の思いとともに、少年は口にする。

「強い人も弱い人も、怖《こわ》い人も優《やさ》しい人も、哀《かな》しい人も頼《たの》もしい人も、無口な人も饒舌《じょうぜつ》な人も、泣いている人も笑っている人もいました」

ひとりずつの顔を思い浮《う》かべて、少年は言う。

出会ってきた人々。

通り過ぎてきた人々。

自分を助けてくれた、自分と戦ってきた、自分が競《きそ》ってきた人々。

「でも、たったひとつだけ、はっきりと言える」

大きく息を吸って、少年は続けた。

「……魔法使いに、一生懸命《けんめい》生きてない人はいない」

だから、好きになったのだ。

その生き方を。

その在り方を。

憧《あこが》れや怖《おそ》れや嫉妬《しっと》や共感や、そのすべてをないまぜにして――受け入れたいと思った。

この人たちとともに歩んでいきたいと思った。

「本当は……僕のやるようなことなんて、何もないのかもしれない」

微苦笑《びくしょう》して言う。

ここまで大げさに話を進めてしまったけれど、それはただいつきの勝手。〈螺旋なる蛇《オピオン》〉も〈協会〉も、自分たちの都合と自分たちの戦いで、きっと新しいカタチをつくりあげていたはずだ。

「それでも……何かしたいと思った」

告白する。

「僕は、僕のまわりにいる人たちのために、魔法使いの世界をもっと生きやすくしてみたかった」

穂波《ほなみ》。

猫屋敷。

アディリシア。

〈アストラル〉から、一度は引き離されてしまった人々。

――『僕たちは深く決定的に外の世界とつながっている。何かがあったら、誰かが引っ張られて、あっという間に夢は壊《こわ》れちゃう』

――『だから考えたんだ。――どうすればこの戦いは終わるんだろうって』

いつき自身が、かつて口にした言葉。

携帯から、司が訊いてくる。

『だったら、俺と同じところに辿《たど》り着くんじゃないのかい？』

「かもしれない」

いつきもうなずく。

「父さんが言うように、新しい第三団《サード・オーダー》をつくって〈アストラル〉を第三者の監視《かんし》機構として再構築する。それが魔法使いの幸せとして正しいのかもしれない」

柏原を救うために、司が口にしていた詭弁《きべん》。

詭弁ではあっても、あれは確かな意味のある言葉だった。

その方法であれば、魔法使いの世界ももっと楽になるのかもしれない。

「だけど――僕は僕になるって、もうずっと前にユーダイクスさんや皆と約束したんです。それはきっと父さんと同じになることじゃないと思う」

『そっ……か』

ジジ、とノイズが混じった。

そのことに気づいて、司がありゃと声をあげた。

『……やれやれ、そろそろ通信が途切《とぎ》れそうだな。もともと小細工で誤魔化《ごまか》してきただけだったし』

「父さん」

呼びかけたいつきの声が、届いたかどうか。

『俺は……俺が……とりたかった責任をとって……き……た』

段々、ノイズはひどくなっていく。

父の声は遠ざかっていく。

『だか……ら』

ひとつ息をついて、言った。

『この先は……お前の……好きにしてこい……馬鹿息子……』

それきりで、司との通信が途切れる。

地上といつきとをつないできた最後の糸が、断《た》ち切れる。

父と子と、きっとこの十二年で一番長かった会話は、終わってしまう。

だけど。

「……うん」

いつきは、もっと大切なものをもらったかのように微笑《ほほえ》んで、紅《あか》い髪《かみ》の少女とともに天空を目指したのであった。

*

「……行っておいで」

そして、羽猫《はねねこ》は囁《ささや》いた。

遠い日の流星を思い出すように、その眼《め》は細められていた。

彼女の物語は終わっているのだから、これ以上手を出すことはありえない。〈魔女の中の魔女〉――ヘイゼル・アンブラーのやるべきことはすでに終わっている。

だから。

羽猫は、困ったように振《ふ》り向いた。

彼女がつくったささやかな結界に、誰《だれ》かが踏《ふ》み込んだのを知ったのだ。

「……猫屋敷くん」

と、歩み寄る魔法使いの名を呼んだ。

「捜《さが》すのに手間がかかりました。結局、この子たち頼《たよ》りです」

「うにゃあ」

得意げに三毛猫――青龍《せいりゅう》が鳴く。

対する羽猫は、くるりと尻尾《しっぽ》で半円を描《えが》いて見せた。

「大魔術決闘《グラン・フェーデ》はもういいの？」

「私は空を飛べませんしね。地上の掃討《そうとう》戦は、〈銀の騎士《きし》団〉と〈ゲーティア〉が残していた徒弟《とてい》で十分でしょう。それよりはあなたに事情聴取《ちょうしゅ》した方がまだしも〈協会〉にとって有益そうです」

「仕事熱心だこと」

「貸し出し魔法使い《レンタルマギカ》ですから」

素っ気なく猫屋敷は答えた。

「――で、教えてもらえませんか？　あなたはどうして〈協会〉でも〈螺旋なる蛇《オピオン》〉でもなく〈アストラル〉の味方を選んだんですか？」

「…………」

少しの間、羽猫は沈黙《ちんもく》した。

「君には、いろいろ隠《かく》せないわねえ」

「隠されっぱなしですよ」

顔をしかめて、猫屋敷は抗弁《こうべん》した。

「あなたが伊庭社長の師匠《ししょう》になってることだって、知ったのはつい最近なんですから。なるほど見違《みちが》えるはずですよ」

「あの子の成長を促《うなが》したのは、あの子自身よ」

「そうですね。そうだと思います。だけど、成長のときに誰が隣《となり》にいるかで、変わってくるものもあるでしょう」

「そうかしら」

「そうですよ」

うなずいて、猫屋敷がさらに言う。

「かつて、〈協会〉も〈螺旋なる蛇《オピオン》〉もあなたを捜していました」

実際、そのために隻蓮とフィン・クルーダは、ヴェネツィアを舞台《ぶたい》に一戦交えたことさえある。

どちらも彼女を見つけられず、戦いは痛み分けに終わった。

「それが第三団《サード・オーダー》に由来することは、さきほど元社長からお聞きしました」

事情を知っていれば、捜索《そうさく》は当然だったろう。

互《たが》いのトップである第三団《サード・オーダー》について、その秘奥《ひおう》にまつわる術式を知る者は、もはやヘイゼル・アンブラーのみだったからだ。血統のみであれば孫娘《まごむすめ》である穂波・高瀬《たかせ》・アンブラーもそうなのだが、彼女に術式が伝わってないことは明白だったし、息子《むすこ》であるダリウス・レヴィには手の出しようもなかった。

「…………」

羽猫は、何も言わぬ。

「どうして、ダリウス・レヴィに味方しなかったんですか」

そうすれば、この戦いは始まらなかったかもしれない。

大魔術決闘《グラン・フエーデ》が締結《ていけつ》されたのは、ヘイゼル・アンブラーが伊庭いつきに、〈協会〉と〈螺旋なる蛇《オピオン》〉の秘術とその対抗策を教えたためだ。そうでなければ、ふたつの結社は今も闇《やみ》から闇へと闘争《とうそう》を繰《く》り返していただろう。

この羽猫の存在は、たとえ舞台裏であっても大きな影響《えいきよう》を及《およ》ぼしている。

「そうねえ」

ヘイゼルが、目を閉じた。

彼女には、人よりも長い人生がある。

そして、ダリウス・レヴィは、この羽猫が人間の身体《からだ》を持っていたとき、その腹を痛めて産んだ子供のはずだった。

少しだけ考えて、羽猫は口を開いた。

「飽《あ》きた、というのが一番正解かしら」

「……飽きた？」

「ああ、誤解しないで。あの子を愛してないわけじゃないわ。ただね、〈魔女《まじょ》の中の魔女〉とか言われて、魔法使いの世界で特別扱《あつか》いされて、なんだかんだと引っ張り出される。そういうのに飽きたのよ」

そう言ってから、いいえ、と羽猫は自分の言葉を否定した。

「そんないいものでもないわね。もっとつまらなくて、もっとがっかりする理由よ。そう……きっと、怖《こわ》かったからだわ」

怖かった、と羽猫は言った。

〈魔女の中の魔女〉とまで謳《うた》われた者が。

「…………」

今度は、猫屋敷が押し黙《だま》る番だった。

かまわずに、羽猫は続けた。

「伊庭司と知り合って、〈アストラル〉に入った。魔法使いでも真っ当に幸せになってよいのだとか、他愛《たわい》ない夢も見た。でもそんな夢もある日突然《とつぜん》消え去って、それはまあこんな年寄りでも怖くなるわ。いいえ、年寄りだからこそ怖くなるのかもね。山にこもって、目をつぶって、何も聞こえないように耳に蓋《ふた》をして。ずっとつまらない時間を過ごしていたわ」

もう二度と。

もう二度と、夢など見なくてすむように。

「でもね。あの子が追いかけてきた」

羽猫が言う。

「隻蓮に連れられて、土下座なんてされてね。本当に馬鹿《ばか》な子だと思って……でも一緒《いっしょ》に思ったのよ」

「何を、です？」

「夢が消えたんじゃないかもしれない」

ほんの少し、羽猫の声は熱っぽくなった。

どれだけの齢《よわい》を重《かさ》ねたかも分からない魔女の声は、まるで無邪気《むじゃき》な子供のようだった。

「あたしがそっぽを向いただけで、ずっとそこで待っていたのかもしれない。待っていてくれたのかもしれない。ねえ分かる？　この年でもう一度他愛ない夢を見られるっていうことが、どれだけ嬉《うれ》しいことかあなたに分かるかしら？」

「分かりますよ」

猫屋敷が、答える。

「分かります」

もう一度、言った。

それは、彼にとっても同じだった。

二年前、あの〈アストラル〉事務所に眼帯をつけた少年がやってきたとき、やっと彼の時間は動き出したのだ。凍《こお》りついた時間がたちまち色づき、多くの人が行き交《か》うようになっていくことを、彼がどれだけ嬉しく思っていたことだろう。

「あら、あなたは夢にそっぽを向いてなんかいなかったわよ」

と、羽猫は笑った。

「あの子が引き継いでくれるまで、ずっと〈アストラル〉を守っていてくれたのはあなたでしょう。隻蓮くんもユーダイクスくんも柏原くんもあたしもいなくなっても、ひとりで守っていてくれたんでしょう？」

「……さて」

曖昧《あいまい》に、猫屋敷は誤魔化した。

「だからね」

と、羽猫は言う。

「今度こそ、あたしは待っていないといけないの」

「今度こそ、ですか」

「ええ」

ひどく切なそうに、羽猫もまた夜を仰《あお》ぐ。

「もう、あたしなんかがいなくても世界はうまく回っていくんだって――あたしが死んでも、あたしの夢は死なないんだって、それを確かめるために、今日だけは手を出さないと決めたのよ」

5

星が近かった。

夜空の雲を越《こ》えて、いつきたちは竜《りゅう》のすぐ近くまで飛翔《ひしょう》していた。

「…………っ」

いつきが、ぎゅっと奥歯を噛《か》みしめる。

巨大《きょだい》な竜を間近にして、ぞくぞくと身体の芯《しん》からすくみ上がってしまいそうだった。

強烈《きょうれつ》な呪力《じゅりょく》に右目は再び痛み始め、少年を蝕《むしば》みつつある。妖精眼《グラム・サイト》のことがなくても、耐《たい》性《せい》のない一般《いっぱん》人なら気絶しかねないほどの圧だった。

（……僕も、もう一般人とは言えないかな）

ぼんやりと思って、苦笑する。

その耳元へ、

「……ごめん、いつき」

ラピスが囁《ささや》いたのだ。

「そろそろ、限界。ラピスの翼《つばさ》じゃ、これ以上濃《こ》い呪力密度に耐《た》えられない。……あの中には入れない」

ラピスの生態の問題もあったろう。

ホムンクルスとして魔術によってつくられたラピスの身体は、その分通常の生物よりも呪力の影響を受けやすい。さきほどの霧《きり》のように打ち払《はら》えるならば対応できるが、これより先は呪力密度が濃すぎて、自律神経にも影響を与《あた》えかねない。

だから、

「大丈夫《だいじょうぶ》」

と、いつきはうなずいた。

「ひとりでも、いける。竜の背中より上に回ったら僕を落として。あそこの呪力圏《けん》の感じだと、多分怪我《けが》しないように降りられると思う」

右目を押さえる。

妖精眼《グラム・サイト》と呪力を利用することで安全に着地できると、少年はそう見込んだらしい。

「でも」

抗弁しようとしたラピスへ、

「大丈夫」

もう一度、少年が言った。

力強い笑《え》みを、浮《う》かべていた。

ラピスと初めて出会ったとき——竹筒《たけづつ》の羊羹《ようかん》を渡《わた》してくれたときと似ていて、やはり二年の時間を経て、相応の成長を遂《と》げていた。

——『おなか……すいてるの？』

——『あのさ、これ……食べる？』

あの言葉が、どれだけ嬉しかったか。

ずっとユーダイクスとだけ暮らしていたホムンクルスの少女が、初めて他人と触《ふ》れ合った瞬間《しゅんかん》。世俗《せぞく》から離《はな》れた魔法使いというものがそれでも幸せになってよいのだと、そう教えられた出会い。

だからこそ、ラピスにとっては辛《つら》かった。

「——いつき。無理しないで」

「無理なんかしないよ。できることを、後悔《こうかい》しないようにやるだけ」

いつきが言う。

「……分かった」

ラピスの翼がはばたく。

限界まで、竜に近づいた。ユーダイクスの光の槍《やり》や、隻蓮の猛攻《もうこう》に気をとられているのか、小さな少年少女などに竜が気を払うこともなかった。

限界まで近づく。

できるかぎり、ギリギリまで近づこうとする。

しかし、

「もういいよ」

と、少年が言った。
まだいけると言おうとした少女の視界に、アカイロの瞳《ひとみ》が食い入った。
その瞳は、ラピスの限界も知り尽《つ》くしているようだった。
「……うん」
うなずくしかなかった。
そっ、とラピスが手を離した。
重力に従って、少年《いつき》の身体《からだ》が竜の背中へと落ちていく。
師《隻蓮》の庇護《ひご》から離れ。
父《司》の言葉を断《た》たれ。
翼《ラピス》さえも失って。

＊

たったひとりで、ひとりきりで——伊庭いつきは竜へと墜《お》ちていく。

最後に。

夜空を見上げる魔法使《まほうつか》いたちは、もう一組いた。

中央公園の柔《やわ》らかな地面に座り込み、ふたりの少女が互《たが》いの手を握《にぎ》っていた。

栗色《くりいろ》の髪《かみ》の少女と。

黄金色の髪の少女。

「……羨《うらや》ましいなあ、アディ」

と、穂波が呟《つぶや》いた。

少女の手は片方がアディリシアの手を握り、片方がアディリシアの髪を梳《す》いていた。ずっと前からそうしているようだった。髪に魔力が宿るというのは、洋の東西を問わぬ古い伝承だが、ここでもそれに倣《なら》ったらしい。

少女の内側の魔神を落ち着かせるのに、穂波は髪を梳くという行為《こうい》を利用しているらしかった。

「初めて見た。いっちゃんのあんな顔」

「……あんな、顔？」

穂波の言葉に、アディリシアの瞳が動く。

いまだ魔神と自分の制御《せいぎょ》ができないものか、呼吸はひどく弱々しかったが、それでも親友に触れられていると、少し楽になるようだった。

「気づいてへんの？」

優《やさ》しく、穂波が微笑《びしょう》する。

アディリシアは、怪訝《けげん》そうに眉《まゆ》をひそめる。

「だって……イツキは、他人が苦しんだらいつだって、自分も苦しそうな顔をするでしょう？」

その疑問に、穂波はほんの少し悔《くや》しそうに、表情を苦くした。

「うん。いっちゃんは優しいからね。ちょっとどうかって思うぐらい、他人に共感する。一緒《いっしょ》に仕事してて、さすがにやりすぎって怒《おこ》ったことも両手の指じゃ全然足りへん。——でもね、さっきのは特別や」

断言する。

(だって……ずっといっちゃんのことを見てきたんやから)

だから、分からないわけがない。

たとえいつき自身に分からなくても、穂波・高瀬・アンブラーにだけは分からないわけがない。

「あれはね。自分の一番大切なものを、自分が見えないところに託《たく》さなきゃいけないっていう──そういう顔やった」

「大切な、もの？」

「うん」

穂波が、うなずく。

「みんな、大切なものは無くしてから気づくもんや。もしも無くす前に気づけたなら、どんなみっともなくても必死に守るやろ」

「…………」

アディリシアには、その意味が分からない。

いや。

分からないのではない。

本当は分かっているのだけど、受け入れることができないのだ。

自分の今の身体と、心と、あの少年と。

いくつも積み重なった課題は、少女をいつよりも臆病《おくびょう》にしている。誰《だれ》よりも気高く勇《ゆう》敢《かん》な〈ゲーティア〉の首領は、このことについてだけ、まるで小さな栗鼠《りす》のようだった。

「……私、は」

その『私』からして、ぐらんぐらんと揺《ゆ》らいでいるのだ。

魂《たましい》の在処《ありか》とは、一体どこなのだろう。

視界はずっと揺れっぱなし。聞こえる音もどんどん分からなくなる。肌《はだ》に触れるそよ風も遠く、ただひたすらに眠《ねむ》い。何もかもに紗《しゃ》がかかっているようで、現実感がどうしようもなく薄《うす》かった。

身体を丸めて、目を固くつむって、何もかもから逃《に》げてしまいたいぐらいに。

「アディ！」

声がする。

「しっかりして、アディ」

その声が、少女を揺り動かす。

融合《ゆうごう》した魔神《アスモダイ》ではなく、『アディリシア・レン・メイザース』を目覚めさせる。

「アディが……いっちゃんから逃げてどうするの」

ひどく、真剣《しんけん》な瞳だった。

ひょっとすると魔法使いを罰《ばっ》する魔法使いとして、〈アストラル〉の前へ立ち塞《ふさ》がったときよりも、真剣に向き合っているのかもしれなかった。

「分かってます……わ」

だから、アディリシアも必死に応《こた》える。

ひどく曖昧《あいまい》になっている自分の欠片《かけら》を掻《か》き集め、眠気を払《はら》う。いまも朧《おぼろ》になりつつある魔神との境界を意識する。

そんなアディリシアの様子を慎重《しんちょう》に見つめて、穂波は訊《き》く。

「あれ……もう、いっちゃんに話したんやろ？」

「あれ？」

その意味を考えて、アディリシアは瞬《まばた》きする。

「え、ええ。でも……あれは、この大魔術決闘《グラン・フェーデ》が終わってからのつもりで。それに……こんな状況《じょうきょう》じゃ……どうやっても準備も呪力《じゅりょく》も……」

「大丈夫《だいじょうぶ》」

と、穂波はうなずく。

「さっきは、〈螺旋なる蛇《オピオン》〉の惑星《わくせい》魔術を止められなかったから。おかげで、もう一回ぐらいは〈生きている杖《リビング・ワンド》〉も使えるんや。――その儀式の呪力ぐらいは、十分あたしひとりでまかなえる」

「……本気、ですの？」

アディリシアの瞳に、かすかな力が宿った。

突拍子《とっぴょうし》もない発案によって、つかのまだが、彼女自身の意識が揺さぶりおこされたのだ。

対して、

「本気に、決まってるやろ」

とん、と少女はアディリシアの胸をこづいた。

あまりに柔らかな拳《こぶし》だった。優しすぎて、その優しさに心臓を貫《つらぬ》かれるようだった。

「――――っ」

不意に。

二年前のことが、電流のように脳裏《のうり》を走った。

――『あなたはイツキが好きなんですの?! それとも、ただ昔のことに負い目を感じてるだけですの?!』

あのとき、穂波を叱咤《しった》した自分。

今は。

その、逆。

「……あたしの背中を叩《たた》くのがアディなら、アディの背中を叩くのはいつやってあたしや」

少女が言う。

親友が言う。

かつて自分が贈《おく》ったものを、この親友が返してくれている。自分が贈ったときよりもずっと重くて、掛《か》け替《が》えなくなったものを、渡《わた》そうとしてくれている。

「やから、行こう?」

立ち上がって、穂波が手を伸《の》ばした。

たとえ、どれだけ視界が歪《ゆが》んでも、その手だけは見間違《みまちが》えようがない。

「……ええ」

苦しそうに、息を荒《あら》げて。

それでも、少女は親友の手を取った。

「よろしくお願いしますわ。ホナミ」

ふたりの魔女は、夜空の竜《りゅう》を見上げて、立ち上がったのであった。

第5章　最後の魔法使いたち

1

「我が東方にラファエル！　風よ、癒《いや》しの加護もて我を守れ！」


ダリウスが叫《さけ》び、手を打ち振《ふ》った。

天使召喚術《アルマデル》。

四大元素を、四方と四大天使と照応させ現実を上書きする、〈協会〉では基本的な魔術《まじゅつ》である。

風は、東方に座するラファエル。

水は、西方に座するガブリエル。

地は、北方に座するウリエル。

炎《ほのお》は、南方に座するミカエル。

この組み合わせによって、ダリウスは呪力を誘導《ゆうどう》する。

善戦といってよかった。

呪力だけでいえば、ふたりの第三団《サード・オーダー》を吸収し、さらに竜《りゅう》の呪力も貪《むさぼ》らんとしているフインである。現存のいかなる魔法使いでも、これには抗《あらが》えるはずもない。

しかし。

同時にそれは、単にフィンがとどめを刺《さ》そうとしないからという、それだけのことでもあった。


「我が西方にガブリエル！　死の加護もて外敵を撃《う》ち抜《ぬ》け！」


凝縮《ぎょうしゅく》された水の弾丸《だんがん》。

「…………」

あっさりと、その弾丸は魔槍《まそう》に断《た》ち切られる。

もとより魔術としての完成度はそう高くなかった。ぎりぎり一流と呼べるレベルには達しているが、〈螺旋なる蛇《オピオン》〉の座《セフィラー》や、魔法使いを罰する魔法使いたちには比べるべくもない。

対して、

「……殺す価値もないか」

そう口にした壮漢《ダリウス》の姿の、なんたる無惨《むざん》なことか。

すでに片腕《かたうで》は潰《つぶ》れ、右脚《みぎあし》の太ももも抉《えぐ》られている。獅子《しし》を思わせる金髪《きんぱつ》は自らの血に汚《よご》れ、トレードマークといえる蒼《あお》いスーツもいまやあちこちが裂《さ》けてしまっている。

「あるとお思いですか？」

にっこりと笑って、フィンが返した。

「こんなものは退屈《たいくつ》しのぎですよ。終わりの時間まで気を紛《まぎ》らわせるための、手慰《てなぐさ》みでしかない」

ゆらゆらとミストルティンの槍《やり》が回る。

あまりに呪力の密度が濃《こ》いここは、まるで水族館《アクアリウム》のようだった。白いスーツを纏《まと》うフィンもまた、ヒトの姿をした熱帯魚のよう。ほんのりとこぼれた吐息《といき》が、いまにも水泡《すいほう》になって浮《う》かんでいきそうだった。

「我が南方にミカエル！　炎よ、我が敵を縛《しば》る鞭《むち》となれ！」

炎が舞《ま》い踊《おど》る。

何本もの鞭と化した天使召喚術《アルマデル》の業火《ごうか》を、つまらなそうにフィンが断ち切った。

同時、返礼とばかりにヤドリギの矢が放たれ、今度はダリウスの太ももを貫いて、壮漢《そうかん》に膝《ひざ》をつかせたのである。

「……本当に、あなた、あの穂波《ほなみ》・高瀬《たかせ》・アンブラーの父親ですか？」

フィンが、眉根《まゆね》を寄せた。

「魔術に工夫《くふう》がなさすぎます。いくら呪力《じゅりょく》に差があるといっても、彼女ならもう少し食《く》らいついてきますよ？」

「……は」

ダリウスが、笑った。

血みどろの膝をついたままで、低く、笑った。

「は……は、ははははははは」

「どうしました？」

問うたフィンへ、ダリウスは笑いに歪んだ顔をあげた。

「ご自慢《じまん》の妖精眼《グラム・サイト》でも分からなかったかね？」

身を起こす。

貫かれた太ももががくりと力を無くし、片手でその傷口を掴《つか》み上げる。ぎりぎりと万力のごとく締《し》め上げて、強引《ごういん》にダリウスは立ち上がった。

「天仙《てんせん》を縛っていたとか、そんなことは関係ない」

笑う。

だが、彼は誰《だれ》を笑っているのか。

「もともと私に、魔法使いの才能などありはしない」

躊躇《ためら》いなく、言った。

「娘《むすめ》の穂波や、〈魔女の中の魔女〉と呼ばれた母《ヘイゼル》には遠く及《およ》ばん。そんなことは子供の頃《ころ》に、母からしつこいぐらい聞かされている。——ああ、お前には星が与《あた》えられなかったねえ、だとさ」

告白する。

自らの欠損を。

〈協会〉の長としてあまりに致命的《ちめいてき》な、欠落を。

「アンブラーの血統を受け継《つ》いだゆえに呪力はあったし、第三団《サード・オーダー》にまつわる魔術だけはいささかの適性があったがね。そういう意味では、いびつな才能と言えるかもしれないな。はは、いっそもう少し才能がなければ、魔法使いのことなど知らされず俗世《ぞくせ》に帰されたかもしれん。迂闊《うかつ》にも第三団《サード・オーダー》にまつわる才能があったとなれば、これは血を残すためにも魔法使いにせざるを得まい」

自嘲《じちょう》する。

影崎《かげざき》と契約《けいやく》し、アンブラーの魔術によって縛りつけたのも、〈協会〉での地位を不動にするためだったろう。あるいは魔法使いとしての才能を諦《あきら》めていたことこそ、俗な権威《けんい》にはこだわらない魔法使いとしては異質な在り方を生み、彼を副会長まで上りつめさせたのかもしれない。

一瞬《いっしゅん》、フィンが言葉を止めた。

すぐ、

「虚《むな》しいとは思わないのですか？」

改めて、尋《たず》ねた。

「それでは、あなたはただ血統をつなぐためだけのパーツでしょう。普通《ふつう》の人間は、そうした生き方を忌避《きひ》するのではないですか」

「…………」

ダリウスも押し黙《だま》る。

黙ったまま、自らの呪力を練る。才能がないと言った通りに凝縮される呪力は拙劣《せつれつ》たるもの。それでもアンブラーの血統は十全たる力を、壮漢に供給する。

退《ひ》く気はないのだと、その姿が訴《うった》えていた。

たとえ、彼我《ひが》にどれだけの差があろうとも。

「――――、」

そのとき。

見えない水泡を追うように、フィンの視線があがった。

「ああ、来ましたか」

竜の背中には、天蓋《てんがい》のごとき霧《きり》がたちこめている。

その霧が、割れたのだ。

硝子《ガラス》が割れるように、蜘蛛《くも》の巣状のひびが走った。あちらとこちらを隔《へだ》てる結界が、侵《しん》入《にゅう》者を前に儚《はかな》くも砕《くだ》け――自らの顔を覆《おお》うようにして、スーツを着た少年がそこから墜《お》ちてきたのである。

「――――っ！」

アカイロの瞳《ひとみ》が、光を放つ。

呪力は柔《やわ》らかなクッションのように、少年の身体《からだ》を受け止めた。

魔術というよりも、これは黒羽の騒霊現象《ポルターガイスト》や顕現現象《アポート》に類似《るいじ》する現象である。ある意味で第三団《サード・オーダー》にも近しい力を、この場に限定して妖精眼《グラム・サイト》は引き起こすらしかった。

「……フィン、さん」

少年が、竜の背中より立ち上がる。

最後の決戦のその舞台《ぶたい》を、自らの両足で踏《ふ》む。

そして、

「イツキくん」

愛《いと》しい人でも迎《むか》えるように、フィン・クルーダは恍惚《こうこつ》と少年の名を呼んだ。

妖精眼《グラム・サイト》と、妖精眼《グラム・サイト》。

かたや、〈螺旋なる蛇《オピオン》〉のすべてを託《たく》された若者。

かたや、〈アストラル〉の意志を受け継ぐ少年。

相似して相反するふたりは、ついに衝突《しょうとつ》の瞬間を迎えたのであった。

＊

「………………フィン、さん」

もう一度、名前を呼ぶ。

踏み出す一歩が、ひどく重かった。

決戦の地まで辿《たど》り着いて、ますます濃度《のうど》をあげる呪力に、内臓を掻《か》き回されている気分だった。右目の痛みもますます悪化しており、眼球から神経を伝わって、少年の脳までも蝕《むしば》んでいくようだ。

「────っ！」

気にしない。

歩いていく。

右目を押さえたまま、フィンへと歩を進める。

不意に、その身体が外部からの力によって、急制動をかけられた。

たくましい腕が、少年の肩《かた》をつかんだのだ。

「……どけ」

歯を軋《きし》らせ、壮漢が言ったのだ。

「ダリウスさん」

「お前とあれがなんだろうが、だからといって、私が退く理由にはならん」

重く、〈協会〉の副代表は告げる。壮漢もまたヤドリギの矢に貫《つらぬ》かれ、見た目からは想像もできぬ魔術《まじゅつ》の苦痛に苛《さいな》まれているはずだった。

それでも、

「私が、魔法使いの秩序《ちつじょ》だ」

王が言う。

傷ついた王は、しかしその誇《ほこ》りだけは一切《いっさい》の揺《ゆ》らぎなく、少年を押さえつける。

「——さっきの問いに答えてやろう。取り替え児《チェンジリング》」

ぎり、と奥歯を噛《か》んで、ダリウスはフィンへと告げた。

少年と若者の間へ割り込むように、傷だらけの足を進ませる。

ぼとぼとと大量の血がこぼれて、蒼いスーツを真紅《しんく》に染めていく。衣服のみならず革靴《かわぐつ》までも不吉《ふきつ》な色に染めて、ダリウスは若者へ歩み寄る。

まるで殉教《じゅんきょう》者のごとく、壮漢は口を開く。

「私には、アンブラーの名も与えられなかった」

ダリウスは言う。

ダリウス・レヴィが言う。

「私の母はそれだけの資質を私に認めなかった。私の才能の無さは、あらゆる意味で私を否定した。魔法使いとして大成することも、魔法使いでないことも許されなかった。私は古い世代と新しい世代のつなぎでしかなく、けしてそれ以外の意味を与えられることはなかった」

独白が、混濁《こんだく》した世界に漂《ただよ》っていく。

〈協会〉の副会長たる壮漢《そうかん》は、ただ自らの身に起きた事実をつまびらかにする。

一拍《いっぱく》をおいて、

「……だから、何だ」


さらに、言った。

「ああ、環境《かんきょう》はろくでもなかった」

血まみれの顔で、断言する。

「だが、どこの誰だろうが、生きている意味など与えられないのが当然だろう。たまたま、魔法使いが鎖《くさり》につながれやすいからといって、自分の鎖を喜ぼうが悲しもうが蔑《さげす》もうが勝手だろう。そんなものがどうして、自分の人生を虚しく思う理由になる」

壮漢は、さらに一歩を進める。

たとえ魔術で敗北しようが、それは思想の敗北ではないと立証するように。

「パーツならばパーツで結構。次代につなぐためだけの歯車なら歯車で結構。生きる意味など、そんな鎖と押しつけの中で、自分で見いだすものだろう」

「……なるほど」

フィンが、うなずく。

「だから、あなたは魔法使いなのに魔法使いらしくないんですね」

それは、魔法を使わない魔法使いの、対極のように。

ダリウス・レヴィは、まったく逆の意味で、普通の魔法使いからかけ離《はな》れる。

「あまりにも魔法使いらしすぎて、そこに割り切りができすぎていて、あなたはもはや魔法使いとはかけ離れた領域だ。――同時に、確かに、あなたは魔法使いの王だ。たとえあなた自身に魔法使いの才能がなくとも、王であることに変わりはないでしょう」

枯《か》れ草《くさ》色の髪《かみ》の若者も認める。

彼こそが、王だと。

そして、

(……ああ)

ひそやかに、いつきも認めていた。

少年は、すべての言葉を聞いているわけではない。

フィンとダリウスの間で交《か》わされた会話を、知っているわけではない。

それでも、分かった。

彼らが話していることは、今までいつきが垣間見《かいまみ》てきた魔法使いの宿業《しゅくごう》の、その一側面であった。

魔法使いの、優先順位。

すべてに血統が優先し、その血統も才能がなければ活《い》かされず、努力など誰《だれ》にも顧《かえり》みられないという絶対的なシステム。

同時に、少年はフィンとは別の感想を抱《いだ》いてもいたのである。

(……辛《つら》くなかった、はずがないよ)

フィンはダリウスの言葉を額面通りに受け止めたようだが、そんなはずがない。

ダリウス・レヴィにも幼い頃《ころ》があり、若かりし頃があった以上、最初からそんな風に完成されていたはずがない。

たとえば、それは妖精眼《グラム・サイト》という体質で生まれてしまったいつきのように。

(……この人も、そうなんだ)

いつきは、思う。

いつきも、噛みしめる。

これまでの出会いで、十分分かっていたはずの事実。

欠けてない人間など、いないこと。

寂《さび》しくない人間など、いないこと。

現実に生きていく以上、誰もが餓《う》え、誰もが飢《かつ》え、自らの埋《う》めがたい欠陥《けっかん》や欠落に堪《た》えていくしかないということ。

結局は、そうやって生きていくのだ。

誰だって。

いつだって。

どこだって。

「……うん、だから分からない」

フィンが、口を開く。

「そんなあなただから、〈螺旋なる蛇《オピオン》〉に属した者の気持ちなど分かるはずもない」

「〈螺旋なる蛇《オピオン》〉の、気持ちだと？」

「ええ」

フィンがうなずく。

「――私《い》を、見て」

歌うように、言った。

いつもの彼とは違《ちが》う一人称《いちにんしょう》で、口調だった。

「私たちは弱くて哀《あわ》れで負け犬で罪深くて、だからこそ誰にも顧みられないことに耐《た》えられない。そしてそんな弱さなど、あなたには理解もできないでしょう。私たちの気持ちなど分かるはずもない」

気持ちなどまるでこもっておらず、教科書の詩でも朗読するよう。

ひとしきり口にしてから、若者は軽く肩をすくめた。

「〈螺旋なる蛇《オピオン》〉の代表《タブラ・ラサ》から、あなたへの伝言ですよ」

「……虐《しいた》げられてきた者の言うことなど、どこも大して代わり映《ば》えせんな」

ダリウスはため息をつく。

ぐっと手を持ち上げ、呪力《じゅりょく》を再び練る。

「早く、この茶番を終わらせろ。でなければ私を殺せ。勝者がすべてを持っていくという当たり前の結末をつけてみせろ。その後は、お前たちが新たな負け犬の恨《うら》みも悲しみも背負う番だ」

引きずり下ろされようとしている王者《ダリウス》は、その役目を終えるべく、新たな勝者へとバトンを渡《わた》そうとする。

しかし、

「――勘違《かん》いされてますね」

フィンが、ことりと首を傾《かし》げた。

「勘違い？」

「ええ。僕も〈螺旋なる蛇《オピオン》〉ですが、今の話は単なる伝言です。僕自身が抱《かか》えている願いでも望みでもなんでもない」

「…………」

一瞬《いっしゅん》、壮漢は沈黙《ちんもく》した。

若者の言っていることが、真剣《しんけん》に分からなかったのだ。

魔法使いとして異質であっても、やはり魔法使いとして相手を捉《とら》えていたダリウスには、フィン・クルーダが何を口にしているのか理解できなかった。

「なら、お前はどうして――」

「簡単ですよ」

ひどく虚《うつ》ろに、若者は笑ったのだ。

「あの人たちに、先に頼《たの》まれたからです」

それだけのこと。

ただの順番で、ただの成り行き。

フィン・クルーダが自分に課した決まり事。

「……頼まれた？」

ダリウスが、鸚鵡《おうむ》返しに呟《つぶや》く。

壮漢の呼吸がかすかに揺らいだ。自分の話している相手が、ヒトの姿をしているだけの別の何物かだと、初めて悟《さと》ったかのようだった。

「じゃあ、お前の意志は――」

「ああ。〈螺旋なる蛇《オピオン》〉とあなたたちには、理念も思想もあるのでしょう。それぞれ立派な理想や信念も持っているのでしょう。その衝突《しょうとつ》で未来や文化を生んだりするのでしょう。多分、人間の歴史はそういう繰《く》り返しでできあがっているのだと思います」

空々しく、枯れ草色の髪の若者が言う。

道化《どうけ》が前口上でも述べるようだった。真っ白なスーツを纏《まと》い、世俗《せぞく》の穢《けが》れなどひとつも受けてないかのような若者は、柔《やわ》らかくかぶりを振《ふ》った。

「でも、僕には関係ありません」

フィンが言う。

「僕はただ、伝えられた願いを、そのままに叶《かな》えるだけです」

フィンが、言う。

その無意味。

その無価値。

あまりにも自動化された、願望器の所業。

ダリウスさえも想像しなかった空虚《くうきょ》。ひょっとしたらタブラ・ラサだけは知っていたかもしれない虚無《きょむ》。

これまでの〈協会〉と〈螺旋なる蛇《オピオン》〉の闘争《とうそう》さえ、真っ向から否定するその絶望。

「お前——！」

「さあ、終わらせましょう」

ダリウスの叫《さけ》びに、アカイロの瞳《ひとみ》がその光を増した。

螺旋《らせん》のごとく、ぐるぐると緋色《ひいろ》が回る。

廻《めぐ》る。

捻《ねじ》れる。

若者を——いいや竜《りゅう》を起点とした魔術が突然《とつぜん》加速したのを、場の全員が感じた。加速度的に広がっていく術式は布留部市どころか、この地方を、この国を、いや国境さえ越《こ》えて無限に拡散していく。

その意味を視て、

「フィンさん！」

いつきもまた叫ぶ。

すると。

ふわりと、少しだけ哀《かな》しそうに、フィン・クルーダは微笑《ほほえ》んだ。

「ずっと術式を止めていたニグレドはいない。その呪力も上乗せして、惑星魔術《わくせいまじゅつ》はここに進行してる。今、魔術は完結します」

そして、もう一言付け加える。

長い長い遊びがついに終わってしまうというように、どことなく寂しげに。

「――タブラ・ラサ。あなたの願いを叶えましたよ」

＊

呪力には、三つの色があった。

黒。

白。

赤。

第三団《サード・オーダー》となりし三つの存在の色であった。

その色のすべてが、今妖精眼《グラム・サイト》のもとに統御《とうぎょ》され、融合《ゆうごう》しようとしていたのである。

世界のすべてへ、流出しようとしていたのである。

術式の名を、惑星魔術。

術式の意味は、妖精眼《グラム・サイト》をすべての人々へ与《あた》えること。

術式の意義は、魔法使いの存在と意義を全世界へ知らしめるという――〈螺旋なる蛇《オピオン》〉の悲願。

――『私を見て』

多分、たったそれだけの、悲痛な叫び。

その実現まで、後ほんの数秒。
四、
三、

二、

一、

――カチリ。

2

――カチリ、と音がしたように思えた。

異変はその音とともに起こった。

あるいは、起こらなかった。

止まったのだ。

今にも完結するはずだった術式が、その直前に停止させられたのである。

まるで、ずっと大きな誰《だれ》かの手のひらによって、優《やさ》しく包まれたかのようだった。

「――――っ！」

さしものフィンが、目を剝《む》いた。

いかに巨大《きょだい》かつ前例のない術式とはいえ、呪力そのものを可視化する若者の妖精眼《グラム・サイト》であれば、ミスなど起こすはずもなかった。また、惑星魔術に干渉《かんしょう》できる魔法使いなど、ほぼ存在しないはずだった。

対して、

「——やあ困った。ちょっと前なら、この魔術の術式ごと雲散霧消《うんさんむしょう》させられたんですけどねえ。今だと、止めてるのもしんどい」

人の好《よ》さそうな声が、多頭の竜の背中に響《ひび》いたのだ。

とんとん、と自分の肩《かた》を叩《たた》く人影《ひとかげ》だった。

どこにでもいそうで——だけど、今は『どこにでもいそうな人好きのする相手』という、そのくらいの個性を取り戻《もど》した男。

「柏原《かしわら》さん……に、黒羽《くろは》まで」

いつきが、瞬《まばた》きする。

男の隣《となり》には、長い髪《かみ》の少女も寄り添《そ》っていたのだ。

「ごめんなさい。柏原さんから、〈螺旋なる蛇《オピオン》〉の魔術を止めるのにどうしても付いてきてほしいって言われて」

ぺこりと、見慣れた少女が頭を下げる。

この場でメイド服になっているのが、不思議と似合っても見えた。

それから、

「飛行の術式と一緒《いっしょ》に、この惑星魔術に干渉するのはちょっとしんどかったものでして」

帽子《ぼうし》の下で曖昧《あいまい》に笑って、柏原も言い訳する。

フィンは動かない。

この大詰《おおづ》めで現れた乱入者が、いかなる手を打ってくるのか、用心深く見守っている。

「失礼しますね」

そう言って、柏原は絶句したもうひとりの人物へと歩み寄った。

「ダリウス・レヴィ」

そっと、話しかけた。

かつての、自分の主《あるじ》へと。

「…………」

壮漢《そうかん》は、ただ視線のみを返す。

「無理をしたものですね」

「するとも」

うつむいたまま、壮漢は肯定《こうてい》する。

「ここで無理をしなくて、どうするというのだ」

「……あなたらしい答えです」

柏原もうなずいた。

ダリウスは続けて、吐《は》き捨てるように言う。

「魔法使いに勝者などいない」

はっきりと、告げた。

「〈協会〉も〈螺旋なる蛇《オピオン》〉も関係ない。この現実において、魔法使いというだけで最初から敗者なのだ。大魔術決闘《グラン・フェーデ》などという茶番でその優劣《ゆうれつ》をつけようが、しょせんはコップの中の嵐《あらし》に過ぎぬ。ああ、魔法使いの願望とは、つまるところが〈螺旋なる蛇《オピオン》〉の言うような戯《ざ》れ言《ごと》だろうよ」

戯れ言と蔑《さげす》みつつ、同時にダリウスは認めていた。

魔法使いの願望として。

魔法使いの欲望として。

〈螺旋なる蛇《オピオン》〉の論理は正しいのだと。

「最初から負けていて、逆転などありえない以上、〈協会〉なんて組織のやれることはせめて現状維持《いじ》するだけだろう。これ以上負けが込《こ》まないよう、残った貯金でやりくりするだけだろう」

また、ダリウスは言う。

「……私しか、そんなものに興味を持たなかった」

汚《よご》れた蒼《あお》いスーツの胸を叩く。

「いいか。私しか持たなかったのだ。魔法使いは自らの魔法にしかこだわらなかった。現実で何が起きようが、自分の世界がどれだけ狭《せま》くなろうが、魔術の意味がどんどんと消え失《う》せていこうが、一切関《いっさいかか》わらないままだった、おかげで私が〈協会〉の副会長におさまるのは、簡単なことだったさ」

せせら笑う。

自らを含《ふく》む、狭い狭い世界を笑う。

だからこそ、ダリウス・レヴィは〈協会〉による支配にこだわったのだ。意味がないと言いながら、そんな世界を動かす歯車であることにこだわった。

その理由は、何だろう。

困ったようにうなずいて、柏原が言う。

「……知ってますよ。何年、あなたのそばにいたと思います？」

「お前がそんなことを話したことはなかったがな」

「あなたが上澄《うわず》みしか拾わなかったせいですよ」

　ダリウスの言葉に、柏原はため息をつく。

　不思議な空気が、ふたりの間をつないでいた。

　この主従にも、何らかの絆《きずな》はあったのかもしれない。たとえ、片方がいつでも使い捨てるつもりであり、もう片方はいつでも使い捨てられるつもりだったとしても。

「……ひとつ、提案があります」

　柏原が切り出した。

「何だ……？」

「退職金をいただきたい」

「退職金、だと？」

　この場でそんなことを言い出されるとは想像しなかったのか、ダリウスが苦しげな息の中で太い眉《まゆ》をひそめた。

　そして、柏原はこう口にしたのだ。

「この大魔術決闘《グラン・フェーデ》における〈協会〉の権利を、すべて〈アストラル〉へ提供していただけませんか？」

「な、に……っ」

ダリウスが、息を詰めた。

痛む身体《からだ》をおして、少年へと振《ふ》り返る。

少年にとっても今の発言は意外だったのか、いつきは目を丸くしていた。

「柏原さん」

「双方《そうほう》に利益があると思いますよ」

ふたりを交互《こうご》に見つめて、柏原が話す。

「私との契約《けいやく》が終わった以上、〈協会〉はここで打てる有効策を持たないでしょう。同時に〈アストラル〉も〈螺旋なる蛇《オピオン》〉を止めるための大義名分を持たない。どちらかが大魔術決闘《グラン・フエーデ》の勝利条件——伊庭《いば》いつきを倒《たお》そうとしない限り、〈アストラル〉は判定役《ジャッジ》にすぎないのですから」

「柏原さん、それって——」

何かしら言おうとしたいつきに、柏原はゆっくりと振り返った。

ソフト帽を手のひらで押し下げて、

「いつきくん」

と、呼びかける。

「君は、たくさんのものを背負っているのでしょう。返せるものも返せないものもたくさん受け取って、ここにやってきたのでしょう」

諭《さと》すようではなかった。

ただ、空気に溶《と》け込みそうなぐらい自然に話していた。

「だったら、どんなに後付けでも苦し紛《まぎ》れでも、現実と折り合うための言い訳は必要です。この戦いを、小さな感情論や、世界を救うためなんていう個人的な正義感に貶《おとし》めてはいけません。それこそが、続く時間や世代につなげるための土台になるのですから」

一言ずつ区切るように、柏原は口にする。

ある意味で、彼だからこそ言えることだったろう。

伊庭いつきが社長に就任して以来、最も長く〈アストラル〉と〈協会〉の双方を見続けてきた者として。

やがて、

「……認めよう」

ダリウスが、言った。

彼にとっても苦渋の決断だったろうに、一切《いっさい》そんなことを窺《うかが》わせない表情だった。

「〈協会〉は大魔術決闘《グラン・フェーデ》にかかわるすべての権利を〈アストラル〉に移譲《いじょう》する。〈アストラル〉の勝利した場合も本来の報酬《ほうしゅう》は主張しない。決闘《けっとう》を続けるも終了《しゅうりょう》するも〈アストラル〉の自由だ」

それは、事実上の敗北宣言。

〈協会〉の副会長が、初めて認めた敗北かもしれなかった。

「私は盤上《ばんじょう》から去る。敗者が居座るほど無様なことはあるまい。いいな、柏原」

「ええ、もともとそのつもりでした。惑星魔術《わくせいまじゅつ》なんて止めていられるのも、そう長くはありませんし」

柏原が肩をすくめる。

もう一度、少年へ呼びかける。

「十分は止めていましょう。それ以上は知りませんよ？」

「ありがとうございます」

いつきが、頭を下げる。

それを見て、柏原は少しだけ懐《なつ》かしそうに言った。

「たった二年なのに、ずいぶん長い付き合いだった気がします」

軽くこめかみをつついて、付け足した。

「私が提供できる最後の入札かもしれません。もっとも今回は競合相手もなしで、入札としては成立してませんが」

――『なにしろ〈アストラル〉さまはここ六年ほど入札されてないでしょう？』

――『規則上、〈アストラル〉さまが一両日中に正式入札されないなら、今回の〈夜〉からは手を引いていただくことになります』

二年前の、会話だ。

〈協会〉の担当としてやってきた影崎が、〈アストラル〉へと切り出した入札。そこから伊庭いつきの〈アストラル〉は始まったのだ。

誰《だれ》よりも不吉《ふきつ》だったこの男との出会いが、今のいつきを生んだ。

その隣《となり》からも、

「……いつきくん」

黒羽が言った。

だけど、そこで詰まった。

何度も何度も言いかけて、そのたび喉《のど》につっかえて止まった。

「……、頑《がん》、張《ば》って」

結局、それしか言葉を持たなかったように、やっとのことで口にした。

「うん」

いつきがうなずく。

言葉以上の意味を、少なくともこの少年は受け取ったのだ。

騒霊現象《ポルターガイスト》によって、ダリウスと柏原と三人の身体が浮《う》かび上がる。濃度《のうど》の高い呪力《じゅりょく》によって、騒霊現象《ポルターガイスト》も影響《えいきょう》を受けそうなものなのだが、そこは柏原が干渉《かんしょう》しているらしい。

飛行の術式よりその方がたやすかったのか、あるいはその言葉自体、この場に黒羽を連れてくるための言い訳だったのかは分からない。

後に、ふたりだけが残った。

少年と、若者が。

妖精眼《グラム・サイト》を持つ、ふたりの宿命だけが。

「…………」

息を吸う。

吐《は》く。

若者を見上げて、

「……フィン・クルーダ」

フルネームで、呼んだ。

自分と相手の境界を、そういうカタチではっきりさせる。


「これが、最後だよ」


「……ええ」

フィンもうなずいた。

ぐるりと、ミストルティンの槍《やり》を回す。それだけで強烈《きようれつ》な呪力は嵐《あらし》のように渦巻《うずま》いた。

喰《く》らった第三団《サード・オーダー》の大部分は惑星魔術の維持《いじ》に使われているが、その質も量もかつてないほどに高まっている。

おそらく、〈螺旋なる蛇《オピオン》〉の座《セフイラー》の中にも、今のフィンを止められる者はいまい。

「それでいいよ、イツキくん」

微笑《びしよう》して、若者も言う。

ひどく、嬉《うれ》しそうだった。

「……うん」

もう一度、今度はもっとささやかにうなずいた。

「初めて、僕にも欲しいものができた気がするよ。不思議な感じだね。なんだか胸がざわざわする。頭の内側からくすぐられてるみたいだ」

微笑が深くなる。

もとより邪気《じゃき》のない笑《え》みは、ここにきてますます透明《とうめい》に純化していくようだった。

「でも、君ひとりでどうするつもりだい？」

「ひとりじゃないよ」

と、いつきは言い切ったのだ。

「ひとりじゃない？」

「さっきまで、ひとりで来たつもりだった。いままでずっと誰かに頼《たよ》って、誰かに甘えて、だからひとりでここに来たときは、ほんの少しだけ救われた気分だった」

父親に話したこと。

自分の力で成し遂《と》げたことなんかないと、告白したこと。

「だけど」

だけど、と否定する。

「やっぱり僕はひとりじゃないんだ」

今、最後の〈螺旋なる蛇《オピオン》〉となった若者を前に言う。

「本当の意味で、ひとりになんてなれないんだ。誰だって」

＊

ひとりになんか、なれない。

その言葉が、フィンには分からなかった。

その言葉を、いつきは信じていた。

だから、

「────っ！」

妖精眼《グラム・サイト》でそれを察知したのは、ふたりとも同時。ただ信じていた分だけ、いつきの方が早く行動に移せたのである。

多頭の竜《りゅう》のすぐそばに、ほとんど現実の雲のごとくたちこめた呪力の渦。

その真下から、ふたりの少女を乗せた箒《ほうき》が飛び出したのだ。

「穂波！」

いつきが呼ぶ。

魚がはねるように、箒がはねる。

その箒を押さえつけながら、少女もまた叫《さけ》んだ。

「いっちゃん！」

「――――っ」

その呼称《こしょう》だけで、いつきは少女の状況《じょうきょう》を判断できた。

何があったかまでは知らないが、今の彼女は自分の味方なのだと。

そして、実際のところは、こうだ。


――『〈協会〉の権利を、彼に預けました』

柏原の投げた霊符《れいふ》が鳥になって、入れ違《ちが》いにこの場へ来ようとした穂波へと、その言葉を伝えていたのである。

（……うん！）

少女もまた、胸中でうなずく。

今、穂波は自由だった。

〈協会〉に属する、魔法使いを罰《ばつ》する魔法使いとして——同時に穂波・高瀬・アンブラー、個人として、伊庭いつきに協力することができた。

それはつまり、幼なじみを助けられるということ。

ずっとできなかったこと。

自分の思いのままに、動いて良いということ！

「受け取って！」

箒の後ろには、もうひとりの少女が乗っていた。

苦しげな吐息《といき》で、穂波の背中にしがみついていた。

今や黄金《こがね》の髪《かみ》も、漆黒《しっこく》のドレスも、半霊体《エーテル》は曖昧《あいまい》に溶《と》かしている。魔神と人間とを区別する壁《かべ》はさらに脆《もろ》くなり、少女を決壊《けっかい》寸前の状態へと追い込んでいる。

「アディ！」

その背中を叩《たた》くように、再び穂波が叫ぶ。

「……え、え」

と、アディリシアも応《こた》えた。

やっとのことで意識を取り戻《もど》し、中空より愛《いと》しい少年を見下ろす。

「……イツキ！」

彼女もまた、名を呼んだ。

たった三文字の名前だけが、少女をずっと支えていたのだった。

そのことを察して、とても嬉しそうで――同時に困ったような顔をして、穂波は親友に続けて叫んだ。

「あたしが協力する！　見届けたげる！」

少女が手に持ったのは、〈生きている杖《リビング・ワンド》〉。

一世一代の魔術《まじゅつ》の用意を、少女はここまでに済ませていた。

「やから、今――アディとの約束を！」

片手で箒を操《あやつ》りながら、少女はいつよりも強く、口にした。

＊

（これは――?!）

何が起きているのか、フィンにも分からなかった。

呪力は視《み》える。

妖精眼《グラム・サイト》によって、穂波とアディリシアがやってきたことと、アディリシアが魔神と融合《ゆうごう》しかけた恐《おそ》るべき状態にあることは一目で分かった。

しかし、その先が分からない。

穂波が何をしようとしているのか。

そんな状態のアディリシアを連れて、何を目的としているのか。

だから、好きにさせるわけにはいかなかった。彼が〈螺旋なる蛇《オピオン》〉の願望を受け取った以上、その妨害《ぼうがい》となる可能性はすべて摘《つ》み取らなければならない。


（……約束？）


胸にざわめく、かすかな揺《ゆ》らぎを無視する。

そんなものは自分に関係ない。

願いを叶《かな》える以上に、自分に意味のあるはずもない。


「我《ハ》は命《イ》ず——」


「させへん！」

穂波の呪力に応じて、マントの内側から触媒《カタリスト》が溢《あふ》れ出た。

ヤドリギの自動射出。

残ったヤドリギの矢すべてを打ち込もうとするような、一斉射出《いっせい》であった。

ほとんどマシンガンのような乱打を、フィンはミストルティンの槍を掲《かか》げ、呪力《じゅりょく》の操作だけで無効化せしめる。それでも嵐のごとく叩きつけられるヤドリギの制圧射撃《しゃげき》はつかのまフィンを釘付《くぎづ》けにすることに成功し、その間に穂波は〈生きている杖《リビング・ワンド》〉を高く突《つ》き上げた。


「我は願う《ハイル》——」


詠唱《えいしょう》が、伸《の》び上がる。

本来、ケルト魔術が扱《あつか》う樹木はここにない。

しかし、樹木が象徴《しょうちょう》する呪力はあった。

第三団《サード・オーダー》。

〈螺旋なる蛇《オピオン》〉たちが名乗っていた座《セフィラー》の名前も、セフィロトの樹《き》といわれる魔術的象徴から採られている。実際、第三団《サード・オーダー》という『魔法使いになった魔法』は、このセフィロトの樹と密接な関係にあったのだ。

いわば、魔術的な樹木が、そこに結実していた。

だから。

（あたしは——できる！）

「我《ハ》は願《イル》う——」

フィンが集めたこの場の呪力へ、見えない手を伸ばす。

三柱もの第三団《サード・オーダー》の呪力を、〈生きている杖《リビング・ワンド》〉をもって逆用する。

（あたしが——この呪力を使う！）

できないはずはない。

できないはずがない。

もともと、アストラルという竜の第三団《サード・オーダー》が生まれるきっかけとなったのは、十二年前の自分なのだから。

「我《ハ》は願《イル》う——！」

一番大切な親友《ライバル》と、一番大好きな幼なじみを祝福するために、少女の声は高く高く高く

――星空までも伸び上がる。

＊

（約束――！）

その言葉で、いつきも弾《はじ》かれるように動いていた。

アディリシアとの、約束。

父親《伊庭司》と再会する直前、遊園地の入り口近くで話したこと。

――『だから、ひとつだけ、あなたにお願いがありますの』

――『決めるのは、イツキです。私はそれがどんな答えでも受け入れます』

そう、言われていた。

答えだって、決めていた。

それが今になるなんて思いもせず、しかしだからこそ、少年は一瞬《いっしゅん》たりとも迷いはしなかった。

「アディ、リシア、、アディリシア！」

少年が、呼んだ。

時折、本当に時折、この少年は少女を呼び捨てにする。

どんなときかなんて、決まってる。

一番、大事なときだ。

一番、大切なときだ。

「僕と——誓《ちか》いを！」

少年は、全力で叫ぶ。

魔法使いなんかじゃないけれど、それでも自分のありったけを言霊《ことだま》に込めるようにして、強く叫ぶ。

「…………」

だから。

とても、嬉《うれ》しそうに。

まるで、泣き出しそうな顔で。

指輪を受け取った花嫁《はなよめ》みたいに、アディリシアは笑った。

強く、笑って、うなずいた。

「ええ……っ」

＊

至上の四柱。

アスモダイと融合したとき、アディリシアは垣間見《かいまみ》た。

魔神の奥深くに眠《ねむ》らされていた術式。

父――オズワルド・レン・メイザースが、やはり魔神と融合して、魔法のなり損《そこ》ないと化す寸前に遺した術式だった。

（お父様の……）

自分が、とどめを刺《さ》した父だった。

――『・・可愛《かわい》・イ・アディ・・・ワシ・デ・ハ』

――『ナレ・・・ナカッ・タ』

おそらくは。

あの言葉より以前、魔法になるための術式を試《ため》すより先に、オズワルドはアスモダイの奥底へもうひとつの術式を遺《のこ》していたのだ。

それは、かつてオズワルドが目指したもうひとつの方法。

すべての魔神を統《す》べたソロモン王とも異なる、もうひとつの方法。

少し前に、アディリシアは言った。

魔法となった魔法使いがことごとく呪波汚染《おせん》を撒《ま》き散らす災《わざわ》いとなるのは、結局その魔術を制御《せいぎょ》する主体がいなくなるからだと。逆に、魔法使いになった魔法――第三団《サード・オーダー》の場合は、結社の構成員の集合無意識を使い、制御用の人格を新たにつくりあげている寸法だ。

ならば。

もしも、魔法になった魔法使いがそれでも個我を維持《いじ》し、維持できる間に、誰《だれ》かと契約《けいやく》を結んだとすれば？

いや。

もしも、ではない。

例は、すでに存在する。

影崎と、ダリウスの関係だ。

七つと契約数こそ限定したものの、あのふたりは限りなく第三団《サード・オーダー》に近い――天仙《てんせん》になりかけた影崎を、現実にとどめおくことに成功していた。魔術《まじゅつ》系統が違《ちが》うゆえ、あくまで大意としてのみだが、オズワルドの遺した術式はあれとよく似ている。

似ていながら、肝心なところが違う。

（……ああ）

少女は、思う。

きっとその差異ゆえに、この術式を完成させながら、父は使えなかったのだと。

理由は簡単だ。この術式に必要なのは、魔術の腕《うで》や才能ではない。行使者にこそ一定の血統を要求されるが、それとて重要な要素ではない。

必要なのは代償《だいしょう》ではなく。

犠牲《ぎせい》ではなく。

（……たとえば）

たとえば、と思う。

（……ともに、あること）

健《すこ》やかなるときも、病《や》めるときも、喜びのときも、悲しみのときも、富めるときも、貧しいときも。

そんな信頼《しんらい》関係なんて、幻想《ゆめ》でしかない。

魔法使いが魔法使いである以上、誰かとともにあるということは、結局魔術を極《きわ》める上での付属物でしかない。

だけど。

もしも、当時の父《オズワルド》に母がついていたのなら――

(……いいえ)

この想《おも》いも、アディリシアは断《た》ち切る。

結局、そうはならなかった過去だ。そのひとつひとつを愛《いと》おしむのはもっと後でいい。

今は、今を大事にしなければならない。


「我は願う《ハイル》――っ!」


穂波の詠唱が、聞こえる。

自分が崩《くず》れぬように、支えてくれている。

魔神と融合《ゆうごう》した身体《からだ》は、もはや限界寸前であった。

自我は曖昧《あいまい》になり、感覚はひたすら鋭敏《えいびん》に、制御できない呪力が身内から膨《ふく》れあがる。

安静をとらず、強引《ごういん》にこの場へと来た自分は、もはや魔法になりかかっている。この変異は不可逆で、押しとどめることすら不可能だろう。

（……それでも）

膝《ひざ》はつけない。

穂波の集めた呪力《じゅりょく》を、自分の内側に取り込む。

もともと第三団《サード・オーダー》の純粋《じゅんすい》な呪力を逆用しているため、呪波干渉《かんしょう》の度合いは極《きわ》めて低いが、慎重に吸収していく。

（…………っ）

呪力と一緒《いっしょ》に、穂波の感情も伝わってしまう。半霊体《エーテル》となっている自分には文字通りに、少女の胸の痛みが共有できた。

「イッキ。私は……」

痛みも歓《よろこ》びも、悲しみも嬉しさも、何もかもが一体となって攪拌《かくはん》されながら、アディリシアは言う。

寄り添《そ》った少年へ、囁《ささや》く。

「あなたに……を、誓います」

＊

「ホナミ！」

　フィンが、跳《と》んだ。

　妖精眼《グラム・サイト》の光が、周囲を塗《ぬ》りつぶす。

　足止めしていたヤドリギの制圧射撃《しゃげき》を、強引に呪力の渦《うず》で逸《そ》らしたのだ。すべてのヤドリギの矢を迎撃《げいげき》し、無効化し、真っ向からミストルティンの神槍《しんそう》を振《ふ》り落とした。

　栗色《くりいろ》の髪《かみ》が、ちぎれた。

　つう、と少女のこめかみを赤いものがたどる。頬《ほお》を伝い顎《あご》先まで涙《なみだ》のように滴《したた》った血の雫《しずく》を、少女は拭《ぬぐ》いもしなかった。

〈生きている杖《リビング・ワンド》〉。

　その樹木から伸《の》びた枝が、神槍を絡《から》め取ったのである。

　真っ向から刃《やいば》を受ければ、たとえ穂波の切り札たる〈生きている杖《リビング・ワンド》〉といえど断ち切られると、そう判断したためだろう。自分より強大な相手に対して、その力を巧《たく》みに受け流すテクニックは、穂波がこの一年で最も重視して覚えてきたものだった。

「……どうして、君は願わない？」

杖《つえ》と神槍を絡み合わせたまま、フィンが言う。

半分はいつものように不思議そうに、半分は——この若者には珍《めずら》しいことに、ひどく苛《いら》立《だ》った口調だった。

「一度は僕に願ったろう」

二年前。

初めて布留部市にフィン・クルーダがやってきたときのことだ。当時、紅《あか》い種が宿っていたいつきの妖精眼《グラム・サイト》を浄化《じょうか》するため、穂波はフィンの力を欲《ほっ》した。

そして、今は。

穂波は、困ったように笑う。

「願って、後悔《こうかい》したもん。死ぬほど後悔した。叶《かな》えてくれたフィンが悪いんやないけれど、だらしなかった自分にはホントに幻滅《げんめつ》した。何度も何度も思い出しては死にたいぐらいの気分になった」

誰にだって、そんなことはあるだろう。

生きることは、失敗と後悔の連続だ。能力や才能があったところで、むしろそんなものがあるからこそ、より大きな苦難が襲《おそ》いかかってくる。

いつきも。

アディリシアも。

そして、穂波もまた。

「あんなんは、もうごめんや。自分の大事な相手を、自分のわがままで傷つけるなんて」

神槍と杖は、互《たが》いにせめぎ合いつつ、それぞれに別の魔術も稼働《かどう》している。

惑星《わくせい》魔術と、ケルトの祝福。

穂波は、吼《ほ》える。

「あたしの魔法は――あたしの大切な人たちを、守るためにある！」

そのまま、力尽《ちからず》くで杖を持ち上げ、星に向かって叫《さけ》んだ。

「霊樹の末裔《まつえい》たる穂波・高瀬・アンブラーが乞《こ》い願う！　この樹木のあるところ、この樹木の統べるところが我が国なり！　我が領地なり！　されば我が声に集《つど》え！　神官にして予言者なる我が声にこたえ、四方の災いをあまねく祓《はら》い、我が友を祝福せよ！」

＊

──『もともとアスモダイは、イッキとも糸《パス》を結んでいる魔神です』

あの遊園地で、アディリシアは、そういつきに説明していた。

かの至上の四柱を初めて喚起《かんき》したとき、アディリシアはいつきと糸《パス》を結ぶことによって、妖精眼《グラム・サイト》を中継《ちゅうけい》して魔神との再契約を可能とした。

あのときから、アスモダイの糸《パス》はいつきとも繋《つな》がっている。

無論、通常の魔術などには使えない、細い細い糸ではあるのだが、今回の場合は「ある」ことのみが重要だった。

まるで自分の身を切られるような声音《こわね》で、アディリシアはさらに言った。

──『そして、魔法使いが魔法となったとき、自分を制御できなくなるのは、変化の対象と観測者が重なってしまうからです。観測者自身が変化する以上、変化を制御するのは不可能でしょう』
──『逆にいえば、魔術を制御《せいぎょ》する観測者が別にいるならば、魔法使《まほうつか》いが魔法になる際の問題はクリアできます』

観測。

見ること。

視《み》て、測ること。

ごくり、といつきは唾《つば》を呑《の》み込んだ。

――『それは、アディリシアさんを使い魔《アガシオン》にしろってこと？』

――『いいえ』

アディリシアはかぶりを振った。

そんなことならば、どれだけ楽だろう。ただ、愛しい人にこの身を差し出すだけなんて、悩《なや》むほどのことでもない。

――『そもそも観測者に与《あた》える制御権自体が、極《きわ》めて強大な魔法なのです。お父様が遺《のこ》してくれた術式は、一方が一方を観測するのではなくて、互いが互いを観測することによって、やっと安定を得るというものです。いつきはもともとアスモダイと糸《パス》を結んでますから、この魔術《まじゅつ》との相性《あいしょう》は良いでしょう』

極《きわ》めて強大な魔法。
互いが互いを観測する。
その意味は。

——『イツキ、あなたは』

そこで、少女は口ごもった。
精一杯《せいいっぱい》の勇気を振り絞《しぼ》るようにして、告白する。

——『あなたは、私と一緒に、魔法になってくれますか？』

3

いつきが、手を伸ばす。
アディリシアが、手を伸ばす。

触《ふ》れあった指先に、電流が走るようだった。か細くて甘酸《あまず》っぱくて、胸の奥を痺《しび》れさせるようなそれは、たちまち太陽のごとき灼熱《しやくねつ》へと変じた。

アディリシアの痛みが、少年に伝わる。

アディリシアの苦しみが、少年の神経を刺激《しげき》する。

（…………）

伝わったからこそ、少年は痛みよりもその事実に苦悩《くのう》した。

今のアディリシアの状態をつくりあげたのは自分だと、そう思ったからだ。

取り返しのつかないことを自分はさせてしまったのだと、そう思ったからだ。

想像していたよりずっとひどい状態に少女は耐《た》え続けていたのだと、そのことを知って少年は、自分の心臓を摑《つか》まれるような気分に苛《さいな》まれたのである。

（――しっかりなさい、イツキ）

少女の思考が、聞こえた。

同じだけの苦痛を感じているであろうに、優《やさ》しくて温かい声だった。

（別に、人としての属性を失ったわけではありませんわ）

諭《さと》すように、思念は告げる。

それが偽《いつわ》りでないのは、少年にも分かった。互いに、そんなことは出来ないつながりかたをしているのだった。

（……それに、こ、子供だって産めますもの）

（え？）

いつきが、きょとんと瞬《まばた》きする。

次の瞬間《しゅんかん》、その思いも誤魔化《ごまか》されずに伝わってしまって——それに応じていつきが一瞬《いっしゅん》考えた事柄《ことがら》さえも、アディリシアにすぐさまリターンされて、双方《そうほう》が意識を凍結《とうけつ》させた。

双方が霊的《れいてき》につながった今、現実の時間にすれば、コンマ一秒に満たない空白。

（だ、だから！）

少女の思念が、言う。

ありったけの理性を掻《か》き集めて、アディリシアは囁《ささや》く。

（私と……誓《ちか》ってくださいませ）

精一杯の想《おも》いが、その思念に籠《こ》もっていた。

（私が散り散りにならないように……ただの『力』の塊《かたまり》に成り果てないように……ちゃんと人としての命を全《まっと》うできるように……あなただけは最後までいてください。私も、きっとそうしますから）

（……分かった）

いつきも、その心でうなずいた。

（ちゃんと、最後の最後までいるよ。アディリシアと一緒《いっしょ》にいる）

嘘《うそ》偽りのない、心のやりとり。

だから、それ以上はどちらも躊躇《ためら》わなかった。

「――Domus haec quam aedificas si ambulaveris in praeceptis meis et iudicia mea feceris et custodieris omnia mandata mea gradiens per ea firmabo sermonem meum tibi quem locutus sum ad David patrem tuum《汝が建てたる神殿におき、我が律に殉じて歩み、我が法を行ない、我がすべての戒めに従いて歩むなら、我は汝が父に告げし約定を汝に対しても果たさん》」

アディリシアが歌う。

それが、オズワルドの遺《のこ》した術式。

呪力《じゅりょく》が巡《めぐ》る。

魔術が巡る。

アディリシアの宿した魔神の源霊が、つないだ手を通して、いつきの身体《からだ》へと移っていく。

「——I praise thee, I bless thee, I adore thee, I glorify thee, and I pray thee now at《我は御身を賞賛し、崇拝し、跪拝し、賛美し、祈り奉らん。ただ今この》 the present time to be merciful unto me, a miserable sinner, for I am the work of《時、我ら哀れなる咎人に慈悲を。御身が手の業によりて、我を救い給え。神》 thine hands. Save me, and direct me by thy holy name, thou to whom nothing is《聖にして至高なる神秘の名によりて我を導き給え。御身に一切の困難なく、》 difficult, nothing is impossible」《一切の不可能はあらざるなり》

（…………っ!!!）

その感覚に、いつきは歯噛《はが》みする。

使うのではない。

使われるのでもない。

かつてのソロモンが魔神と成した契約《けいやく》とは、何もかもが違《ちが》っていた。それでいて〈ゲーティア〉の古式もふまえた、秩序《ちつじょ》正しい術式。長い伝統と歴史が積み重なり、その時間にオズワルドとアディリシアがとある創意を加えてこのカタチになったのだろうと、いつきですら思わされる詠唱《えいしょう》だった。

多分、加えられたものは——

「——Come Thou forth, and follow Me: and make all Spirits subject unto Me so that《我が前に来たりて恭敬し、天空の諸霊と天上の諸霊を我に服》 every Spirit of the Firmament, and of the Ether: upon the Earth and under the《せしめよ。大地の諸霊を、地底の諸霊を。あらゆる渇きし地と大海》 Earth: on dry Land, or in the Water: of whirling Air or of rushing Fire: and every《の諸霊を。そして逆巻く風と爆ぜる炎の諸霊を。森羅万象の秘奥と》 Spell and Scourge of God, may be obedient unto Me!《至高の権能のすべてよ、我に従うべし》」


詠唱が、終わる。

その結びとして、手をつないだふたりが宣誓《せんせい》する。

アディリシアが、言う。

「私は——あなたとともに生きる」

いつきが、言う。

「僕は——君とともに生きる」

ただ、ともに生きるのだと。

口にしてしまえば、それだけの誓い。

だけど、その後の生き方をも決定する、とても大切な言霊《ことだま》。

それは、魔法使いとただの人間の——新しい契約。

まるで婚約《エンゲージ》のような、脆《もろ》くて儚《はかな》くて頼《たよ》りなくて、しかし何よりも神聖な誓い。

4

穂波の身体が弾《はじ》き飛ばされた。

呪力の差を技術で無理矢理《やり》カバーしていたのが、ついに破綻《はたん》を来《きた》したのだ。竜《りゅう》の背中でもんどりうって、激痛に穂波の顔が歪《ゆが》む。

ついで、〈生きている杖《リビング・ワンド》〉が粉々に砕《くだ》け散った。

「おじいいちゃん！」

悲痛な声は、彼女の修業《しゅぎょう》時代から見守ってくれたウェールズの老木へのものだったろうか。フィンの操《あやつ》る凄《すさ》まじい呪力と、アディリシアの魔術を支援《しえん》する儀式《ぎしき》の双方への酷使《こくし》に、ついに穂波の切り札も限界を迎《むか》えたのである。

「なら——っ！」

とどめなど考えもせず、フィンは振《ふ》り返った。

若者の狙《ねら》いは穂波ではなく、彼女の守っていたふたり。ミストルティンの槍《やり》を振りかぶり、これ以上の邪魔《じゃま》はさせまいと駆《か》け出す。

駆け出そうと、した。

その寸前、フィンの足が止まった。

視《み》たのである。

「――――っ！」

若者の妖精眼《グラム・サイト》は、確かに視た。

ヴェールが落ちるようだった。

誰《だれ》の目にも見えず、しかしささやかな風と音で存在だけは知覚できる、そんなヴェールであった。

「イツ……キ……くん？」

フィンが、呻《うめ》いた。

その先に、新しいふたりがたたずんでいた。

＊

（間に合った……）

激痛の中、上半身だけを起こして、穂波が微笑《びしょう》した。

目の前で起きている光景を、少女だけはまったく不思議とは思わなかった。

「だって、そんなの……普通《ふつう》の人間なら……当たり前のことやろ……」

その目が、涙《なみだ》に滲《にじ》んでいた。

自分の成し遂《と》げた魔術《まじゅつ》と、誇《ほこ》りをもって胸を張ることができた。

もとより、一族の生も死も、出会いも別れも祝福するのがケルト魔術の魔法使い――ドルイドの役割である。砕け散ってしまった〈生きている杖《リビング・ワンド》〉は悲しいし、この大儀式を即《そっ》興《きょう》でつくりあげた代償《だいしょう》に精気《オド》の喪失《そうしつ》も著《いちじる》しかったが、今この瞬間だけは忘れることができた。

「ほんと……ふたりとも最後まで世話を焼かすんやから」

嬉《うれ》しそうに。

そして、ほんの少しだけ痛む心を笑い飛ばすように、穂波は口にしたのだ。

＊

ふたりの姿は、最初、妙《みょう》に朧《おぼろ》だった。

互《たが》いに手をつないだまま、霊体《エーテル》と実体の間をゆらゆらと揺《ゆ》れている。能でいうところの、幽玄《ゆうげん》の境にでも入っているようだった。

「………………」

その状態ゆえにか、フィンの槍先も一瞬戸惑《とまど》った。

深い眠《ねむ》りから覚めるように、ゆっくりと片方の——少女の瞳《ひとみ》が開いた。

「イツキ？」

手をつないだ少年へ、囁く。

銀鈴《ぎんれい》のごとき声に、少年の睫毛《まつげ》も揺れた。

ほう、と息をついた。小さく頭が上下して、その身体をぶるりと震《ふる》わせる。まるで、生まれて初めて呼吸したかのようでもあった。

「私の声が、聞こえますか？」

「うん、聞こえる」

自分の耳を押さえて、少年が肯定《こうてい》する。

「不思議な感じ。二重に聞こえてるみたい」

「霊体《エーテル》と実体の両方で聞いてるからですわ。じきに慣れます。もともと、イツキの妖精眼《グラム・サイト》もそういうものですから」

　アディリシアが言った。

　気遣《きづか》わしげな声は、しかし、ここに来たときよりもずっと生気を取り戻《もど》していた。おそらくはそれが儀式の成果なのだろう。

「今はつながったばかりですから、私とホナミの儀式が余韻《よいん》として残ってる分、あなたでも制御《せいぎょ》しやすいと思います。でも、長くはありませんわ」

「うん、分かる」

　二度、三度と、いつきが拳《こぶし》を握《にぎ》ったり、開いたりする。

　その都度、少年の白い手は霞《かす》み、おぞましい爪《つめ》や鱗《うろこ》を生やした魔神の手へと変じて、また元に戻った。

　以前のアディリシアのように。

「イツキくん、君は……！」

　フィンの言葉に、いつきが視線を向ける。

「フィ、フィンさん」

　前と同じに、若者へ呼びかけた。

「今思うと、フィンさんは、僕がこうならないように考えていてくれた気がします」

「…………」

若者は答えなかった。

何かを言いかけたけれど、唇《くちびる》から先には出なかった。

ひょっとすると、自分でもその答えが分からないのかもしれなかった。

「アディリシア」

不意に、いつきが言った。

少年の一歩前へ、少女が踏《ふ》み出そうとしていたのだ。

「私が、やりますわ」

「駄目《だめ》だ」

厳しく、いつきが言った。

「今のアディリシアがどんな身体なのか、誰より分かるよ。だから、絶対にアディリシアにはやらせられない」

「……そうでしたわね」

アディリシアが、身体の力を抜《ぬ》く。

代わりに、こう訊《き》いたのだ。

「じゃあ、ちゃんと、お願いしていただけます?」

「え」

「だって、いつも成り行きや命令ばかりで、きちんとイッキからお願いされたことってほとんどなかったでしょう？　だから、こんなときぐらいは、イッキの口から言葉をくださいな」

悪戯《いたずら》っぽく笑って、少女が申し出たのだ。

いつきも、それを受けた。

「お願い、アディリシア」

「ええ。分かりましたわ。私の伴侶《マイ・パートナー》」

満足げにうなずき、ダンスのパートナーでも譲《ゆず》るかのように、アディリシアは一歩横へ退いた。

自然と、いつきとフィンが向かい合った。

構図はさきほどと同じ。

ただし、いつきが身に纏《まと》うものは、まるで変わっていた。その内側からこぼれてくる魔神の圧力は、少年を異なる存在へと変貌《へんぼう》させつつある。

ともすると、魔法使いよりもずっと人から外れたモノへと。

「――君が、そんなになってしまうなんて」

フィンが、口にした。

いつも、どこか陽気さを湛《たた》えていた彼の口調とは思えぬ、冷たいものだった。

「君だけは、そうなってほしくなかった」

「…………」

すぐには、いつきは答えなかった。

「それは、フィンさんの願いですか？」

「……僕の、願い？」

若者が首を傾《かし》げ、瞼《まぶた》を閉じた。

少しして、

「……かもしれない」

自分でも不思議そうに眉《まゆ》をひそめ、吐露《とろ》したのだ。

彼にしてみればひどく珍《めずら》しい表情なのに、ひどく自然な表情であった。

「ああ。だったら、やっぱりこの惑星《わくせい》魔術は最後まで続けるべきだ」

ため息とともに、枯《か》れ草《くさ》色の髪《かみ》の若者は口にした。

「そんなになった君も僕も受け入れられるような、そういう世界に変えなきゃならない。

ここまできて、やっと〈螺旋《オピオン》なる蛇〉のみんなの気持ちが分かった」

「僕は、それを止めに来たんです」

きっぱりと、いつきが宣言する。

周囲の呪力《じゅりょく》は、いよいよ密度と強度を増している。

惑星魔術を食い止めていた柏原の結界も、ぎしぎしと軋《きし》んでいるようだった。魔法使いである少女ふたりはもちろん、向かい合う少年と若者の瞳には、その軋みもはっきりと映っていた。

言葉を交《か》わす時間はない。

すでに、そうしたタイミングは過ぎている。

今は、これまでに進んできた道と、互いの在り方を比べるとき。

「だから、僕は！」

踏み込む。

いつきから、先に前へ出た。

自然と、身体は慣れ親しんだ動きを選んだ。

たとえ魔神に身を侵《おか》されようとも、芯《しん》に染《し》みついたものは離《はな》れないのだと、いつきは改めて知った。そんなものを惜《お》しみなく与《あた》えてくれた師《集蓮》に感謝した。

五行拳《ごぎょうけん》。

同時に、少年の内側から溢《あふ》れる魔神の呪力も、その拳に宿っている。

至上の四柱。

魔神アスモダイ。

いつきが五行拳をもって初めて相対した魔物が、その魔神ではなかったか。

はたまた、いつきにとって初めて出会った邪悪《じゃあく》そのものたる女吸血鬼《きゅうけつき》――ツェツィーリエを打ち倒《たお》したのも、地中に眠る竜《アストラル》の霊気《れいき》を受けての拳ではなかったか。

ただの偶然《ぐうぜん》は何度も絡《から》み合って、必然のごとく。

運命の糸というならば、その織り手はどれほど皮肉な運命を好んでいるのだろう。

「イツキくん！」

フィンの手で神槍《しんそう》が回った。

穂先《ほさき》を避《さ》けて、柄元《えもと》でいつきの左拳が受けた。本来ならば、柄でも少年の身体ごとき粉《ふん》砕《さい》しうるミストルティンの槍であったが、今ばかりは魔神の呪力が彼の身体を守った。

言葉にすればたやすく、しかしフィンの呪力を考えれば、これも人間業《わざ》とはいえぬ。

いや、まともな魔法使いですらありえない。

7＝4《アデプタス・イグゼンタプス》。

人間の限界たる階位。

少年と若者とは、それぞれが第三団《サード・オーダー》の呪力を利用して、かたや魔神に、かたや神槍に巨大《きょだい》すぎる力を託《たく》す。脆《もろ》い人間の器《うつわ》にはありあまる暴虐《ぼうぎゃく》の嵐《あらし》が、ふたりを中心に吹《ふ》き荒《あ》れる。

まるで、死を賭《と》したサーカス。

気にせず、いつきはさらに踏み込んだ。

「ああああああっ！」

吼《ほ》えた。

拳と槍は、何度となく交わる。幾《いく》十万と鍛錬《たんれん》した型に従い、魔神《まじん》の呪力もまた少年の思うままに動いた。

（…………っ！）

それでも。

フィンと交わす一合ごとに、魂《たましい》が張り裂《さ》けるようだった。

けして大げさな表現ではない。

なぜならば、ふたりは視ていたからだ。

一年前の、京都の事件で。

三ヶ月前の、ロンドンの事件で。

過去に二度、いつきとフィンは糸《パス》をつないでいる。それも、呪力に対する感度ならばいかなる魔法使いにも勝《まさ》る、妖精眼《グラム・サイト》同士の接触《せっしょく》であった。

普段《ふだん》は意識せずとも、こうして魔術とともに接近すれば、否応《いやおう》なく糸《パス》は結ばれる。

ふたりの意識は、ひどく複雑にもつれあっている。

（僕は――アディリシアに願った――）

（僕は――〈螺旋なる蛇《オピオン》〉に願われた――）

どちらがどちらか、彼らにも分からなかった。

それも、当然。

どちらも妖精眼《グラム・サイト》である以上、視《み》たものさえすぐさま視られる道理だ。もともとがひとつのものだったかのように、ふたりの瞳《ひとみ》は引かれ合う。

奥の奥まで。

底の底まで。

つながって、しまっている。

若者はとある樹《き》の下で拾われた赤子であり、少年はさる孤児院《こじいん》で魔術結社に見いだされた取り替え児《チェンジリング》であり、陳腐《ちんぷ》な怪談《かいだん》で気絶してしまうほどの臆病《おくびょう》者であり、ケルト魔術など最初から身につけていた異能者であり、〈アストラル〉を受け継《つ》がされた二代目であり、

〈螺旋なる蛇《オピオン》〉の願いを受け入れた願望器であった。
妖精眼《グラム・サイト》なんて関係なく幸せに生きてきた少年であり、妖精眼《グラム・サイト》のゆえに幸せなど知りもせず知りたいとも思わずに生きてきた若者であった。

【見ロ】

瞳が言う。
フィンの槍が、真《ま》っ直《す》ぐに突《つ》き出される。

【視ロ】

瞳が言う。
皮一枚かすめただけで槍を避け、いつきが前に出る。

【観《み》ロ】

瞳が言う。
かすめた少年の皮膚《ひふ》から魔神の紫《むらさき》の血がこぼれ、たちまち再生する。

ふたりが、円を描《えが》く。

交錯《こうさく》する姿は、まるでワルツのよう。

何年も練習してきた円舞《えんぶ》を披露《ひろう》するごとく、優美にして大胆《だいたん》。ステップが一度でも狂《くる》えば、たちまち破綻《はたん》してしまいそうな狂気《きょうき》のリズム。槍と拳《こぶし》をぶつけあわせながら、ふたりの足取りはますます速度をあげていく。

（……ああ）

いつきは、思う。

今頃《いまごろ》になって妖精眼《グラム・サイト》から声の聞こえた理由が、分かる気がした。

かつての、自分の人格を少年は思い出す。眼帯を取るたびに、まるで豹変《ひょうへん》していた自分の口調。妖精眼《グラム・サイト》を露《あら》わにして社長命令を下していた自分の在り方。

あれは人格の変異などではない。

（……あれも）

あれも、いつきだ。

ただし、視点だけが違《ちが》ういつきだ。

紅《あか》い種を宿していた頃の妖精眼《グラム・サイト》は、単なる呪力の感知を超《こ》えて、あたかも宇宙から見下ろすがごとき視点を強要した。

たったそれだけのことで、人間の思考などたやすく変わってしまうのだと、いつきは思い知った。今対峙《たいじ》している取り替え児《チェンジリング》の若者《フィン》と自分の差異など、ひとつボタンを掛《か》け違った程度のことでしかないのだと。

見ろ、と言っているのはきっと自分なのだ。

奥の奥まで、底の底まで、求めているのは自分なのだ。

この若者が他人の願望を漁《あさ》るように、きっと自分の内側にもすべてを知りたいという欲求が存在する。

「——我は命ずる《ハイル》!」

ヤドリギが、フィンの手から放たれた。

円が破れる。

必死の思いで後ずさったいつきを追って、さらに神槍が唸《うな》った。

魔神と融合《ゆうごう》した速度をもってしても完全には避けきれず、ざっくりと二《に》の腕《うで》が裂ける。

ミストルティン《神殺し》の槍の霊気が浸透《しんとう》したのか、今度こそはすぐさま再生もままならないようであった。

「勝てないよ」

フィンが告げる。

「いくら魔神と融合しても、君が魔術の素人《しろうと》なのは変わりない。こちらの思惑さえ妖精眼《グラム・サイト》で読んだとしても、単純に選択肢《せんたくし》の数で僕が勝《まさ》る。しかも僕の場合、惑星《わくせい》魔術が完成するまで時間稼《かせ》ぎするだけでいいんだ」

「いいえ」

否定は、少年からは発せられなかった。

フィンが、視線だけを移す。

アディリシアであった。

少年と同じく魔神と融合した身体《からだ》は、儀式《ぎしき》を終えたとはいえ、やはりただならぬ疲労《ひろう》を強《し》いているらしく——それでも少女は誇《ほこ》り高く胸を張る。

「もう、長くはかかりませんわ」

満腔《まんこう》の自信とともに、宣言する。

次の瞬間《しゅんかん》、フィンもまたその自信の源泉を知った。

いつ、いつ、いつきの唇から、ある言葉が詠《えい》じられていたのだ。

「——I do strongly command thee, by Beralanensis, Baldachiensis, Paumachia, and Apologle Sedes; by the most Powerful Princes, Genii,Lichide, and Ministers of the Tartarean Abode; and by the ChiefPrince of the Seat of Apologia in the Ninth Legion
——」

「な——っ！」

フィンが呻《うめ》く。

それは、アディリシア・レン・メイザースが何度となく唱えた呪文。

しかし、同じ呪文がいつきの唇《くちびる》からこぼれたとき、その意味にフィンは戦慄《せんりつ》した。

続けて、叫《さけ》ぶ。


「——来たれフォルネウス！　二十九の軍団を支配する侯爵《こうしやく》！」

「——来たれマルバス！　三十六の軍団を統《す》べる王！」

「——来たれエリゴール！　六十の軍団を治める、堅固《けんご》なる騎士《きし》！」

呼応して、アディリシアの手の平から、青銅の小さな壺《つぼ》がこぼれた。

その内側からエッセンスたる源霊が溢《あふ》れだし、周囲の濃厚《のうこう》な呪力《じゅりょく》を喰《く》らって、飛翔《ひしょう》するギンザメを、黄金の獅子《しし》を、黒鉄《くろがね》の騎士を顕現《けんげん》せしめる。

いつきが、喚起したのである。

ばかりか、呪文はさらに続いた。


「――来たれベリアル！　八十の軍団を支配する炎《ほのお》の王！」


ギンザメ《フォルネウス》と金獅子《マルバス》と黒騎士《エリゴール》。

三柱の魔神の上空には、緋色《ひいろ》の炎を纏《まと》う魔神も浮遊《ふゆう》していた。溶岩《ようがん》がヒトガタを取ったかのようなその魔神は、引き裂くような笑《え》みを浮《う》かべて、自らを喚起した少年を睥睨《へいげい》している。

ベリアル。

七十二の魔神の中でも、至上の四柱に次ぐか――あるいは同格ともされるモノ。

もちろん、いつきに魔法使《まほうつか》いの血も才能もない。

だが、こうして契約《けいやく》を結んだ以上、ソロモンに関する知識や技術はアディリシアから自然と流れ込んでくる。血統にしたところで、至上の四柱と融合した今の少年にとっては関係のないものだ。

ゆえに、アディリシアですら使役《しえき》しなかった悪徳の魔神《まじん》をも、今の少年は喚起できる。

「……フィンさん」

低く、いつきは言う。

「これが……僕の全力です。凌《しの》げたならフィンさんの勝ちです」

もう手札はないと、規定する。

この札に残ったすべてを注ぎ込むと、すべて以上を注ぎ込むのだと誓《ちか》う。

「………………」

黙《だま》り込んだフィンへ、続けていつきは問う。

「隣《となり》にいるあなたも、それでいいですか？」

いつきの瞳には視えていた。

フィンの隣にたたずむ、残留思念が。

タブラ・ラサ。

〈螺旋なる蛇《オピオン》〉の頂点たる彼女の意思だけは、まだこの場に残存していたのである。

消えかかった女教皇《プリエステス》が言う。

最後の〈螺旋なる蛇《オピオン》〉の座《セフイラー》たる若者へ囁《ささや》く。

（あたしの願いを叶《かな》えて）

タブラ・ラサの思念は、自分の一番核《かく》となるその言葉を伝える。

（あたしたちの、願いを叶えて？）

あまりにも純粋《じゆんすい》に。

あまりにも無邪気《むじやき》に。

祝福にも呪《のろ》いにも似た言葉を投げかける。

「……ええ」

その呪いに、その祝福に、フィンも応《こた》えた。

「叶えましょう。この僕が」

うなずく。

「だから、あなたたちは僕を必要としてください」

若者の行動原理。

願望器となった、そのシンプルな理由。

取り替え児《チェンジリング》である若者からすれば、そう生きていくしかなかっただけの話。

ふたりが、ゆっくりと近づく。

もう一度螺旋《らせん》を描くように、星と星が引かれ合うように、近づいていく。

「いっちゃん……！」

言いかけた穂波が、自分の口を押さえる。

対照的に、

「願って！　イツキ！」

アディリシアは、叫んでいた。

「私に私であることを！　あなた自身に！　あなた自身であることを！」

それこそが、ふたりを成り立たせている魔術。

魔神と融合しながらも、魔法となってしまいながらも、ふたりの状態を安定させている術式の真実。

「うん……！」

いつきも、うなずいた。

どちらともなく、ふたつの妖精眼《グラム・サイト》はアカイロの光で世界を覆《おお》い始める。

願う者と、願われる者。

叶える者と、叶えられる者。
ふたつの立場が、ここに交錯《こうさく》する。

「——我《ハ》は命《イ》ずる《ル》！」

フィンが唱える。
星屑《ほしくず》のごとく、神槍《しんそう》とヤドリギが煌《きら》めいた。

「フォルネウス！　マルバス！　エリゴール！　ベリアル！」

いつきの声が、呪力を宿す。
王の指令に四柱の魔神たちが従い、多頭の竜《りゅう》の背中を疾駆《しっく》した。
少年の操《あやつ》る魔神たちと、若者の手にした神槍とが、長い長い大魔術決闘《グラン・フェーデ》の——最後の決着を期して、激突《げきとつ》する。

5

ミクロとマクロが、呼応したようでもあった。

少年と若者が螺旋を描《えが》くのと同時に、この星を巡《めぐ》る惑星魔術もまた、封印《ふういん》結界から解放されて最後の欠片《ピース》を嵌《は》めようとする。

ひどくゆっくりと、しかしその規模ゆえに本来は凄《すさ》まじい速度で、大気を埋《う》め尽《つ》くす。

地面の下に呪力の網《あみ》を這《は》わせて、マントルまでも到達《とうたつ》する。

うねる蛇《へび》を思わせて、地中と空中から星を縛《しば》る。

完成する――

6

「いつき……」

未練で地上に戻《もど》りきれず、中空を漂《ただよ》うラピスが呟《つぶや》いた。

――マルバスが、神槍に切り裂《さ》かれた。

＊

「お兄ちゃん社長……」

もう結界も失われて、半ば放心状態のまま、みかんが囁いた。

――フォルネウスと、エリゴールを、無数のヤドリギの矢が貫《つらぬ》く。

＊

「いつきくん……」

柏原とダリウスを騒霊現象《ポルターガイスト》で支えながら、黒羽はきゅっと唇を噛《か》みしめた。

――ベリアルの操る炎の戦車が、一帯を焼き尽くす。

＊

あの女吸血鬼《きゅうけつき》の最後に遺《のこ》した言葉が、彼の鼓膜《こまく》にはずっとへばりついていた。

ギョーム・ケルビーニに治療《ちりょう》を施《ほどこ》し、〈銀の騎士団〉に預けた直後である。

オルトヴィーンも、空を見上げた。

「馬鹿《Dummkopf》が……」

――『愛してるぞ、馬鹿《Dummkopf》』

そんな言葉だった。

ああ、確かに呪いだろう。

きっと一生、オルトヴィーンは忘れられまい。単なる気まぐれと悪意の発露《はつろ》に、この先ずっと縛り付けられるだろうと思った。あのツェツィーリエが自分をどう考えていたのか、そんな意味のないことを、これから何度も考えるのだろう。

（……それでもいい）

と、思う。

人間が生きていくなんて、そんなものだろう。

過去にひきずられて、現在に躊躇《ちゅうちょ》して、それでも未来へと傷つく足を伸《の》ばす。生きるとはそういうことなんだと、オルトヴィーンは覚悟《かくご》している。

だから。

今はただ、〈アストラル〉の社員として、自らの主《あるじ》を気遣《きづか》っていたかった。


――神槍と引き替えにベリアルを排除《はいじょ》したフィンへ、いつきが飛び込んだ。

＊

「あれが……今のいつきか」

ひどく不思議そうに、地上の男は首を傾《かし》げていた。

舌の上に転がるその言葉が、何度口にしても、納得《なっとく》のいかないようだった。

「ああ、俺には立派すぎる息子《むすこ》だよなあ」

微笑《びしょう》と苦笑がいりまじる。

ひたすら放埓《ほうらつ》に生きてきた結果、あんな風に息子が育つなんて思ってもみなかったからだ。嬉《うれ》しくて悔《くや》しくて、ほんの少しだけ誇《ほこ》らしかった。

惑星《わくせい》魔術など、それに比べたら些細《ささい》なことだった。

「どんな結果でもいいから……帰ってこい」

心の底から、伊庭司《つかさ》はそう告げた。

7

——いつきの拳《こぶし》が、フィンの懐《ふところ》に叩《たた》き込まれる。

8

そして。

泡《あわ》のように、何かが弾《はじ》けた。

——静かであった。

とても、静かであった。

膨大《ぼうだい》な呪力《じゅりょく》を抱《かか》えていた多頭の竜の背中は、惑星魔術《まじゅつ》の完成とともに空っぽになってしまったかのようだった。

魔神と神槍の激突も、すでに遠い。

まるで、何もかもが悠久《ゆうきゅう》の時間に押し流された果ての光景。

そんな中で、

「……昔、知り合いに言われたことがあるんだ」

ぽつりと、声がこぼれた。

呪力はますます、波を思わせて引いていく。

それにあわせて、〈協会〉の飛行船を核《かく》にしていた多頭の竜が、ぼろぼろと崩《くず》れていく。

「幸せにはいろんなカタチがあるんだって」

少しおかしなことに、それを言ったのは魔法使いではなかった。

ほんの一時関《かか》わっただけの、みかんの小学校の先生だった。みかんの家庭環境《かんきょう》をいぶかしく思った女教師は〈アストラル〉事務所まで訪問して、いつきたちを問い詰《つ》め、和解した最後に話したのである。

――『幸せに答えなんかありません。ううん、それぞれの家庭に、それぞれの環境に、それぞれの答えがあっていいんです。大事なのは、真面目《まじめ》にその答えを考えているかってことです』

幸せの、たくさんの答え。

きっと、誰《だれ》でも知っていることだ。

時々は忘れているかもしれないけれど、それでも足を止めて振《ふ》り返れば、必ず胸の真ん中にある真実。

「……それが、どうしたんですか」

応じる声があがった。

霧《きり》が薄《うす》れ、ふたりの姿が浮《う》かび上がってくる。

フィンと、いつき。

すでに魔神たちの姿はない。

フィンが頼《たよ》りとしていたミストルティンの槍《やり》も消え失《う》せていた。ふたりの瞳《ひとみ》からこぼれていたアカイロさえも、淡《あわ》く朧《おぼろ》となってしまっている。

「幸せがいくつあろうが、そんなことは僕たちに関係がない。魔法使いはただ魔法使いであることしか望まないでしょう」

フィンの語るのは、魔法使いとしての理屈《りくつ》。

冷然と世界の裏で続いてきた、魔法使いたちの在り方。

「うん。魔法使いには、普通《ふつう》の幸せとかいらないのかもしれない。僕も、ずっとそう思っていたよ。——だけど」

だけど、といつきは言う。

いつのまにか、いつきの隣《となり》には紅《あか》い髪《かみ》の幼女の霊体《エーテル》がたたずんでいた。

竜《りゅう》のアストラルも、惑星魔術の完成とともに解放されていたのである。

「〈螺旋なる蛇《オピオン》〉は、そうじゃないでしょう?」

「…………」

フィンが沈黙《ちんもく》する。

いつきは、気にせず言葉を重ねた。

「科学に魔法を駆逐《くちく》された現代が、〈螺旋なる蛇《オピオン》〉は嫌《いや》だったんでしょう。たとえ〈協会〉への復讐《ふくしゅう》があったとしても、でなければ惑星魔術なんて考えないはずだよ。——それは、〈螺旋なる蛇《オピオン》〉の魔法使いは、幸せが欲しかったからじゃないの」

伊庭いつきが、〈協会〉にも〈螺旋なる蛇《オピオン》〉にも消えてほしくないと思ったのは、それが理由だった。

彼らは、欲《ほっ》していたのだ。

自分たちが自分たちであることを、認めてもらいたいと。

そして、そんな〈螺旋なる蛇《オピオン》〉に多くの魔法使いたちが与《くみ》したということは、やはり魔法使いたちも——そのすべてでないとはいえ、彼らなりの幸せを求めているということなのだ。

自分たちも人間だと、そう訴《うった》えているという何よりの証明。

「…………」

「もうひとつ、思うよ」

いつきが言う。

「ひとりだけでは、自分を認めてやることなんかできないんだ」

だから。

誰だって、自分じゃない人が欲しい。

魔法使いだって、魔法使いでない人と知り合いたくなる。

「魔法使いは、幸せになれないんじゃない。魔法使いだけで世界を狭《せま》くして、時計の針を止めてしまったら、その中は息苦しいってだけ。それはきっと、〈螺旋なる蛇《オピオン》〉の人たちが誰よりも知っていると思う」

「………………」

たとえば、それは。

〈アストラル〉が、伊庭いつきという人間を必要としたように。

どんな世界だって、時間を進めるためには新しい出会いが必要なのだ。

世界をぐるぐると回す、異化作用。

価値観と価値観の、幸せな出会い。

「君は……」

フィンが、顔をあげる。

「それはもちろん、違《ちが》う人と会うことって苦しいよ」

いつきは呻《うめ》いた。

少年は知っているからだ。

出会ってきた数々の事件は、新たな出会いが様々な不幸も引き起こすことを、これ以上なく露《あら》わにしてしまっている。多くの人々が傷つき、倒《たお》れ、少年自身やその仲間もどれだけ苦悩《くのう》してきたことだろう。

「嫌なこともある。辛《つら》いこともある。苦しいことだってある。喧嘩《けんか》じゃすまないかもしれないし、その果てては戦争だったりするのかもしれない。不幸せな出会いの果ての果ては、この星だって滅《ほろ》ぼしてしまうのかもしれない」

いつきの言うことは、まったく綺麗事《きれいごと》ではなかった。

むしろ、過激な言葉かもしれなかった。魔法使いの世界を動かすプレイヤーのひとりとして、少年が持つに至った信念は、ひどく危《あや》ういものにも思われた。

それでも。

「それでも……僕たちは、会いたいんだ」

強く、言う。

「自分じゃない人と、会いたいんだ……！」

拳を握《にぎ》りしめ、いつきが言う。

フィンの胸元《むなもと》に突《つ》き当てられた拳だった。

激突《げきとつ》の最後で、ついに若者を打ち抜《ぬ》かなかった拳。至上の四柱の呪力がこもったまま、その拳は優《やさ》しく若者の服に触《ふ》れただけだった。

「…………」

フィンは何も言えなかった。

かすかに残った妖精眼《グラム・サイト》のアカイロはもはや呪力を操《あやつ》ったりはせず、ただふたりをつなげるだけだった。

心や気持ちよりも、ずっと奥底を互《たが》いに視《み》てしまっていた。

この取り替え児《チェンジリング》さえ理解せずにはいられぬほどに、深く覗《のぞ》き込んでしまっていた。

「……だから」

と、いつきは続けた。

「だから……生きていてください」

「生き……る？」

「僕の、お願いです」

いつきの顔が歪《ゆが》んだ。

くしゃくしゃと、子供みたいに。

「この大魔術決闘《グラン・フエーデ》で、僕の思ったとおりにいったことなんてまるでありません。〈アストラル〉が審判《しんぱん》になるって大見得《おおみえ》を切って、そのために僕を倒せばいいなんて勝利条件をつけて、それでも結局うまくいかなかった。〈協会〉の人も〈螺旋なる蛇《オピオン》〉の人もたくさん犠牲《ぎせい》にして……やっと辿《たど》り着いたのがここです」

終着地点。

いつきの願いの果て。

もっとたくさんの人々の願いの、ぶつかりあった果て。

「……だから、フィンさんだけは生きていてほしいんです。ほかの誰よりも多くのものを視られる僕らだから、視たものを覚えていてほしいんです」

いつきが、言う。

「それが、僕のわがままで……僕のお願いです」

「………」

フィンも、すぐには答えられなかった。

多頭の竜の崩壊《ほうかい》が、徐々《じょじょ》に早まっていく。

いつきたちのいる場所が、どんどん落下していく。魔法使《まほうつか》いにしか聞こえない音と、核《かく》となった飛行船が崩壊していく誰でも聞こえる音を複層に重ね合わせて、次々に傾《かたむ》き、壊《こわ》れていく。

「いっちゃん」

「イツキ！」

見守っていたふたりの魔女が、我慢《がまん》しきれずに呼んだ。

それでも、いつきは動かない。

「…………」

「…………」

沈黙の間にも、崩壊は加速度を高めていく。

大魔術決闘《グラン・フェーデ》の最後の舞台《ぶたい》は——おそらく〈協会〉の飛行船として非常用の魔術がかかっていたのだろう——地表に激突する前に、まるで砂のように崩れ去っていく。

何もかも。

何もかも消えていくその中で——

＊

星が、動いた。

魔術の完成する音を、誰もが聞いた。

国境も人種も関係なく、とてもとても多くの者たちが、自分たちのまわりに不思議な現象を見た。

＊

誰もが、視た。

あるいは虹色《にじいろ》に輝《かがや》く蝶《ちょう》であったり、あるいはアスファルトの道路を踏《ふ》む水晶《すいしょう》の恐竜《きょうりゅう》であったり、あるいは大地から天空へと昇《のぼ》る黄金の翼蛇であったりした。

科学や理性でなどけして理解できない、神秘の存在。

ひょっとしたら、その現象がしばらく続いたなら、世界は大きく変貌《へんぼう》したやもしれぬ。

だけど。

彼らは、それが夢でないと気づく前に、別の音を聞いた。

本来ならば一ヶ月は維持《いじ》するはずの惑星《わくせい》魔術が——ほんの数秒で、砕《くだ》けた音を。

＊

「……ああ、君のお願いじゃ……仕方ないな」

どこかで、誰《だれ》かが、困ったように笑った。

9

音は、世界中に響《ひび》き渡《わた》った。

硝子《ガラス》にも似た、夢の砕け散る音だった。

それこそは、この数十年で最も大きな——魔法使いたちの決闘《けっとう》が、終わりを告げる音であった。

エピローグ

——この数日で、日差しはずいぶん柔《やわ》らかくなっていた。


九月も下旬《げじゅん》。

秋の気配が、街に訪《おとず》れる頃《ころ》。

その季節に気づくと、誰もがそっと唇《くちびる》をほころばせる。

さやさやと吹《ふ》く風も優《やさ》しく、あちこちの街路樹も紅《あか》く色づいていた。その雅《みやび》な葉が惜《お》しげもなく散っていき、通りを美しく彩《いろど》っていく。受験を近くに控《ひか》えた下校中の三年生たちも、その通学路を歩く一時ばかりは緊張《きんちょう》を和《やわ》らげ、くだけた感じで話し合っていた。

そんな集団のひとりが、突然《とつぜん》目を剝《む》いて離脱《りだつ》したのだ。

碁盤《ごばん》顔の少年だった。

名前を、山田和志《やまだかずし》という。前学期には物理部の部長も譲《ゆず》り渡し、ゲーム三昧《ざんまい》に勤《いそ》しんでいた少年だが、さすがに今月からは志望校の絞《しぼ》り込みや予備校のスケジュール調整などで頭を悩《なや》ませることが多かった。

その山田が、ぱっと顔を輝かせたのである。

「イバイツ！　アディリシアさん！」

少し外れた通りの人影《ひとかげ》に、呼びかける。

振《ふ》り返ってくれた相手の顔に、ほっと息をつき、この野郎《やろう》とばかりに手を振り上げた。

「どうしたんだよ！　二学期始まってるのに三週間も休みやがって！」

「や、その……なかなかこっちに戻《もど》ってこれなくて」

いつもの調子で、いつきが頬《ほお》を掻《か》いた。

小学校以来の幼なじみからすると飽《あ》きるほど見てきた仕草だけに、ほっとするやらむかつくやらで、山田はますますまなじりを吊《つ》りあげる。

「おっまえなあ！　心配した功刀《くぬぎ》さんとか、わざわざずーっとノートを取ってくれてたんだぞ?!」

「山田じゃなくて功刀さん?!」

「俺がするわけねえだろ！」

けたたましく、ふたりの少年が喋《しゃべ》り合う。

日本のどこでもたいして変わらない、日常風景。

対して、そのふたりを見つめていた――あまり日常的とはいえない少女が口を開いた。

「山田は、本当にイツキを気にしてたのですわね？」

そう言った金髪《きんぱつ》の少女は、今は制服ではなく、漆黒《しっこく》のドレスを纏《まと》っていた。

アディリシア・レン・メイザース。

わっと声をあげて、山田が振り返った。

「や、すいませんアディリシアさん。この馬鹿《ばか》の相手でそっちのけにしちゃって！　あ、そうだ！　せっかくだし皆《みな》でラーメンとか行きませんか?!　すぐ学校に戻れば功刀さんもまだいるはずですから！」

「ごめんなさい。今日は近くまで来たから立ち寄っただけで、すぐに移動しますの」

「それは残念！　でもアディリシアさんに会えただけで、今日は最高の一日ですよ！」

暑苦しくもうやうやしく、漫画《まんが》やドラマの執事《しつじ》みたいに一礼する。

そこで何かに気づいたように、碁盤顔がはっと跳《は》ね上がった。

「……お前ら、もう学校には来ないとか……」

「あ、いやそういうわけじゃなくて」

いつきが否定して、アディリシアが口添《くちぞ》えした。

「来週から、また高校へ通わせてもらうことになりますわ」

「ふたりとも一緒《いつしよ》に？」

「もちろんです。どうぞよろしくお願いします」

優美に、少女がうなずく。

それで、山田も納得《なっとく》したように胸を撫《な》で下ろした。

「はあー、妙《みょう》に焦《あせ》っただろうが」

「山田」

「ん、何？」

ぱちぱちと瞬《まばた》きした親友に、いつきは微苦笑《びくしょう》して、首を横に振った。

「ううん。なんでもない。また明日《あした》」

「おお、また！　絶対来いよ！」

ぶんと手を振って、碁盤顔の少年は通学路へと戻っていった。

急ぎ足の背中を見送ってから、

「……変わってませんわね、山田」

くすくすと、アディリシアが口元をおさえた。

隣《となり》の少年を振り向いて言う。

「さっき、ありがとうって言いかけたんじゃありませんの」

「……読めた？」

いつきが、ちょっとはにかんだ様子でうつむく。

アディリシアはそっとかぶりを振った。

「心を読んだわけじゃないですわ。もう、以前ほど糸《パス》がしっかりはしてませんもの。でも、そんなの表情だけで十分でしょう。——組織の交渉《こうしょう》事だとあんなに厚顔なのに、普段《ふだん》はまったく変わってませんのね？」

「こ、厚顔?!」

「腹黒社長だって、クロエがぶつぶつ言ってましたわよ。まあ、それぐらいでないと〈ゲーティア〉の提携《ていけい》相手としても困りますけれど」

隣を歩きながら、少女はくるくると指を回す。

それも、大魔術決闘《グラン・フエーデ》を経て変化したことのひとつだった。

以前より〈アストラル〉と密接な協力関係にあった〈ゲーティア〉だが、現在は正式な提携を結び、〈協会〉圏《けん》の魔術《まじゅつ》結社に公示したのだ。むろん正式な提携となれば、それぞれの魔術や人材についても交流をはかることとなるし、首領の私情でできるようなものでもない。

〈アストラル〉がかつての落ちこぼれ結社でなく、〈協会〉でも一目おかれる存在となったからこそ、できる芸当ではあった。

「——あ」

と、いつきが瞬きする。

コンマ数秒遅《おく》れて、アディリシアも視線をあげた。

自分たちの行く先に、もうひとり——こちらは山田と同じ、学校の制服を着た少女が待っていたのだ。

「穂波《ほなみ》」

「やっと見つけた。ふたりとも遅《おそ》いと思ったら、先に学校行ってるんやもん。これやったら、しまい込んでた制服、探さなくて良かったわ」

すねたように、栗色《くりいろ》の髪《かみ》の少女が唇をとがらせる。

「あ、いや、てっきり穂波は先に事務所に戻ってるのかと思って」

「ふうん？　あたしだけひとりで？」

少年の目を覗《のぞ》き込んで、少女は悪戯《いたずら》っぽく微笑した。

そうすると、少女の美貌《びぼう》はますます華《はな》やかになったようだった。

なんとなく罪悪感を感じて目を離《はな》し、いつきは話題を切り替《か》える。

「あの、そっちはもう、〈協会〉の仕事は終わったの？」

「うん。大魔術決闘《グラン・フェーデ》の後始末もだいたい終わったし、派遣契約《はけんけいやく》自体は終了《しゅうりょう》。こまごました手続きは残ってるけれど、それはこっちにいてもできるから」

穂波も、あっさりとそれを受けた。

「じゃあ、ダリウスさんは？」

「剛腕《ごうわん》なのは相変わらずやからね。よくもまあ大魔術決闘《グラン・フエーデ》であれだけぐちゃぐちゃになったのを、一ヶ月足らずで丸め込んだもんやと感心するわ」

少女が肩《かた》をすくめる。

大魔術決闘《グラン・フエーデ》における敗北を〈協会〉の重鎮《じゅうちん》たちに責められたものの、〈螺旋なる蛇《オピオン》〉も事実上壊滅《かいめつ》しており、当面の危機を排除《はいじょ》したことから、ダリウス・レヴィはかろうじて地位を保ったのであった。

もっとも、〈協会〉内の反ダリウス派も発言力を増すこととなったらしい。

〈螺旋なる蛇《オピオン》〉へ与《くみ》していた結社の処罰《しょばつ》についても、大魔術決闘《グラン・フエーデ》自体が勝負無しという結果のため、黙認《もくにん》という結果に落ち着いたそうだ。このあたりはジェラール・ド・モレーを中心とした〈銀の騎士《きし》団〉がとりわけ寄与《きよ》したらしく、かの老人は大いに満足していた。

そういう意味では、いつきの目論見《もくろみ》が成功したことにもなるだろう。

価値観と価値観の、ぶつかりあい。

世界は止まらない。

今も、新しいカタチを求めて動き続けている。

魔法使いたちの世界もまた、運命の車輪のごとく、回り続けている。

「そっか」

いつきは、小さくうなずいた。

しみじみとした少年の仕草を見て、穂波は少し迷ったように付け足す。

「フィンも……まだ見つかってへん。一回だけヴェネツィアの方でそれらしい人物を見かけたとか報告があったけれど、それ以降はなしのつぶてや」

「……うん」

もう一度、いつきがうなずいた。

多頭の竜《りゅう》——その核《かく》となった飛行船が崩壊《ほうかい》する中で、フィン・クルーダはその姿を消した。もちろん〈協会〉の魔法使いたちはすぐさま総出で捜索《そうさく》にかかったが、結果は穂波の言う通りだ。

もうひとり。

生死不明だった混沌《こんとん》魔術の使い手、ジェイクもまた。

「……生きてるなら、それでいいよ」

「そやね」

いつきが言うと、穂波も困った顔で肯定《こうてい》した。

「——で、そっちはどうやったん？」

「うん。まあいろいろあったんだけど」

少し考えて腕《うで》を組んで、いつきが何度かその拳《こぶし》を握《にぎ》ったり開いたりする。

すると、かすかだが腕の色が変じたのだ。

「────っ」

魔法使いでなければ気づかない変化だったが、穂波は眉《まゆ》をぴくりとあげた。

意味は、明らかだった。

まだ、魔神は──至上の四柱は、この少年と少女の内側にある。

「とりあえず、この身体《からだ》をどうにかしないといけないもの。今のままだと、アディリシアさんと一日も離《はな》れてられないからね」

「……あら、イツキは私と離《はな》れたいんですの？」

アディリシアの囁《ささや》きに、いつきが大きく狼狽《うろた》えたのだ。

「い、いやだって！　このままだと、学校もアディリシアが日本に戻ったときしか通えないし！」

「冗談《じょうだん》ですわ」

くすくすと、またアディリシアが笑う。

「〈ゲーティア〉だけじゃなく〈協会〉の秘蔵書も提供していただきましたし、人間に戻ることも含《ふく》めて、より安全な術式を考案している最中です。〈協会〉の審査《しんさ》も受けて、一応状態が安定しているということで見過ごされてますが……本来禁忌《きんき》であることに変わりはありませんものね」

〈協会〉の掟《おきて》だけでいえば、すでに半ば人間ではない彼女たちが結社の首領を務めていることも問題になるのだが、これは大魔術決闘《グラン・フェーデ》からの混乱の最中《さなか》、いつきが強引《ごういん》に認めさせたものだ。

その際の手際《てぎわ》をして、厚顔とアディリシアが表現するようになったのだが、これはまた別の話だろう。

とまれ、それぞれの話を聞いて、穂波は唇《くちびる》をほころばせた。

「ふたりともうまくやってるみたいで、良かった」

「ええ」

アディリシアがうなずく。

そっと近づいて、穂波が耳打ちした。

「……絶対に、いっちゃんを守ってね」

「もちろんですわ」

これは、どんな魔法を使うときよりも厳粛《げんしゅく》に、アディリシアが肯定したのである。

「な、何？」

ふたりの魔女のひそひそ話に、いつきが視線を交互《こうご》にやる。

対して、

「なんでもありませんわ」

「なんでもあらへん」

ぴたりと揃《そろ》って、ふたりはにこやかに笑ったのだった。

＊

それから、三人でしばらく歩いた。

どことは言わなかったけれど、行く場所なんて決まっていた。

商店街を通って、途中《とちゅう》から路地裏に入り込む。ふたりも横に並んだらつっかえてしまいそうな狭《せま》い道は、それでも誰《だれ》かが清掃《せいそう》しているのか、ゴミひとつ落ちてはいなかった。

そんな裏道を抜《ぬ》けていくと、やがて古びた洋館が目に入ったのだ。

壁《かべ》には、よく磨《みが》かれた銅板がはめられている。

その銅板には――こう刻んであるのだ。

〈魔法使い派遣《はけん》会社・アストラル
――あなたのご要望に合った魔法使い、お貸しします〉

誰もが懐《なつ》かしそうな顔をして、一瞬《いっしゅん》三人が立ち止まったときだった。

「いつきくん！」

メイド姿の霊体《エーテル》――黒羽《くろは》が血相を変えて飛び出してきたのだ。

幽霊《ゆうれい》が血相を変えてとは、いかにもおかしな形容だったかもしれないが、まさしく少女はそういう顔をしていた。

「黒羽？」

「今！　今、あの人が帰ってきて――」

絡《から》まる舌で少女が伝えるよりも先に、事務所から聞こえてきた声で、三人は状況《じょうきょう》を把《は》握《あく》した。

「……にあ」

「にゃあ」

「うにゃあ」

「にぃ〜〜〜〜〜〜あ」

鳴き声をあげる四匹《ひき》が、〈アストラル〉事務所の狭苦しい庭に寄り添《そ》っていたのだ。

軟《やわ》らかな土の上で寝《ね》そべる、黒猫《くろねこ》の玄武《げんぶ》。

きゃっきゃと楽しそうに跳《は》ね回る、白猫の白虎《びやっこ》。

いかにも背伸《せの》びした感じに澄《す》ました、ぶち猫の青龍《せいりゆう》。

ただひたすら伸びやかに鳴き声をあげる、三毛猫の朱雀《すざく》。

そして、その中央で、

「——あ、社長」

実にのんびりと、銀髪《ぎんぱつ》の青年が振《ふ》り返ったのだ。

「猫屋敷《ねこやしき》さん！」

「強欲陰陽師《ごうよくおんみようじ》！」

いつきだけでなく、アディリシアも目を見張った。

「や、これはどうも。穂波さんともども、ようやっと派遣契約が切れたものでして。いやあ、やっぱり故郷ではこの格好ですよね！　猫たちの愛くるしさも三倍増！　自作もよいのですがキャットフードばかりは日本に限りますよ！」

力強く話す猫屋敷の服装も、以前の和服に戻《もど》っていた。

そのすぐ隣《となり》には、ツーテールの巫女《みこ》と、フランス人形みたいに無表情な少女もたたずんでいた。

「お兄ちゃん社長、おかえり！」

「いつき」

みかんとラピスも、それぞれに少年たちへ挨拶《あいさつ》する。

その騒《さわ》ぎで気づいたのか、ついでもうひとり、真紅《しんく》のコートを纏《まと》った少年も事務所から出てきたのである。

「お前ら、少しは静かにしろ」

オルトヴィーン・グラウツ。

〈アストラル〉のお目付役ともいえる少年は、いつきたちの姿を見て、鋭《するど》い視線をほんのわずか柔《やわ》らかくした。

「ようやっと帰ってきたか、馬鹿《Dummkopf》」

罵倒《ばとう》でありながら、ひどく優《やさ》しい声音《こわね》だった。

「……うん」

いつきも、やっとのことでうなずいた。

「……ただいま、みんな」

＊

事務所には、全員で戻った。

わいわいがやがやとごったがえせば、それなりに広い洋館でも、妙《みょう》に狭苦しく思えてくる。夏が終わったばかりのこの季節、空気をぬるくかきまぜるシーリングファンでは圧倒《あっとう》的に足りず、どっと汗《あせ》が噴《ふ》き出してくるほどだ。

でも、

「…………」

それだけで、いつきは涙《なみだ》を滲《にじ》ませそうになった。

一年前から、取り戻そうとしていた景色。

この〈アストラル〉事務所でもう一度見たかった光景。

そっと目尻《めじり》を拭《ぬぐ》い、ひそやかに深呼吸して、猫屋敷へと問いかける。

「柏原《かしわら》さんはどうなったんですか？」

「ああ、あの人ですか」

猫をまとわりつかせて、青年が苦笑《くしょう》する。

「あちらはあちらで、柏原さんの状態がまだ不安定ですからね。先代社長の霊体《エーテル》の修復もあって、今は一緒《いっしょ》に霊地を廻《めぐ》ってるはずですよ。そのへん、黒羽さんには話してたんじゃないですか？」

「……あ、はい」

メイド姿の霊体《エーテル》は、ちょこんとうなずく。

「多分、一年か二年したら戻ってくるって、そんな風に言ってました」

「父さんと、ですか」

いつきが呟《つぶや》くと、猫屋敷が訊《き》き返す。

「あれから先代社長とは何か？」

「少しは話しましたけれどね。――〈アストラル〉はお前の好きにしろーって。なんかそれだけ言って、行方《ゆくえ》をくらましちゃいました。僕も〈協会〉の審査や〈ゲーティア〉との提携《ていけい》があって、ほとんど日本にいられませんでしたし。どっちかというと、〈ゲーティア〉の本部に間借りしてる隻蓮《せきれん》さんの方が、話すこと多かったぐらいで」

「むう、お兄ちゃん社長、お父さんとまだ喧嘩《けんか》してるの？」

みかんがことんと首を傾《かし》げる。

すると、くつくつと猫屋敷が肩《かた》を震《ふる》わせた。

「いやいや、恥《は》ずかしいんじゃないですかね。主に向こうが」

「恥ずかしいの？」

「まあ、大人ですからねえ。この場合身体《からだ》ばかりがということですが」

「……にゃあ」

猫屋敷の言葉に賛同するように、黒猫が鳴く。

思えば、この黒猫たちもまた先代〈アストラル〉で働いてきた同僚《どうりょう》といえた。そんな四匹の猫たちを見守りながら、いつきが口を開いた。

「じゃあ、ユーダイクスさんは？」

「あちらは――」

猫屋敷が言いかけたときだった。

「――ユーダイクスくんなら、当たり前のように司《つかさ》くんについていったわよ」

窓際《まどぎわ》に新たな影《かげ》がひょっこりと現れて、その答えを返したのだ。

みかんが、もともと大きな目をさらに大きくする。

「猫先生だ！」

「その呼び名は慣れないわね」

羽猫――ヘイゼル・アンブラーは、くるりと尻尾《しっぽ》を回して見せた。

「ヘイゼルさん、どうして急に？」

「別に。いい加減隠居《いんきょ》も飽《あ》きたし疲《つか》れてきただけ。そろそろ〈協会〉の監視《かんし》もゆるまってるだろうと思って帰ってきたのだけど、しばらく、このあたりの軒先《のきさき》を借りていてもいいかしらね？」

「もちろんです！」

いつきが大きくうなずく。

猫屋敷はいささか難しい顔をしたのだけれど、これは空気を壊《こわ》さぬためか沈黙《ちんもく》する。

複雑な感情のおおよそは、新入社員時代の思い出によるものだろう。ヘイゼル自身も猫の顔ながらにまにまとしてるあたり、このふたりの関係は一筋縄《ひとすじなわ》でいかないらしい。

「――お婆《ばあ》ちゃん」

小声で、穂波が呼んだ。

「あら、何かしら穂波」

羽猫が視線を向けると、そのまま小さな声で穂波は語りかける。

「ひとつ、大魔術決闘《グラン・フェーデ》のときに言うん忘れてた。……昔の事件で、いっちゃんを助けてくれたのは影崎《かげざき》さんなんやろ」

「そうなるわねえ」

羽猫が肯定《こうてい》する。

「やったら……あたしを助けてくれたのは、お婆ちゃんなん違《ちゃ》う？」

「……………」

今度は、羽猫は答えなかった。

「あたしを助けたから……お婆ちゃんは、そんな姿になったん違《ちゃ》う？　影崎さんが天仙《てんせん》になったのと同様に、お婆ちゃんも人間でいられなくなったんやないの？」

「……もう忘れたわよ」

ため息混じりの、言葉。

だから、穂波もそれ以上追及《ついきゅう》しなかった。

ただ、一言、だけ付け足した。

「ありがとう……」

とても短くて、その分いろんなものが詰《つ》まった言葉だった。

ヘイゼルもただ小さくかぶりだけを振って、それからいつきの方に改めて話題をもちかけた。

「フィン・クルーダとジェイクの行方は、いまだに分からないそうね？」

「はい」

いつきが認める。

さきほども、穂波との会話で出た事柄《ことがら》だった。

「フィンはともかく、ジェイクを見失ったことの意味は大きいわよ。あの男の資金、そして〈螺旋なる蛇《オピオン》〉の管理者だった立場をもってすれば、〈螺旋なる蛇《オピオン》〉そのものの再建すら不可能じゃないもの。もともと〈螺旋なる蛇《オピオン》〉は、そうやって歴史の闇《やみ》で生き続けてきた集団なんだし」

〈螺旋なる蛇《オピオン》〉の復活。

それもありえると、羽猫は言っているのだ。

そして、

「それで、いいと思う」

と、少年は言ったのだ。

羽猫の眉《まゆ》のあたりが、少しあがった。

「あなたは、〈螺旋なる蛇《オピオン》〉の在り方も認めるのね」

「ええ、そのための大魔術決闘《グラン・フエーデ》でもあったんですから」

「でも、魔法《まほう》なんて長くは続かないわよ」

羽猫が切り返す。

「どんどん魔法の領域は科学に駆逐《くちく》されていく。今〈螺旋なる蛇《オピオン》〉が闇で生き続けるかもとそう言ったけれど、そんな戦いすらいずれは矮小化《わいしょうか》して、とるにたらないものとなるでしょう。大魔術決闘《グラン・フェーデ》も、その衰退《すいたい》の道程を一時飾《かざ》っただけかもしれないわよ？」

その言葉に。

事務所の魔法使いたちが、残らず羽猫《はねねこ》と少年を振《ふ》り向いた。

彼らにとっても、けして無視できない話題だった。あまりにも根本的で、もはや誰《だれ》も指摘《してき》すらしないほどの問題。

羽猫は、言う。

「私たちは、遅《おそ》からず最後の魔法使いになるのよ？」

「——いいえ」

と、いつきが断言した。

「なくなりませんよ。絶対に」

「どうして？」

「だって、そうでしょう。僕らが宇宙に行ったって、火星や金星に行ったって、魔法への憧《あこが》れはなくなったりしない。きっと僕らはそこでも星占《ほしうらな》いをするし、これから会う人を気にして恋占《こいうらな》いをする。ラッキーカラーなんて言って風水や天使召喚術《アルマデル》の知識を使い、トイレの花子さんとか高速ばあさんとか、新しい都市伝説のつもりで古い古い伝説やおまじないをひもといたりするんです」

「………」

羽猫は、不思議そうな顔をした。

うっかり小学生に、ずっと昔から放置していた宿題を解かれてしまったかのような、そんな表情。

「それが、あなたにとっての魔法？」

「はい。それが僕にとっての魔法です」

いつきが言う。

そっと、胸を押さえる。

「僕たちの世界は、いつだって僕らが考えるよりほんの少しだけ不思議が多いって、そう思ってます」

万感《ばんかん》の思いを込めて、口にする。

「いつだって、僕らが考えるよりほんの少しだけ神秘が多いって、思ってます」

少年の答え。

少年だけの答え。

この二年と半年ほどの時間が彼に与《あた》えた——きっとどんな賢者《けんじゃ》よりも真《ま》っ直《す》ぐな答え。

——ふと。

玄関《げんかん》の呼《よ》び鈴《りん》が鳴った。

今日、これ以上の来客の予定はない。

「——あ」

と、穂波と黒羽が顔を見合わせた。

「うん」

と、ラピスとみかんもうなずいた。

猫屋敷やオルトヴィーン、羽猫はただ苦笑する。宅配便や新聞の勧誘《かんゆう》かもしれないけれど、それはそれでいいだろう。

アディリシアがそっと背中に触《ふ》れて、いつきを玄関の前へと押し出す。

ゆっくりと。

扉《とびら》が開く。

いつものように——とても久しぶりな気持ちで、いつきと彼らは告げたのだ。

「……ようこそ、魔法使い派遣《はけん》会社〈アストラル〉へ！」

〈完〉

あとがき

ついに、お届けします。

『レンタルマギカ』本編最終巻『最後の魔法使いたち』です。その名の通り、長い大魔術《グラン・》決闘《フェーデ》の終焉《しゅうえん》と同時に、一巻から構想してきた物語はここに幕を閉じます。

——多くの魔法使《まほうつか》いたちが、戦いました。

〈協会〉も〈螺旋なる蛇《オピオン》〉も〈アストラル〉も、傷つかなかった魔法使いなどひとりもいません。

——多くの信念が、激突《げきとつ》しました。

現代において魔法使いであるために、彼らの信念は研《と》ぎ澄《す》まされ、互《たが》いを傷つけずにはおきませんでした。

——多くの要素が対立し、はたまた融和《ゆうわ》し、幾度《いくど》となく舞台《ぶたい》を飾《かざ》りました。

たとえば、魔術と科学。

社長と社員たち。

仇敵《きゅうてき》同士も。

師弟《してい》も。

恋《こい》も。

親子も。

ふたりぼっちの妖精眼《グラム・サイト》も、また。

これは——そういう物語です。

＊

思えば、長い旅でした。

二〇〇四年の第一巻発売から八年。

全二十二巻＋外伝一冊、アニメ化や漫画《まんが》化もしていただき（とりわけMAKOTO2号さんの『From SOLOMON』には強い影響《えいきょう》を受けました）、執筆《しっぴつ》前には思いもかけなかったほどに物語は大きく膨《ふく》らみました。

それでいて、一巻の構想から軸《じく》がぶれることもありませんでした。

おそらく、それはいつきや〈アストラル〉のキャラクターたちのおかげであり、彼らの成長についてきてくださった皆様《みなさま》のおかげです。読者の応援《おうえん》があったからこそ、物語の芯《しん》をぶれさせることもなく、最後まで執筆し続けることができました。

本当にありがとうございます。

＊

そして。

旅の終わりは、また始まりでもあります。


二〇一二年八月現在、スニーカー文庫様から二巻まで発売させていただいてますが、『クロス×レガリア』という小説をスタートさせていただいてます。

王権《レガリア》の交差《クロス》する、吸血鬼《きゆうけつき》たちの物語。

千円ボディガードの少年と、最終兵器たる少女のボーイミーツガールです。

この本と連続刊行で、九月一日には三巻となる『クロス×レガリア　滅びのヒメ』も発売される予定になっています。

興味がわきましたら、ぜひ手にとってみてくださいませ。

＊

もうひとつ、大切なお知らせが。


最初に、今回の物語が『レンタルマギカ』本編最終巻だと書きました。

間違《まちが》いなく、一巻から構想した『物語』はここに結末を迎《むか》えてます。——ですが、これまで付き合ってくれた『キャラクターたち』には幾分《いくぶん》かの語り残しがあるようにも思うのです。

その語り残しについて、少しだけ後日談を描《えが》かせていただければと思ってます。

ひょっとすると、蛇足《だそく》とのお叱《しか》りを受けてしまうかもしれませんが、お付き合いいただければ幸いです。

——『レンタルマギカ　未来の魔法使い』。

多分、そんなタイトルになると思います。

＊

最後になりましたが、二十二巻に至りオリジナルの呪文《じゅもん》まで考案くださった三輪清宗さん、本編最終巻ならなおさら気合いいれなきゃなあと言ってくれたpakoさん（本当に嬉《うれ》しかった）、『クロス×レガリア』と両方のスケジュールを詰《つ》めてくださった担当のUさんとIさんにお礼を申し上げます。

そして、もちろん読者の皆様に、最大級の感謝を。

次は、まず九月一日発売の『クロス×レガリア』三巻となります。『レンタルマギカ』の後日談については、星海社様の『レッドドラゴン』など、他《ほか》にも本を挟《はさ》むかもしれませんが、冬から春の内には発表できる見込みです。

そのとき、またお会いしましょう。

二〇一二年六月

マルコム・ゴドウィンの『天使の世界』を読みながら

レンタルマギカ

最後《さいご》の魔法使《まほうつか》いたち

著　三田《さんだ》 誠《まこと》

角川スニーカー文庫　17514

2012年8月1日　初版発行

発行者　井上伸一郎

発行所　株式会社角川書店
〒102-8078 東京都千代田区富士見2-13-3
電話・編集　03-3238-8694

発売元　株式会社角川グループパブリッシング
〒102-8177 東京都千代田区富士見2-13-3
電話・営業　03-3238-8521
http://www.kadokawa.co.jp

印刷所　株式会社暁印刷
製本所　株式会社ビルディング・ブックセンター

KADOKAWA SHOTEN, Printed in Japan　ISBN 978-4-04-100396-1　C0193

★ご意見、ご感想をお送りください★
〒102-8078 東京都千代田区富士見 2-13-3
角川書店　角川スニーカー文庫編集部気付
「三田 誠」先生
「pako」先生

角川文庫発刊に際して

角　川　源　義

第二次世界大戦の敗北は、軍事力の敗北であった以上に、私たちの若い文化力の敗退であった。私たちの文化が戦争に対して如何に無力であり、単なるあだ花に過ぎなかったかを、私たちは身を以て体験し痛感した。西洋近代文化の摂取にとって、明治以後八十年の歳月は決して短かすぎたとは言えない。にもかかわらず、近代文化の伝統を確立し、自由な批判と柔軟な良識に富む文化層として自らを形成することに私たちは失敗して来た。そしてこれは、各層への文化の普及滲透を任務とする出版人の責任でもあった。

一九四五年以来、私たちは再び振出しに戻り、第一歩から踏み出すことを余儀なくされた。これは大きな不幸ではあるが、反面、これまでの混沌・未熟・歪曲の中にあった我が国の文化に秩序と確たる基礎を齎らすためには絶好の機会でもある。角川書店は、このような祖国の文化的危機にあたり、微力をも顧みず再建の礎石たるべき抱負と決意とをもって出発したが、ここに創立以来の念願を果すべく角川文庫を発刊する。これまで刊行されたあらゆる全集叢書文庫類の長所と短所とを検討し、古今東西の不朽の典籍を、良心的編集のもとに、廉価に、そして書架にふさわしい美本として、多くのひとびとに提供しようとする。しかし私たちは徒らに百科全書的な知識のジレッタントを作ることを目的とせず、あくまで祖国の文化に秩序と再建への道を示し、この文庫を角川書店の栄ある事業として、今後永久に継続発展せしめ、学芸と教養との殿堂として大成せんことを期したい。多くの読書子の愛情ある忠言と支持とによって、この希望と抱負とを完遂せしめられんことを願う。

一九四九年五月三日

クロスレガリア
三田誠
イラスト:ゆーげん
「レンタルマギカ」の三田誠が
圧倒的スケールで描き出す、
最強のボーイ・ミーツ・ガール!
ボディガード業を営む高校生、戌見馳郎。可憐にして最強の兵器たる吸血鬼、ナタ。2人が出会い、運命は大きく動き出す……壮大なバトルと、ささやかな恋模様と、全てが見逃せない極上のエンターテインメント!
シリーズ 絶賛発売中
スニーカー文庫

角川スニーカー文庫
「ザ・スニーカー」に掲載された幻の短編を集めた、珠玉のアンソロジーが絶賛発売中！
S RED
ザ・スニーカー100号記念アンソロジー
『トリニティ・ブラッド』吉田直&安井健太郎
『レンタルマギカ』三田誠
『消閑の挑戦者』岩井恭平
『パリエルがしがしいきましょう!』林トモアキ
『オイレンシュピーゲル』冲方丁
『いつものように爽やかな朝』森岡浩之
こちらもよろしく!
S BLUE
ザ・スニーカー100号記念アンソロジー
イラスト／THORES柴本

角川スニーカー文庫
「ザ・スニーカー」に掲載された幻の短編を集めた、珠玉のアンソロジーが絶賛発売中！
S BLUE
ザ・スニーカー100号記念アンソロジー
『魔法王国カストゥール』水野良
『涼宮ハルヒ劇場』谷川流
『薔薇のマリア』十文字青
『トイ・ソルジャー』長谷敏司
『アンダカの怪造学』日日日
『未来放浪ガルディーン』火浦功
こちらもよろしく!
S RED
ザ・スニーカー100号記念アンソロジー
イラスト／いとうのいぢ

俺の脳内選択肢が、学園ラブコメを全力で邪魔している
どっちも選びたくない!?
究極の"絶対選択"ラブコメ!!
春日部タケル
イラスト/ユキヲ
シリーズ絶賛発売中!
選べ
①美少女が落ちてくる　②自分が空から落ちる
呪われた甘草奏の力「絶対選択肢」。突然脳内に現れる変な選択肢のせいで金髪美少女が降ってきたり、学園ではラブコメが邪魔される!?　誰か俺の残念学園生活を終わらせてくれ!

スニーカー文庫

現代大奥女学院
大奥のサクラ
日日日
イラスト/みやま零
ここは"大奥女学院"!!
美少女たちのハーレム《せんごく》♥
魅力的な美少女が集う
"大奥女学院"。
豊臣秀影はそこで初恋の人
サクラと再会する。
しかし、大奥は血まみれの
戦国学園で!?
シリーズ絶賛発売中!

サイハテの救世主
岩井恭平
イラスト:Bou
シリーズ100万部突破!
『ムシウタ』の
岩井恭平が描く
新エンタテインメント!
オキなワ
天才×楽園＝
世界の危機!?
自称・天才の沙藤葉が日本のサイハテの地で出会ったのは、世話好き美少女の陸をはじめとする賑やかな近所の人々。しぶしぶながら楽しい生活を送る葉だったが、未完成の論文"破壊者《デモリッシャー》"を巡る世界滅亡のシナリオが動き出し!?
シリーズ絶賛発売中!
スニーカー文庫

スニーカー大賞
作品募集
皆様のご応募お待ちしています!
一次選考通過者(希望者)には編集部の熱い評価表をバック!
春の締切
5月1日
秋の締切
10月1日
賞金
大 賞 300万円
優秀賞 50 万円
特別賞 20 万円
イラスト/籠目
【応募規定】●原稿枚数…1ページ40字 ×32行として、80～120ページ ●プリントアウト原稿は必ずA4判に、40字 ×32行の書式に縦書きで印刷すること。感熱紙の使用は不可。フロッピーディスク、CD-Rなど、データでの応募はできません。●手書きは不可です。●原稿のはじめには、以下の事項を明記した応募者プロフィールを必ず付けてください。〈1枚目〉作品タイトルと原稿ページ数。作品タイトルには必ずふりがなをふってください。〈2枚目〉作品タイトル/氏名(ペンネーム使用の場合はペンネームも。氏名とペンネームには必ずふりがなをふってください)/年齢・郵便番号・住所・電話番号・メールアドレス・職業(略歴)/過去に他の小説賞に応募している場合は、その応募歴。また、何を見て賞を知ったのか、その媒体名(雑誌名、ウェブページなど)も明記してください。〈3枚目〉応募作品のあらすじ(1200字前後)●プリントアウト原稿には、必ず通し番号を入れ、最初に応募者プロフィールを付けてから右上部をダブルクリップで綴じること。ヒモやホッチキスで綴じるのは不可。必ず一つの封筒に入れて送ってください。●途中経過・最終選考結果はザ・スニーカーWEB(http://www.sneakerbunko.jp)にて順次発表していく予定です。
【原稿の送り先】
〒102-8078 東京都千代田区富士見1-8-19
角川書店編集局 第五編集部
「スニーカー大賞」係
※同一作品による他の小説賞への二重応募は認められません。※受賞作品・もしくはデビュー作品の著作権(出版権をはじめ、作品から発生する 映像化権・ゲーム化権、などの著作権法第27条および第28条の権利を含む)は、角川書店に帰属します。※応募原稿は返却いたしません。必要な方はあらかじめコピーをとってからご応募ください。※電話による問い合わせには応じられません。※二次選考以上通過の方には、お書きいただいた住所に選評をお送りさせていただきます。※提出いただいた個人情報につきましては、作品の選考・連絡目的以外には使用いたしません。